双子の王子と異世界求婚譚

悠月彩香

AYAKA YUZUKI

Noche

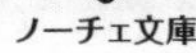

MAIN CHARACTER

登場人物紹介

シルヴァ

通称、シヴァ。エルヴィアンの第一王子だが、城を追われている。魔術が得意だったが、継母である王妃にその力を封印された。

椙沢紫音

天涯孤独の日本人。ある日、異世界に飛ばされたばかりかその世界の国・エルヴィアンの王子にとんでもないことを頼まれてしまう。

ラーズクロス

通称、ラーズ。シルヴァの双子の弟。兄と一緒に城を追われた。凄腕の剣士だが、今は継母である王妃に呪われ剣を持つことができない。

イルジュラード
エルヴィアン国王で双子の父。
病に倒れ、体調がおもわしくない。
ルクシア
エルヴィアン国随一の魔女。
双子の母である王妃が
亡くなったあと、
その後釜に座った。
アレス
ルクシアの連れ児。
オババ
古くから双子を世話してきたという老婆。
ルクシアの次に力があるらしい魔術師。
エウレーゼ
イルジュラードの前妃で双子の母。
ルクシアに殺されたといわれている。

目次

双子の王子と異世界求婚譚

第一話　異世界に連れてかれました

雨の冷たい夜だった。

この街に引っ越してきた紫音は、傘を持つ右手に息を吹きかけ、左手にコンビニの袋を提げて家路を急ぐ。

ダンボールに詰められた荷物を出すのに夢中になっていたら、日が暮れていた。さっき夕食をとりそこねたことをようやく思い出して、慌ててコンビニに駆け込んできたところだ。

日中にここを歩いたときは、新しくはじまる生活にワクワク感があったのに、雨の滲む夜の街を見ていると、この街に疎外されているような心細さを覚える。

「引っ越しなんていつものことだし、すぐ慣れるよ」

そう自分に言い聞かせて、不安を追いやろうとしたときのことだ。行き交う車のヘッドライトの明かりの下に小さな影を見た。

「猫……⁉」

歩道と車道の間をよろよろと歩いているのは、どうやら二匹の子猫らしい。覚束ない足取りで、今にも車に撥ねられてしまいそうだ。

紫音は走り出すと、傘を差しかけながら二匹の子猫を抱き上げた。

「こんなところを歩いてたら危ないよ。お母さんはいないの？」

辺りを見回すも、親猫らしき姿はどこにもない。野良か捨て猫だろうか。

毛足の長いその子猫は、ずぶ濡れで見る影もない。

寒くて怖かったのか、二匹とも紫音の手の中でぷるぷる震え、必死に助けを求めるように「ミィ、ミィ」と鳴いている。

「寒かったね。今日はうちにおいで。なんなら一緒に暮らそうか？」

猫好きな紫音に、子猫を雨の中に置き去りにするという選択肢はそもそもなかった。

それに、猫を連れ帰ることに反対する家族はもういない。

ぐっしょり濡れた二匹の子猫を胸に抱き寄せ、紫音は足早に家路をたどる。

自宅は1LDKの典型的な一人住まい向けマンションだが、ペット可の物件だ。奥の六畳間には唯一整えたベッドと、まだ手つかずの荷物がいくつも積み上げてある。

帰宅した紫音は、リビングの床の上にコンビニの袋を置き、子猫を抱えたまま浴室に直行した。

「シャワーで一緒にあったまろうね。お風呂セット、どこに入れたっけ」

浴槽の蓋の上に二匹を乗せ、荷物の中からシャンプーやボディソープなどの入浴道具を探し出して、濡れた服を脱いで浴室に入った。

シャワーを捻ると、たちまち浴室内が湯気で白く煙る。

子猫はシャワーに少し怯えたような様子を見せた。けれど紫音は、ぬるめのシャワーを子猫たちの体にかけ、一匹ずつ手でやさしく洗う。

それが気持ちよかったらしく、一匹はゴロゴロと喉を鳴らした。一方、もう一匹は驚いたのか、紫音が触れても微動だにせず硬直している。

「そんなに怖がらなくていいよ。ほら、こっちの子は全然大丈夫だよ。人懐っこいんだね。飼い猫だったのかな」

紫音は洗い終えた子猫をバスタオルで包んで拭い、自分の身体も手早く洗って浴室を出た。パジャマはダンボールの奥なので、とりあえず高校時代から愛用している緑色のジャージを着る。

がらんどうのフローリングに直接座り、子猫たちにドライヤーをかけはじめた。

おどかさないように弱風にしたものの、やはり音が怖いのか、二匹の背中の毛が一瞬で逆立つ。

「大丈夫だよ、ちっちゃくてかわいいねえ君たちは。チンチラかな？　毛がふさふさ」

さっきまでは濡れてぺったりとしていた毛を乾かすと、かなりふっくらした。二匹とも薄い茶色で、尻尾は長くてずいぶん立派だ。

紫音は両手を伸ばし、二匹をそれぞれ抱き上げる。

「……二人とも、男の子だね」

そう言って笑うと、一匹は爪を立てて宙をひっかき、紫音の手から逃げるみたいにフローリングに着地した。もう一匹は相変わらずゴロゴロと喉を鳴らしている。

「これも何かのご縁だし、自己紹介しようかな。私、椢沢紫音。二十歳で現在無職！　今日このマンションに引っ越してきたの。父が転勤族だったから、一つところに長く住んだことがなくて」

紫音が独りごちるのを、猫たちは深緑色をしたまん丸の目で見ている。

「父は私が中学生の頃に事故で亡くなって、それからは空き家になってた母の実家でずっと暮らしてたんだ。母親は病気がちで、高校を出たら就職して面倒みるはずが、自宅看護だったたんで就職しそこねちゃって。で、三ヶ月前に母も亡くなったんだけど、あそこの家、古いせいか虫が多いの。私、虫にほんと耐えられなくて」

　紫音は自分の腕を抱いて、ぶるっと身体を震わせた。

「それもあって、実家の土地を売ってこの中古マンションを買ったの。田舎の古い日本家屋で若い女の子が独り暮らしなんて物騒だし。そう思うでしょ？」

「ニャア」

「お返事してくれるんだ、いい子だね。私、独り言多いから、構ってもらえてうれしいよ」

　猫に事情はわかるまいと思いつつも言いたいことをまくしたて、大きく息をつく。

　明るく自分語りをしてみたが、唯一の肉親を喪ったばかりの傷心はまだ癒えきっておらず、鼻の奥がツンと痛む。慌てて二匹を抱き上げ、その毛に顔を埋めた。

「一人で慣れない場所にいるのは、ちょっと淋しかったんだ。君たちがいてくれてよかった」

　二匹の猫がざらざらした舌で紫音の頬を舐める。どうやら彼女を家族と認めてくれたようだ。

「……なあんて、やだやだ。湿っぽいのはやめにしようと思って引っ越してきたのに。静まり返ってるのがいけないんだよね。音楽でも聴こうか」

　紫音はダンボールの中からスピーカーを引っ張り出してスマホにつなぎ、音楽プレイヤーアプリで曲を再生した。

「夜だからボリュームは控えめにね。でも、すっごく心地のいいサウンドなんだよ」

ところが控えめな音量で曲がはじまった途端、子猫たちが全身の毛を逆立て（さかだ）て耳を寝かし、カーテンの陰に身を隠した。「フーッ」と唸（うな）り声も上げる始末だ。

「え、ダメ？　音そんなに大きくないけど……」

仕方なく停止すると、二匹は様子をうかがうように紫音の顔をちらちらと見上げてきた。

「今日はまだ興奮してるのかな？　しばらくはヘッドホンで聴くね。あ、そういえばご飯食べるの忘れてた。君たちに食べられるものがあるかなあ。餌（えさ）も買ってくればよかった」

そう言って、床に置いたままのコンビニの袋を持ち上げたときのことだ。

何か黒いものが紫音の視界をかすめた。

気のせいだと思い込もうとしたが、目が勝手にそれを追う。真新しいホワイトのフローリングをカサカサと走る漆黒の姿……口に出すのもおぞましい、黒光りするそれは、ゴキブリという。

「っき……」

喉が詰まって、即座に悲鳴は出なかった。

代わりに今日の夕飯を放り出し、子猫たちがいる窓辺に走って、カーテンの中に身を隠す。

「――きゃあああああああ！」

紫音の絶叫に、二匹がびくっと身構えた。

「なんでアレがいるの！　うそ、無理むりムリ……!!　まだ殺虫剤買ってないから！」

紫音の絶望的な悲鳴に、子猫が目を丸くする。

そんなことをしている間にも、件の黒い虫は素早い動きで部屋の隅に走り、積んであるダンボールの陰に入ろうとしていた。

しばらく、いや、永遠にダンボールを開封できないかもしれない。それどころか、もう二度とこの部屋に戻ってこられる気がしない。

ところが、二匹の猫を抱き上げて部屋から遁走しようとした紫音の手から、一匹が飛び降りる。そして黒光りへ向かっていこうとしたのだ。

「や、ダメだって。あんた絶対バラバラにするでしょ！　口に咥えたりするんでしょう!?　絶対触っちゃダメ！」

害虫くらい退治してくれるだろうが、猫が遊んだあとのバラバラ死体を片付けるのは心が折れる。

そもそも視界に入るだけで震えがくるほど嫌いなのだ。あれが這いまわった跡など、完全消毒しても気が済まない。

ましてや、黒光りを口に入れたあとの子猫に舐められたらと思うと、それこそ背筋が凍りつくというものだ。

正気を失いかけた紫音の耳に、心地いい男性の声が聞こえた。

「あれを退治しようか？」

「え、ほんとですか⁉」

「代わりに、我らの頼みを聞いてもらいたい」

「私にできることなら！　お願いです、あいつを退治して……！」

そう無我夢中で懇願した直後、紫音はハタと正気に返った。

誰もいないはずの室内に、知らない男の声が聞こえてきたのである。考えてみれば、ゴキブリの襲来よりもはるかに恐るべきことだ。

瞠目した紫音の手から、残った一匹が飛び降りて黒光りに向かっていく。

その光景に、彼女は目を擦った。

薄茶色の子猫が、金髪の人の姿になったのだ。しかも、二匹とも。

現れたのは白いブラウスがまぶしい、控えめに言っても大変に秀麗な顔立ちをした若者たちだ。

詰める。

驚愕にからられている紫音をよそに、人の姿をとった二匹（？）は、黒い害虫を追い

「ええええ!?」

「ラーズ、触ってはならぬと姫君の仰せだよ。この書物を使うといい」

一方が床に置いてあった求人誌をつかむと、先にゴキブリに向かっていた子猫――ではなく青年に、それを放り投げた。

ラーズと呼ばれた、長い金髪を高く結い上げた青年は、飛来してきた雑誌をあざやかにキャッチすると、それを丸めるなり、壁を登りはじめた敵に居合斬りのような鋭い一撃を放った。

スパーンという爽快な音が鳴り響く。だが、アレは雑誌の下敷きになることはなく、方向転換して奥の寝室へ特攻した。

「ベッドは！　やめて、やめて……！」

布団の上を這いまわられたら万事休すだ。猫が人になるというわけのわからない事態をさしおいても、黒光りするアイツへの嫌悪が上回る。

「素早いな」

求人誌を放り投げたほうの青年――同じく金色だが短髪の彼は、壁際のダンボール

を手にして寝室に駆け込んだ。跳躍して黒光りにダンボールをかぶせ、そこに飛び降りる。それはアクション俳優のようにあざやかで、無駄にきまっていたが、残念ながら仕留めるには至らず、黒い物体は下から這い出してきた。

「おお、なんてしぶとい」

「シヴァ、どけ！」

長髪の青年も寝室に駆け込み、目を細めて壁を這う標的に狙いを定め、本気の一撃を繰り出した。

求人誌を壁から離すと、黒いものが床の上にぽとりと落ちる。そして、壁にはくっきりと残されたGの跡——

紫音は悪寒に身を震わせた。

「お、おねがい……この袋に……ソレ、捨てて。そしてこれで、壁拭いて……」

目を伏せ、コンビニ袋と掃除用のウェットシートをそっと短髪のほうの青年に手渡す。『Gの潰れた死骸』というおぞましいものを視界に入れたくない一心で、この際、彼らの正体など二の次だ。

——しばらくの沈黙のあとで、青年が対応完了の報告をしてくれた。

「シオン、お望み通り黒い虫は片付けたよ」

リビングにしゃがみ込んでぶるぶる震えていた彼女は、恐怖に支配されていた意識を今度こそ正気に立ち返らせる。

「あ、あなた方……どちらさまですか……」

恐る恐る様子をうかがいつつ、ポケットの中にスマホが入っていることを確認した。いつでも外へ飛び出せる態勢で、二人の若い男を見上げる。

「我らは怪しい者ではない。心配するな」

「怪しさしか感じません……」

金髪。とにかく紫音の目についたのは、彼らの金髪である。

日本人が脱色した色とは違う、天然のブロンドだ。本物を見るのははじめてだが、息を呑むほどにきれいな色をしている。

そもそも瞳の色からして、カラーコンタクト等ではない天然素材の深緑色だ。

顔立ちも日本人とは異なり、鼻筋が通っていて彫りが深い。そして何より、彼らはイケメンではなく美形だった。思わず、まじまじと見つめてしまうくらいに。

(あれ……同じ顔?)

彼らは髪の長さこそ違うが、同じ色の髪、同じ色の瞳、背丈も同等。体格には多少の差があるものの、顔はそっくりそのままだ。

「シオン。先刻、この虫を退治たら頼みを聞くと言ったことは覚えている？」

「え……？　な、何でしたっけ」

短髪の美形に確認されたものの、無我夢中だったので、紫音は委細を覚えていない。

「『私にできることなら』と。さっきはそのように言っていたよ」

「そう、でしたっけ……。あの、でも今この状況って、いわゆる不法侵入ですよね。ここ、私の家なんですけど……」

「いや、シオンが直々に我らを居城に招いてくれた。決して不法に侵入したわけではない」

今度は長髪の美形が重々しい口調で告げる。しかし、子猫は招いたが、人間の青年を連れ込んだ覚えはない。

「もしかしてあなたたち、さっきの——」

——子猫なの。

言いかけてやめた。口にしたら負けのような気がする。そもそも、猫が人に化けるわけがない。

「とにかくシオン、僕たちに協力してほしいんだ。詳しい話はあっちでするから」

「あっち？」

二人の青年はそれぞれ紫音の手を片方ずつ取り、跪いた。

「僕はシルヴァ・ディア・エルヴィアン。シヴァと呼んで、シオン」

短髪の美形が膝をついたまま紫音を見上げ、にっこりと人懐っこい顔で笑う。異常な事態だというのに、紫音はその美しい造形の顔立ちに目を奪われ、言葉も出なかった。

「ラーズクロス・ディア・エルヴィアンだ、シオン。俺のことは、ラーズ、と」

長髪の美形は、シルヴァと名乗った人当たりのよさそうな青年とは違い、少し近寄りがたい重厚な雰囲気を漂わせている。キリッと凛々しく絵になる姿だ。

二人は顔も声質もかなり似ているので、兄弟――双子かもしれない。

それはともかく、大真面目に意味のわからないことを言われ、紫音はゴキブリを目撃したときよりは控えめに身震いする。そして慌てて彼らの手を振り払おうとしたのだが――

二人が同時に彼女の手を引いて、その甲に――キスをした。

「ひぇ!?」

直後に、たちくらみのような不安定さを覚え、反射的に目を閉じる。

「――さあ着いたよ、お姫さま」

瞬きをしたほんの一瞬の出来事だったはずだ。紫音は視界に飛び込んできた光景に目を瞠った。

今の今まで、引っ越したばかりの新居の中にいたはずなのに、今、彼女の目の前にひろがるのは、古めかしい洋館の、赤い絨毯(じゅうたん)の敷かれた広大な部屋——それこそ城のようだったのだ。

*

「——ここ、どこですかー!?」

叫びは反響しながら、高いドーム型の天井に吸い込まれていった。こんな建物は、画像やテーマパークでしか知らない。

白っぽい壁にはたくさんの彫刻があり、高い位置にはきれいなステンドグラスが嵌(は)められた採光の窓が等間隔に並んでいた。

教会なのだろうか、奥に祭壇のようなものがうかがえる。三人が立っているのは、その祭壇へ向かう通路に敷かれた絨毯(じゅうたん)の上だ。

ただ、人の気配はまったく感じられず、人々に忘れ去られた侘(わび)しさと埃臭(ほこりくさ)さが漂(ただよ)っている。

紫音は周りをぐるりと眺め、あまりの出来事に目も口も開きっぱなしになった。

「ここはエルヴィアン王国の北部、旧アルネス城塞だよ、シオン。かつては辺境警備の要衝だったけど、今はもう使われていない廃墟なんだ」

短髪のシルヴァがそう言い、言葉もなく立ち尽くしている彼女の右手をきゅっと握った。

「かつてこの地は国境となっていて、隣国との戦が絶えなかった。だが、我が国が勝利したゆえ、周辺の領土を併呑して、国境線はさらに北上している。心配はいらない」

ポニーテールのラーズクロスは紫音を安心させようとしているらしいが、戦だの領土を併呑だの、日常とまったく縁のないキナ臭い単語の羅列に、よけい不安になった。

しかし、いくら何でもそんなこと、あり得るわけがない。一瞬で異世界に来たなんて。

「……わかった。夢ってことだよね、これ。猫が人になったり、東京から一瞬にしてファンタジーワールドに来ちゃうとか、変な夢。あなたたちは、さしずめ王子さまってところね！」

紫音は、とりあえず笑った。笑うしかない。夢ならそのうち醒めるだろうと開きなおる。

「うん、気持ちはわかるよ。僕たちもいきなりあんな見知らぬ世界に猫の姿で放り出されて、危うく鉄の塊みたいなものに轢き殺されそうになったり、大変だった。悪夢だと思ったよね、ラーズ」

同調するようにシルヴァ青年が笑う。紫音の左手を握り続けているラーズクロスも深くうなずいた。

「シオンのいた世界は、何もかもが硬いものでできていたな。居室も狭く、ずいぶん住みにくそうだった。夜でも明るい道や、馬に引かせずに自走する車には文明の発達を感じたが、あんなものに撥ねられたら命がいくつあっても足りない」

「はあ……」

何やら失礼なことを言われた気もするが、紫音は深く考えるのをやめた。ただ怪訝な顔で、二人の青年に握られたままの手を引っ込める。

「どうやらシオンには信じてもらえていないみたいだね、ラーズ」

「仕方がないさ、シヴァ。あの街とエルヴィアンでは、何もかもが違いすぎる」

彼らは紫音が混乱していることを理解してくれているようだ。だからといって、感謝する気にはまったくならないのだが……

「まあ夢だとは思うんだけど、一応聞くね。なんで私はこんなところにいるのでしょう」

「――それについてはワシが説明しようかの」

紫音に答えたのは金髪美形たちではなく、どこからか現れた小柄な老婆だった。老婆といっても、黒いフードを目深にかぶり、全身も黒いローブをまとっているので、声から連想したイメージだ。

「ワシがお二人をニホンへ転送し、ふたたびこちらに召喚したのじゃ。というのも、あなたさまがこの二人の若者の苦境を打開できる——つまりこの国の命運を握っておられるからじゃ、シオン姫」

「姫え……？」

その呼びかけは確実に紫音の警戒心を煽った。担がれているのか、騙されているのか、疑惑ばかりが浮かんでくる。

「ワシはエルヴィアン王国の先王に仕えておった、しがない魔術師のオババじゃ。して、このお二方は王妃さまの忘れ形見である双子の兄弟、兄のシルヴァ王子、弟のラーズクロス王子じゃ。幼少期から見知っておるが、お顔立ちは美しいという言葉ではとうてい足りぬし、この通り、お背も見上げるばかりに高く、それぞれ魔術と剣技に長けておられる。どうじゃ」

「いえ、どうじゃと言われましても……」

本当に王子さまだと紹介された。胡散臭さがさらに倍増だ。

けれどどこの双子は確かに普通ではない『特別なオーラ』をまとっている。何より、胡散臭さを上回るほど端麗な容姿は、充分目の保養になった。

こんなわけのわからない状況でなければ、無邪気に美形を堪能して喜んでいたかもしれない。

「この方々はシオン姫の近い未来の夫じゃ。よぉく観察してよいのじゃぞ」

「オット……？」

「オババ、そんな言い方ではシオンが困るよ」

兄王子のシルヴァが老婆をたしなめ、突然の非礼を謝罪するように頭を下げてきた。どうやら彼はまだ常識があるらしい。

この人とならまともに話ができるかもしれないと、紫音は密かに期待したのだが……

「シオン、状況が呑み込めていないことはわかる。わかったうえで、お願いだ。どうか僕たちを君の力で助けてほしい」

「ごめんなさい、ぜんぜん理解できないんです。私の力って言われても、私は何の取柄もない求職中の家事手伝いです。本当に困る以外ないんですが、そこはおわかりいただけますか。えっと、シルヴァさん……でしたっけ」

「シヴァでいいよ、シオン。頼みというのは僕たちの父、つまりエルヴィアン国王が病で――」

その父親を助けろとでもいうのだろうか。医者でも何でもないのに。

しかし――

「――僕たちが父の息子として王位を継ぐために、僕たちの子供を産んでほしいんだ」

「はあ!?」

シルヴァが勢いよく頭を下げ、いっそう紫音をドン引きさせた。

「バカか」

弟のラーズクロスが兄の後頭部を平手ではたく。

「若い娘をつかまえて、いきなり子供を産んでほしいなどと言い出す奴がいるか」

紫音は言葉もないまま、ラーズクロス王子の言葉にこくこくと高速でうなずいた。

「シヴァは黙ってろ、話が進まん。俺たちはそれぞれエルヴィアンの王位継承権一位と二位で、王に何かあればシヴァがこの国の王となる。だが今、その立場を追われて逃亡中だ」

「え、どうしてですか？」

つい続きを促(うなが)してしまい、内心でしまったと思ったものの、ラーズクロスの話に興味がないわけでもない。

「王妃ルクシアにとって、僕ら双子が邪魔者だからだよ」

黙っていろと言われたのに懲(こ)りずシルヴァが言い、苦々(にがにが)しく笑った。

「邪魔者？　だって王妃といったら、あなたたちの母親なんでしょう？」

「ルクシアはいわゆる『継母（ままはは）』というやつだ。俺たちの母エウレーゼは七年前に突然の病（やまい）に倒れ、あっけなくこの世を去った。そしてその後釜に座ったのが魔女のルクシアだ」

「魔女……」

いよいよおとぎ話めいてきて、紫音は目を点にするばかりだ。

「ルクシアはエルヴィアン王国の宮廷魔術師団の団長だった。薬の調合はお手のもの。この国の誰もが、ルクシアが母に毒を盛ったと思っている」

「毒を盛ったなんて……誰もが思ってることなら、その魔女はどうして王妃になれたの？」

「実際に診察して薬を出していたのは宮廷医師だったから、ルクシアが毒を盛ったという証拠がないんだ。何より父が、彼女を次の王妃として認めてしまったんだよ。僕にもう少し力があれば、決して許しはしなかった」

シルヴァは苦虫を噛み潰したような顔でつぶやく。

「王さまは妻を殺したかもしれない相手と再婚したの？」

紫音の常識で考えると、王妃殺害の真相は『魔女と王の共謀』ではないかと思うのだが。

「ルクシアは希代（きたい）の魔女なんだ。彼女より抜きんでた魔術師は現在のエルヴィアンにいない。かつて王国一と言われていた母を除けばね。そして魔術には、相手を意のままに操る『魅了』という術がある。父はその魔術によって意思を奪われ、ルクシアを受け入れてしまったらしいんだ。本来、宮廷魔術師は、そういったおかしな術を施(ほどこ)されないよう、王を護(まも)る立場であるにもかかわらず」

「それがわかっているなら、告発すればいいのに」

紫音の言葉に肩をすくめたのは、ラーズクロスだ。

「すべては俺たちの憶測の域を出ない。術者の力が強すぎて、国王が魔術で惑(まど)わされていると証明できる者がいないんだ。むろん術を解くことも。より力のある魔術師を連れてこないことには」

「なんだか、ファンタジー小説みたいですね」

紫音にとって、この話に現実味などあるわけがなく、頭の中にはラノベに登場する黒装束の美人魔女のイメージしか湧いてこない。ちなみに紫音は、小説好きだ。

「それが今から七年前、僕たちが十五歳の頃のことだ。ルクシアとは当然うまくやっていけるはずがなく、水面下で僕らは攻防を繰りひろげていた。僕はこう見えて魔術師の端くれで、父にかけられた術を解こうとがんばっているんだけど、未だにルクシアには及ばずでね」

「ルクシアがおらなんだら、シヴァ坊ちゃまを超える術師はエルヴィアンにおりますまい」

老婆のとっさのフォローに、シルヴァは苦笑いする。

「それでも勝てないのは事実だよ、悔しいことにね」

深く聞けば聞くほど、引き返せなくなる気がする。でも、物語の続きを知りたいのと同じ気持ちで、紫音は純粋にその先が知りたくなった。

「二人が追われることになったのは、どうして?」

聞かなければよかったと後悔するかもしれないのに、聞いてしまう。

「それこそ、父が病（やまい）を得て倒れたからだ。万が一のことがあればシヴァが王位を継ぐことになるが、そうなれば無論、俺たちはルクシアを永久にエルヴィアン宮廷から追放する。だから、先手を打ってきた。奴は強大な魔術師であるのと同時に、これまでに幾度となく国の危難を救ってきた占術師でもある。国民（くにたみ）は彼女の力を恐れつつも、その言葉に信頼をおいている」

兄のシルヴァは口調も表情もやわらかいのに相反して、弟のラーズクロスは硬派だ。声に険を含ませ、その美しくも男らしい顔に忌々（いまいま）しさを表した。

「奴は国民（くにたみ）に向かってこう宣言した。『双子の王子は呪われている。この世に生まれ出た瞬間に一つの魂が二つの肉体に分かれたゆえに、魂の力が半分しかなく、世継ぎをもうけることもできない。もし彼らの一方でも王位に就こうものなら、エルヴィアンの未来は闇に包まれる』とな」

「双子だから、魂が……半分？　そんなの信じる人がいるわけないでしょう」

なんとも荒唐無稽な話で、紫音は失笑しそうになる。だが、当の本人たちは大真面目だ。

「俺たちは双子でありながら、持って生まれた能力がまったく違う。シヴァはさすがエウレーゼの息子と称賛されるほどの魔力を持つ。ルクシアには一歩及ばないものの、魔術の第一人者だ。ただ、剣はさっぱりだな」

「そうなんだ。それに引き換え、ラーズは荒っぽい騎士団を統率するほどの剣豪だけど、魔術の素質を持っていない。母親の胎内で僕たちの魂が二つに割れてしまったがために、持てる能力が半分しかないというわけだ」

互いの長所を褒め合う仲良し兄弟には好感を覚えるが、どこまで本気なのか紫音には理解の外だ。

「それは、あなたたち個人の素質の問題では……」

だが、ささやかな抗弁は、双子に聞き流されてしまった。

「ルクシアはそこを強調し、僕たちのどちらかが王座に就けば、いずれ国が偏り、滅びの道をたどると告げた。そして、その危機を救えるのは、ルクシアの実の息子であるアレスのみだと。彼女の言葉が国中に触れ回られ、宮廷中の人間も僕たちを遠巻きにするようになった。半信半疑だったとしても、ルクシアの言葉には重みがある」

「そのうえ、そのでっちあげの予言を真実に見せかけるために、奴は俺たちに黒魔術の呪いを施した。シヴァは魔術を封じられ、俺は剣を持てなくなったんだ。それを目の当たりにした連中が俺たちの王位継承権剥奪を主張しはじめ、暗殺まで計画された。それで城を逃げ出さざるを得なくなったんだ」

二人は城を追われた流浪の王子さま、というわけだった。

大変なことになっているんだなと同情はするが、今一つ現実味がない。

「そこで、この窮地を救ってくれる存在を探して、シオンの住む世界へ行ったわけ」

「はあ……」

紫音は事態をうまく呑み込めず、戸惑うばかりだ。こっそりと二人の姿をあらためて観察した。

兄のシルヴァは穏やかでやさしそうな顔立ちをしている。言っていることが抜けているわりに、知性にあふれた学者然とした外見だ。

弟のラーズクロスは鋭い目元に男らしく引きしまった頬で、兄王子より言葉が少なく厳しい印象を受けるが、頼りがいのある大人の男性のたくましさを感じる。

——よけいに気後れした。

それに、本気でこの話を受け止めることに抵抗感が残る。

「私はこの世界の人間じゃないし。無理かと」

「僕らにかけられた呪いを解くには、この世界とは別の法則で生きてるシオンの力が必要なんだよ」

シルヴァの長い指で頬に触れられ、彼女はどぎまぎしながら目線をさまよわせる。

「別世界の人間というだけなら、私じゃなくても……」

「いや、僕たちはシオンがいい。困っていた僕らを助けてくれた。それに——」

シルヴァはそこで破顔した。

こんなにもきれいな顔立ちをした青年に笑いかけられては、紫音の心臓がもちそうにない。

「もう他人の仲じゃないからね。僕たちの大事なものを見られたわけだし」

「大事なものって」

「『二人とも、男の子だね』。君はそう言ったよね」

風呂上がりに子猫の性別を確かめた——あれは、見たうちに入るのだろうか。

だが、にこにこするシルヴァと対照的に、ラーズクロスが口元を押さえて紫音から顔を背ける。

（そんな反応されると……）

「僕らもシオンの清らかな裸身を見てしまったし」

「せ、責任は取る」

そこまで言われてようやく、紫音は子猫たちと一緒にシャワーを浴びたことを思い出した。見られた重度で言えば、自分のほうがはるかに上だ。今さらだったが、胸元を両腕で隠す。

「じゃ、じゃあすぐに呪いとやらを解けば、帰してくれるんですか？」

「……俺たちと一緒では、嫌なのか？」

彼女の言葉を聞き、ラーズクロスは傷ついたように表情を曇らせる。

「嫌とかそういうのじゃなくて！　だってこんな、わけのわからない状況――」

「だから、もっと親睦を深めたいと思うんだ。呪いを解いてくれるのは、今すぐでなくていいよ。まだお互いに心の準備ができていないだろう？」

ひたすら嫌な予感しかしない。どういうことなのか目で訴えると、黙って成り行きを見守っていた黒ローブのオババが言った。

「シオン姫が王子殿下と情を交わせば、ルクシアの黒魔術による呪いが解けるのじゃ」

「じょ、じょうをかわせば……？」

耳慣れない言葉に問いなおす。するとオババは、フードの陰から見える口元に笑みを浮かべた。

「要するに、まぐわうということじゃ」

「まぐわう？」

また聞いたことのない言葉だ。紫音はますます首を傾げる。

「語彙の少ない娘じゃの。とどのつまり、子づくりするということじゃよ」

さすがに理解した。理解したが、あまりのことに言葉もない。ぽかんと口を開けて次の言葉に迷っていると、シルヴァに肩をたたかれた。

「エルヴィアンでは子を為せない者は王位に就くことができない。僕たちが王国を取り戻すためには、呪いを解くだけではなく、世継ぎをもうけられることを知らしめる必要があるんだ。呪いを解く方法と同じだから、一石二鳥だろう？」

ようやくここで「子供を産んでほしい」発言につながった。

「なるほど、これで納得——するわけないでしょう!?」

紫音は叫んだ。これが叫ばずにいられれようか。

「あのですね。双子は魂の力が半分で、子供がつくれないとかいう話は大嘘ですから、そこは無視していただいて。それぞれ想い人とか、国内外にお相手になるお姫さまがいるんでしょう？　そういう方々とつくってもらえればよいのかと」

「……ルクシアは、『双子と交わった女性はともに呪われるだろう』というよけいな一言を付け加えた。今のエルヴィアンに、俺たちの手を取ってくれる女性はいない」

そうだろうか。こんな美形の王子さまとなら、「死なばもろとも一蓮托生、呪い上等！」と名乗りを上げる女性が大勢いそうな気がするのだが……

「それに、すべてがルクシアの嘘とは断言できないんだ。さっき言った通り、僕らは双子なのにあまりにも似たところがなさすぎる」

「いえ、顔も声もそっくり……」

無視された。

「魂の力が半分というのなら、僕とラーズ、双方の子種を同時に受け入れてもらえば、子が為せる。理に適ってるだろう。だから、二人の妻になってほしい」

二人の妻、つまり、この美形双子が二人とも紫音の夫になると言っているのだ。

「あ、あなたたち、自分が何を言ってるかわかってるんですか!?　二人の妻って、私が二人と――あり得ないから！　しかも子種って……」

「僕たちみたいな男は好みじゃないかな。僕はシオンのことすごく好みだよ。華奢でかわいらしくて、困っている者を見過ごせないやさしさも」

シルヴァが紫音の手を取り、真剣なまなざしで見つめてくる。

好みか好みじゃないかと聞かれれば大変好みだ。だが、こんな美形の視界に入るのはいたたまれない。そう思う切ない乙女心である。

見れば見るほど、二人の秀麗さが際立つ。天然の深緑色の瞳は、宝石みたいなきれいな色をしている。くっきりした二重瞼に長いまつ毛。ケチのつけようのない輪郭に滑らかな肌。

王子さまか！　王子さまだが……

ひたすら困惑する紫音に、シルヴァがダメ押しする。

「あの黒い虫を退治したら、僕たちの頼みを聞いてくれるって約束したよね？　ねっ？」

「ねっ、じゃないわよ。先に契約内容を話さないなんて詐欺ですっ、クーリングオフを！」

彼女は悲鳴のように絶叫する。その背後でぼそりと低い声が言った。

「俺たちを受け入れては、くれないか……」

「わっ、私一人で、あなたたちみたいなデカい男二人も相手できるわけないでしょ！」

そう叫んだ途端、シルヴァとラーズクロスに左右の手を取られた。

「大丈夫、やさしくする」

異口同音で間髪容れずに答えられ、紫音はほとんど泣き笑いである。

「そういう問題じゃないのー！　考え方が非科学的ですッ」

虚しい叫びは聖堂の高い天井に響き渡り、フェイドアウトする。このままでは押し切られてしまいそうだ。

「け、結局、二人とも私の身体目当てってことなんでしょう？」

こんな恥ずかしい台詞、できれば言いたくないが、要はそういうことになる。

だが、紫音の言葉を聞いたときの双子の表情ときたら。

シルヴァは陽気な表情を凍てつかせたし、ラーズクロスは生真面目な表情を石化させた。なぜか、紫音よりも傷ついた顔をしている。

「そんなことがあるはずないよ！　僕もラーズもシオンが大好きだよ。やさしい君だからこそ、こんなお願いをしているんだ」

「か、身体目当て……」

慌てて弁明するシルヴァの隣で、ラーズクロスは紫音の発した台詞に打ちのめされている。

だが、美形な双子に迫られるなんて、謀られているか罠があるに違いないと思う。出

椙沢

会ったばかりで大好きだなんて言われて信じるほど、紫音は単純ではない。

「まあまあ、お若い方々」

このままでは埒が明かないと悟ったのか、オババがため息交じりに仲裁に入る。

「とりあえず今すぐどうこうというわけでもなし、シオン姫はしばしお二人とエルヴィアンを回ってみてはどうじゃな？　確か、姫の設定では『これは夢』ということじゃった。夢が醒めるまで、両手に花を楽しむのも一興じゃて。もしかしたら、お二人の呪いを解く方法が他に見つからんとも限らぬ。こちらの頼みを一方的に聞いてくれとは言えぬ重大な問題じゃし、せっかくエルヴィアンへ来たのじゃから、物見遊山して行かれては？」

そう言われて、紫音は両肩に入っていた力を抜いた。

確かにここでムキになるのは、自分が異世界に連れてこられたと認めたようなものだ。あくまでもこれは夢の出来事で、現実に起こり得るはずがない……ことにしたい。

「そう、よね。拾った猫が人間になって、Gを退治した報酬に異世界で子供を産めなんて、そんなバカげた現実があるわけないじゃん。そっかー、引っ越して最初の夜だから、疲れてるし淋しいしで、こんな夢を見てるんだね」

夢であることを自分自身に言い聞かせるようにつぶやく。

「じゃあ夢が醒めるまでは、僕たちに付き合ってくれるのかな？」

「そうね、夢なら。でも夢の中だからって、エッチなことはなしだから！」

「嫌がる女にそんなことをするか」

「それに、あの黒い虫から永遠にシオンを守るよ」

情を交わせとか子供を産めとかの無理難題は論外だが、世界まるごとテーマパーク紀行なら構わないかと、妥協が生まれた。

それになんだかんだいっても、害虫退治をしてくれたことには頼もしさを感じている。自宅といってもまだ馴染んでいない自室でアレに怯えて暮らす現実より、夢の中で美形と楽しく過ごすほうがいいに決まっていた。

「でも、エルヴィアンを回るって、どこかに行くの？」

「目的は、ルクシアの息子がエルヴィアンの王太子になるのを阻止すること。だが、ルクシアも俺たちが城から落ち延びたことを知って行方を捜しているに違いない。城を目指す旅にシオンが同行してくれれば、敵の目を欺ける」

カモフラージュというわけらしい。そのくらいなら安心して役に立てそうだ。

「では、朝になったらこれに着替えて行くとよい」

そう言ってオババは紫音に服を一式くれた。

「そうだね。このままでもとってもかわいいけど、エルヴィアンではちょっと目立ってしまう」

紫音は自らの服装を見下ろした。

高校時代から愛用している緑色のよれよれジャージにはゼッケンがついている。中のTシャツも首回りが伸びているし、足元にいたっては買ったばかりとはいえ百均のスリッパだ。

（マズイ、完全に干物スタイル……！）

こんなみっともない姿で、いかにも貴族然としている美形の双子に言い寄られ、かわいいなどと言われていたかと思うと、恥じ入るばかりである。

一方、オババにもらったのは、黄緑色をした裾ひろがりのフリルつきワンピースに、キリッとした生成りのロングコート、革のショートブーツだ。甘辛ミックスで、心が躍る冒険者スタイルだった。

「オババさんが選んでくれたんですか？　すてきです」

「ワシがもう二十年も若ければ着たかったものですじゃ」

紫音はにこっと笑ってやり過ごし、自分のテンションを上げた服を抱きしめた。

荒唐無稽な夢だとしても、これは楽しい。

こうして夢だと断定した異世界で、美形兄弟とともにエルヴィアンの王城を目指す旅に出ることになったのだが……

「ん？　雨に濡れておろおろしてた双子猫を助けたことで、Ｇ退治はチャラにならない……？」

そんな独り言は、双子によって黙殺された。

第二話　××しないと出られない部屋に閉じ込められました

今一つ熟睡したとは言いがたいながらも、城の豪華なベッドで、紫音は朝を迎えた。
夢ではなかったのか、はたまた夢の続きなのか、天蓋つきのベッドの中のままだ。
夢にしてはやたらとリアリティがあって不安になったが、そんな懸念は部屋まで迎えに来た双子を見て、吹っ飛んだ。

「おはよう、シオン。よく眠れたかい？」

「落ち着かなかっただろ」

ドアの外には、廊下の窓から射し込む陽光を背負った双子の兄弟。まぶしすぎる。しかもただの双子ではない。彼らはこの国の王子で――

（ものすごくかっこいいんだけど……）

兄のシルヴァは金髪を短くこざっぱりとさせていて、清潔感にあふれている。黒に近い濃紺のジャケットに細身のパンツと膝まである革のロングブーツ。腰には長剣を吊っていて、本物の戦士みたいだ。

弟のラーズクロスは腰までありそうな長い金髪を結い上げており、黒いスタンドカラーのロングコートに、だぼっとしたズボン、いかついブーツ姿である。

こうしてみると、剣豪というだけあって、ラーズクロスのほうが身体に厚みがあるようだ。

「あれ、シルヴァさん、剣は苦手なんじゃ……？」

「シヴァって呼んでって。ほら、言ってみて」

「え、えーと……シヴァ」

「いいね、合格。僕は剣を振り回すのは苦手だけど、今はラーズが剣を持てないんでね。いざというときのお守りみたいなものだよ。ラーズに比べればまったく使えない部類とはいえ、僕も王太子として最低限の剣技は修めているから」

「シオン、俺のことも……ラーズと」

「お、おはよう、ラーズ」

正直なところ、純正日本人である紫音には、カタカナの名前を呼ぶだけでけっこう恥ずかしい。

それなりに気合を入れて呼んだのに、ラーズクロスは目が合うと、そっけなく顔を逸らした。紫音と親しくなりたいわけではなく、シルヴァにつられているだけなのだろうか。

「シオン、簡単だけど朝食があるから、早く着替えておいで」

「あ……」

着替えを楽しみにしていたものの、うまく寝つけなかった紫音は起き抜けだった。このヨレた顔と姿を見られたショックは大きい。

大急ぎで着替えて、古ぼけた鏡に全身を映してみる。

ややコスプレ感が否めないが、「かわいいかも」と、つい自画自賛してしまう程度にはすてきな衣装だった。緑色のジャージとは大違いだ。

脱ぎ捨てたジャージは、荷物入れにともらったズダ袋に入れておく。パジャマ代わりにする予定だ。

そしてジャージのポケットに入れっぱなしだったスマホを見つけ、電源を入れてみる。時刻は午前七時三十分。充電率は八十パーセント。当然ながら電波は入っていない。持っていても仕方ない気もするが、音楽は聴ける。何かの役に立つかもしれないと、紫音はワンピースのポケットの中に忍ばせた。

食事を済ませた三人は、さっそく出発することにした。

「オババさんは行かないんですか?」

「ワシはもう年寄りじゃし、宮廷魔術師の座を退(しりぞ)いておるでのう。殿下たちをニホンへ送り込み、三人を呼び戻すなんて大業(おおわざ)を使(つこ)うたので、もうヘロヘロじゃ。若い者たちで行ってきておくれ」

そうしてあとにした城塞は、本当に堅牢(けんろう)なものだった。

周囲に深い緑が生(お)い茂(しげ)り、横に延びた城壁は長く、等間隔にもうけられた見張り台がずらりと遠くまで続いている。その背後には、高く突き抜ける青空がひろがっていた。

ラーズクロスが荷物引き用の馬の手綱(たづな)を引き、シルヴァと紫音は手ぶらで門を出る。高台にある城塞から下にひろがる森に進みはじめた。

「これが、廃墟？」

「建築されてから数百年経つし、もうオババ以外、誰も住んでいないからね。ただ、この場所は魔力が集中するんで、治めるにはそれなりに魔力を持った人間でないと難しいんだ。その代わり、その辺の野盗には近寄ることすらできないから、おかしな輩(やから)が住みつくことはない」

まばゆい陽光が降り注ぐ森をまっすぐ見たまま、シルヴァが解説してくれる。

「へえ……。オババさん、こんなところで独り暮らしをしてるんだ。淋しくないのかな」

紫音など、あの狭いマンションですら滅入(めい)りそうだった。こんな広大な城に一人きりなんて、よほど精神力が強くなければ一日で音(ね)を上げてしまいそうだ。

「オババ曰(いわ)く、若いときは辛酸を舐(な)めつくした、せめて余生は一人きりで平穏に過ごしたいんだ、ということらしい。それに、オババは魔術師として能力のある人間だ。単独であれば魔術でどこへでも行ける。淋しくはないだろう」

「それ、瞬間移動っていうこと？　そんなことができるなんてすごい……。王都を目指すなら、オババさんに送り届けてもらえばいいんじゃない？」

このエルヴィアンという国がどんな世界にあるのかはわからないが、日本があるところとは明らかに違う世界のようだった。

行き来する魔術を使えるというのなら、本気でファンタジー世界だ。少しわくわくする。

――あくまでもこれは夢だと、紫音は信じていたいのだ。

「空間移動なんて大掛かりな魔術を王都の周辺で使うと、ルクシアにあっという間に察知されてしまう。実際、この城塞にもルクシアが様子を確かめに来たようだしね。あいつの追跡は執拗(しつよう)で、本当に蛇(へび)みたいな女だ」

「ここまで捜しに来たんだ……二人とも見つからなかったの？」

「オババの力で猫になり、いったん別の世界に行ったことで、完全に僕たちの気配が一度消えたはず。オババが僕たちをこちらに戻したということは、ルクシアの追跡の目がなくなったということでもある。この辺りは完全に無警戒だろうから、このまま見つからないように王都を目指そう」

魔術だ魔力だと言われても、紫音には架空の物語で得た知識しかなく、それがこの世界の法則と合致しているのか、わからない。それに、わかったところでどうしようもないため、紫音は心配することをやめた。

「じゃあ、今からまっすぐ王都に向かうの？」

「ううん、この近くに僕らの叔父、ウルク公爵ハスラードの領地があるんだ。母の弟でね、僕たちとも関係はいいから、まずそこを頼ってみようと思ってる。叔父もルクシアに対しては含むところがあるし――姉を殺したかもしれない相手だからね。僕たちの味方になってくれると思うよ。何にせよ王都は遠い。少しでも味方を手に入れないと」

「……ただ、叔父もルクシアに目をつけられてはいるだろう。警戒は怠れない。今はシヴァの魔力をあてにできないからな」

三人が進むのは、木漏れ日がまぶしいのどかな森の中だというのに、会話はずいぶんと物騒だ。

紫音は「夢だから」と軽い気持ちでいたが、夢の住人であるはずの双子の事情は深刻だった。

「そのルクシアという人は、何が目的なんだろう。王位を息子に継がそうとしているってことは、その人、二人の腹違いの兄弟なの？　よくわからないけど、世襲制なんでしょう？」

「本来はね。でも、今はそうとも言えない」

常に笑顔のシルヴァから笑みが消える。代わって、その整った顔に苛ついたような険しい表情を垣間見せた。見間違えかと思うくらい一瞬のことだったが……。

「アレスはルクシアの連れ児で、僕らより一つ年上だよ。もちろん連れ児であるアレスに王位継承権などないのに、僕とラーズを追い落とせば、王の血を引いていないことを承知のうえで、王位が認められると考えてるらしい。他にも王位継承権を持つ者は幾人かいるけど、僕たち双子の血縁者ということで、難癖つけるつもりだろうね。ルクシアが占ったと言えば、たいていの無茶が通る。定評のある物見の能力にあかせて、『アレスを王座に据えれば国が繁栄する』と予言してみせたんだ」

「でも、国王ってそんな簡単に他人がなれるものなの……？」

「承認を行う議会はあるけど、魔術で反対者の意思を捻じ曲げられれば終わりだ。それに、最終的に国王がアレスを養子と認定してしまう可能性も……」

兄の言葉にラーズクロスも深刻そうにうなずいた。

「……百歩譲って、アレスに王位が渡ったとしても、ヤツが国民を思って善政を敷くならば、文句はない。だが、あの男は親の威をかさに着て、誰彼かまわず女を口説くことしか頭にない男だ。結局のところ傀儡となり、ルクシアがいいように国を動かすだろう」

「それは……ひどいわね。誰彼かまわず口説くなんて」

そう発言してから、紫音は自分が双子に口説かれている最中だったことを思い出した。双子もそれに思い至ったらしく、しばし沈黙が落ちる。

「――僕たちはシオンだけだよ？」

「それで、その叔父さんの領地って近いの？」

「お、俺たちは違う……！」

「わあ、景色がきれいね」

わざと話を逸らすと、双子が心の底から情けない顔をする。紫音は思わず噴き出した。

「あはは、気にしてるんだ。まあでも、二人はGから助けてくれたし、一応信用しておくね」

そう言って笑うと、シルヴァはつられて笑顔になり、ラーズクロスは目を細める。

「シオン、かわいい」

シルヴァがしみじみと言い、紫音の髪を一房手に取ってくちづけた。今度は彼女が頬を赤らめる。

恋人どころか友達もろくにいない彼女は、そんなことを言う男性と出会ったことが一度もない。

もっとも、紫音篭絡（もくてきたっせい）のためのリップサービスだろうが。

「シヴァ、そういう恥ずかしいこと、あんまり言わないで……」

「恥ずかしいこと？　かわいいものをかわいいと言って何がおかしいの？　僕はちっとも恥ずかしくないよ。シオンはこんなにかわいいのに」

彼の大きな手に頬をふわっと触れられ、たちまち身体を小さくする。

「いえ、その――恐縮です……」

逆にシルヴァにきょとんとされて、異文化交流の難しさを知る紫音だった。

そういえば、今朝この服に着替えたときも、彼は「きれいだ、かわいい、なんて美しい。まるで妖精か女神か」などなど、引くほどの賛辞を贈ってきた。

これらの言葉にほとんど耐性のない紫音には、ひたすら恥ずかしいばかりだったが、悪い気はしない。

「叔父の領地であるヴィスパには、順調にいけば夕方には着くはずだが、疲れたら遠慮せずいつでも言ってくれ」

ラーズクロスは兄とは真逆で、気を使ってくれるものの、口数が少ない。彼の分までシルヴァがスポークスマンを引き受けている印象だ。ラーズクロスは、あまり紫音に興味がないのかもしれない。ただ、兄がノリノリだから仕方なく付き合っているふうにも見えていた。

「うん、ありがとうラーズ。でも、本当にのどかでいいなあ、ここ」

森の中には小さな川が流れている。そのせせらぎを聞きながら、馬のひづめの音をお供にして進む木漏(こも)れ日のけもの道。

双子の王子は大変な状況にいるらしいが、紫音は王位争いだの魔女の脅威だのといった話にそれほど本気になれない。

ただ、このおいしい空気と目の保養になる景色、美しい旅の連れに和(なご)むばかりである。

「エルヴィアンを気に入ってくれてうれしいよ。この国は歴史が古くてね、辺境の街にはこんなのどかな風景がたくさんあるし、古代の遺跡も多い。王都はここと違って交易が盛んで、とてもにぎやかだ。欲しいものはたいてい手に入る。これから向かうヴィスパも、街道沿いの大きな街だから、シオンの興味を引くものがあるかもしれないよ」

「平和な国なんだね。あ、今は平和じゃないのか……、内紛中?」

熾烈(しれつ)な王位争いが起きているのだ。政治的なことはあまりよくわからないが、これはいわゆる内紛というやつなのだろうか。

「内紛とは言えないだろう。今やルクシアに逆らえる者は宮廷にいないし、圧倒的に彼女が有利だ。今の宮廷にアレスの即位を阻止できる人間は存在しない。……俺たちを除けば」

でも、頼みの双子は魔女によって得意な能力を封じられているという。

それを解くのに必要らしいが、見知らぬ国の出会ったばかりの王子に身体を差し出すという選択は、紫音にはちょっと考えられないことだった。

徒歩の旅は順調に進み、三人は途中でオババが持たせてくれたパンの詰め込まれたバスケットをひろげた。ジャムやハムなど、好きなものを挟んで食べるサンドイッチだ。

食べ物は日本とそれほど差がなさそうで、紫音は安心する。

ピクニック気分で楽しい。これから王都に乗り込んで王位を守るという重大な使命があるのに、こんな呑気なことをしていていいのか、と心配になるほどだ。

「そんな息せき切って行っても仕方ないからね。なんといっても、今はまだ父王が存命だ」

「何らかの妨害をされる可能性はあるがな。親父どのの容体次第だが、ルクシアがどんな手段に出ることか……」

双子の母はルクシアが毒殺したらしいのだから、彼らが心配するのも無理はない。

「ま、父も魔術に惑わされた腑抜けの王と後世に汚名を残すのは嫌だろうし。なんとか乗り越えてもらわないとね」

内心では不安だろうにそれを曖にも出さず、双子の王子はパンを切ったり中に具材を詰めてくれたりと、甲斐甲斐しく紫音の世話をやく。シルヴァなど、しまいには「あーん」と言って食べさせようとするので、さすがに紫音は遠慮して、慌てて自分で食べた。

「せっかくシオンに食べさせてあげようと思ったのに」

「そういうの、無理なお国柄の人間なんです……」

いや国柄の問題なのだろうか。

現に、弟のラーズクロスは、兄よりそういった意味での接触が少ない。シルヴァ個人の距離感が近すぎるだけという可能性もある。

昼食後もエルヴィアンのことやルクシアのことを聞いたり、馬の背に乗せてもらったりと、思ったよりのんびりした道程を楽しんでいるうちにヴィスパの街に到着した。

陽が沈みはじめた時間のせいか、街が暗い。双子はそっくり同じ顔を見合わせた。

「なんだか、活気がないというか――」

「ひどくどんよりしているな。ヴィスパは夜も盛況なはずだが……」

並ぶ家々の軒先にはランプの明かりが灯っているのに、街全体が暗い。人の姿はまばらで、たくさんの店が軒を連ねる大通りもひっそりしている。

「とにかく、ハスラード叔父の邸に行ってみよう」

元々のヴィスパの街を知らない紫音でも、街全体が重苦しい雰囲気に包まれているのを感じた。昼間歩いたのどかで清涼な森の中と違い、何かよくないものが潜んでいそうで不安になる。

早足になる双子についていこうと小走りになると、シルヴァが手を握ってくれた。

今や空気がひんやりを通り越して寒いくらいで、彼の手のあたたかさに安堵のため息をつく。

ラーズクロスが手綱を引く馬も、鼻息荒く怯えた様子を見せていた。

白い石畳で美しく整備された街並みはヴィスパの豊かさを示しているのに、どこもかしこも黒ずみ、廃墟のような雰囲気だ。

どこか遠くから低い獣の唸り声らしきものが聞こえてきて、紫音の肝を潰した。反射的にシルヴァの手を強く握りしめると、彼は立ち止まって振り返る。

「魔力を封じられてなお、この雰囲気は背筋にゾクゾクくるよ。シオン、大丈夫？」

「わ、私は大丈夫だけど、深夜の廃校に来たみたいな感じね。肝試しは苦手かも……」

「やはり、ルクシアが何らかの手を回しているのだろうな。あそこがウルク公爵邸だ」

ラーズクロスが怯える馬をなだめながら、前方を指し示した。暗闇に浮かびあがるのは、白い立派な居城だったが、やはりここもどんよりと闇に染まっている。

固く閉ざされた門をくぐり、ラーズクロスが庭先に馬をつなぐ。その間に、シルヴァが見上げんばかりに大きな玄関扉のノッカーをたたいた。

こんなおかしな雰囲気でなければ、美しい庭園や荘厳な扉、ノッカーのデザインといった、紫音には珍しい物をまじまじと観察するところだ。

「どちらさまですか……」

扉は開かれることなく、分厚い隔たりの向こうから、くぐもった男性の声が誰何する。

「エウレーゼの息子、シルヴァとラーズクロスです」

そう告げたあと、一瞬の沈黙が落ち、急いで鍵を開ける音がした。

「シルヴァ殿下ではございませんか――！　よくぞご無事で……」

扉の隙間から顔を出したのは、白髪交じりの壮年紳士だ。黒い上下は執事のそれを思わせる。

「やあ。久しぶりだね、ディラン。僕たちの叔父は元気かな？」

「それが……中でお話ししましょう」

ディランは遅れてやってきたラーズクロスにも声をかけると、慌ただしく双子を邸の中に招き入れた。

「ところでこちらのお嬢さまは……」

突然気に留められて、紫音はしゃちほこばりつつお辞儀をする。

「は、はじめまして。私は――」

「彼女はシオンといって、この国の守護女神だよ、ディラン」

シルヴァはそう紹介し、紫音を狼狽させた。彼女にとってはいろいろと重たすぎる呼称である。だが、ディランは事細かに事情を聞き出そうとはせず、頭を下げた。

「ようこそいらっしゃいました、シオンさま。わたくしはこちらのお邸で執事を務めております、ディランと申します」

「ご、ご丁寧にどうも……椙沢紫音です」

「お疲れでいらっしゃいましょう、どうぞこちらへ。お茶をご用意いたします」

よけいなことは何一つ口にせず、ディランは双子と紫音を応接室へ招き入れ、高級そうな茶器に香りのいいお茶を注いでくれた。

「それにしても、この街の様子はどうしたことなんだ、ディラン。人の姿がほとんどない」

「ええ、ラーズクロス殿下。おそらくあの魔女めが関わっているのでしょう」

ディランは一礼すると、事のあらましを話しはじめた。

王妃ルクシアが双子の王子を呪われていると糾弾し、保護するという名目で監禁しようとしたのは、今から一週間前のことだという。双子はオババの魔術で猫に姿を変えて宮廷の人々の目をかすめ、そのまま日本に飛ばされて紫音と出会うことになったらしい。

そんな宮廷での事件を耳にしたウルク公爵ハスラードは、元々ルクシアに反目していたこともあり、抗議と双子の保護のために王都へ向かったそうだ。そして、まだ戻ってきていない。

「旦那さまが王都へ向かわれたのを見計らったように、怪異が起きはじめたのでございます。昼間はいつも通りにぎやかな街ですが、夜になると――」

示し合わせたみたいに、外から獣の遠吠えが聞こえてくる。風も唸り、木々のざわめきが人々の不安を煽り立てるのだ。

「庭師や侍女たちが外で怪物を見たと怯えていますし、街の人々はこの重苦しい空気にほとんど外出をしなくなりました。加えて、体調を崩す者も続出しております」

「――もしかして、封印が解けはじめている?」

シルヴァが声を潜めて囁くと、ディランがうなずく。

「わたくしどもには魔術の心得がございませんので確かめてはおりませんが、旦那さまが王都へ出立なさってからこのようなことに」

黙って聞いていた紫音は、封印の言葉に首を傾げ、シルヴァの袖を引っ張った。

「シヴァ、封印って？」

「ああ、説明していなかったね。エルヴィアンには遺跡が多くあるという話はしたけど、実はこの邸の地下にも古代王国時代の迷宮がひろがっているんだ」

「地下に、迷宮？」

「一説によると、魔術師の研究施設だったともいわれているよ。研究のためなのか、たくさんの魔物がいたらしいけど、はるか以前に火山が大噴火し、当時のものはすべて没してしまったんだ」

シルヴァがそこで話を切ると、自然とラーズクロスが続きを引き継いだ。

「だが、魔物はそれでは滅びなかった。そこでこの地に街を作った当時の領主が、迷宮の入り口を魔術で封印し、その上に邸を建てて住むことで封印を守っている。それがこのウルク公爵邸だ」

「その封印が解けたら……」

「地下に閉じ込められた魔物たちがあふれ、ヴィスパを呑み込み、下手をすれば国中が魔物の犠牲になる——ルクシアのシナリオ通りになるんだろう」

ラーズクロスが淡々と言うので流しそうになったが、よく考えるととんでもないことだ。

「でも、まがりなりにも王妃なのに、国の不利益になるようなこと、するもの？」

「ルクシアの能力があれば、封印を解いたとしても後始末は簡単だろうね。各地に怪異を起こして、それを僕たち双子の呪いのせいだと喧伝する気じゃないかな。双子が逃亡したことで、国中に呪いが降りかかるのだと」

「そんな。それじゃあ、もし捕まったらどうなるの？」

「アレスの王位を確実にするには、僕たちの存在はルクシアにとって邪魔なだけだ」

落ち着いた声で彼は言うが、魔女に命を狙われているということだ。紫音は唇を噛んだ。

だが、執事のディランは頼もしそうに兄王子を見上げる。

「ですが、シルヴァ殿下のお力があれば」

「いや、それがダメなんだ。情けないことに、僕の魔力はルクシアの呪いで封じられている」

「それは、まことでございますか⁉　なんということだ、魔女め……」

「だがハスラード叔父さんの魔力があれば、この下の迷宮の入り口は再封印できる。封印は確か、地下の図書室だったね。封印の石板の様子を確認してくるよ」

「シヴァ、一人では危険だ。俺も行く」

シルヴァが立ち上がると、ラーズクロスもほぼ同時にそれに倣った。

「え、じゃあ私も」

窓の外では、ずっと低い不気味な音が続いている。取り残されてはたまらないと、紫音は急いで双子のあとを追った。

ふかふかの絨毯が敷かれている地下は、壁に据えつけられたランプでかろうじて視界が開けているが、そのぼうっとした明かりにかえって肝試し感が増す。

紫音は気軽なはずの異世界紀行を早くも後悔しはじめていた。

先頭はシルヴァが明かりを掲げて進み、背後をランプを持ったラーズクロスが固めてくれている。執事のディランもあとからやってきた。

「ね、ねえ。その封印が解けていたとしたら、危なくない？」

「封印が解けていたとしても、ここには頑丈な鉄壁があるから、魔物がいきなり襲ってくるなんてことはないよ。そんな事態になってたら、とっくにこの邸は魔物に占拠されて、街にも魔物があふれてるはずだから」

「でも、外で化け物の目撃談があるんでしょう……？」

「おそらく、封印が解けかけなので魔力が漏れ、周囲のよくないものを呼び寄せたんだろう」

魔物が存在しているなんて聞いていない。ちっとものどかな国ではないではないか。

「叔父が戻るまで封印がもつかどうか、ちょっと確認するだけだから心配しないで」

やがて廊下の突き当たりに両開きの扉が見えてきた。彼らが歩いて空気が動き、ランプの炎がゆらめくと影も揺れる。さっきから紫音はビクビクしっぱなしだが、双子に動じている様子はない。

「開けるよ」

ギィィと軋んだ音を立てて扉が開く。中は真っ暗で、シルヴァが掲げる明かりだけでは奥まで見通せなかった。

でも、古い本の匂いが漂ってきて、紫音の胸を高鳴らせる。転校ばかりを繰り返してきた彼女は、学校での主な居場所が図書室だったため、この匂いに慣れ親しんでいた。

「暗いから足元に気をつけて」

シルヴァに続いて室内に足を踏み入れる。だがそのとき、手前に向かって開いていた扉が、勢いよく閉まりはじめた。

「シオン！」

背後でラーズクロスが大声を上げ、紫音の肩を突き飛ばす。おかげで扉に挟まれる危難は避けられたが、シルヴァに体当たりしてしまい、二人で床に倒れ込む。

背後では、轟音（ごうおん）を立てて扉が閉ざされた。

「シオン、大丈夫!?」

身体を起こしたシルヴァが、折り重なって転倒した紫音の手を取り、上体を起こしてくれる。

「へ、平気。ごめんなさい、おもいっきり、ぶつかっちゃって……」

あまりの衝撃に、今になって身体が小刻みに震えてきた。

ラーズクロスに突き飛ばされずにあのまま挟まれていたら、四肢切断の大怪我か、下手すれば死んでいただろう。それを示すように、ラーズクロスが持っていた金属と硝子（ガラス）でできたランプは切断され、半分だけ床の上に転がっている。

床にぺたりと座り込んだままの身体をシルヴァが抱きしめてくれた。線の細い印象がある彼だけれど、こうしていると意外に肩幅もあり、男らしい身体つきをしているとわかる。

「大丈夫か、シヴァ、シオン！」

扉の向こうから、くぐもったラーズクロスの声がした。ガチャガチャとノブを回しているが、大きくて分厚い扉はびくともしない。

ラーズクロスの声を聞いてようやく我に返った紫音は、シルヴァに抱きしめられていることに気がつき、慌ててそこから飛びのいた。

こんなふうに男の人に抱きしめられた経験などない。安堵より恥ずかしさのほうがはるかに上回る。

「あ、あの、ありがとう……」

羞恥に委縮する紫音を見て、シルヴァはくすりと微笑した。紫音の頭をやさしく撫でて立ち上がり、扉をノックする。

そうして、ラーズクロスに答えた。

「なんとか無事だよ。明かりもある」

「……ダメだ、シヴァ。鍵がかかってる」

突き飛ばされた拍子にシルヴァの手から離れた明かりは、幸いにして火が灯ったままだ。彼はそれを拾い上げて扉を照らし、内側から扉を開けようと手をかけた。

「鍵穴もなさそうだね」

ラーズクロスの言葉に、シルヴァは固く閉ざされた扉の前で肩をすくめる。

「俺にもなんとなく魔力が感じられる。力ずくでは開けられそうにないな」

事態は思ったよりも深刻らしい。紫音も立ち上がり、試しにノブを回してみたが、結果は同じだった。

「封印が弱まっているせいで、地下から負の魔力があふれてきているんだろうね。この部屋は負の魔力に支配されている――つまりこの扉は、捕らえた獲物を逃がさないための罠なのかも」

「捕らえた獲物って……」

「うれしくはないけど、僕とシオンのことだね、この場合」

明かりに照らされるシルヴァの端整な横顔は苦々(にがにが)しい。

獲物としてこの部屋に閉じ込められた二人は、地下からやってくるであろう魔物に喰われてしまうのだろうか。

「とにかく、ヴィスパに魔術をかじった人間がいないか探す。ディラン、心当たりを教えてくれ」

扉の向こうでラーズクロスとディランが何事か話し合っていたが、すぐにノックがあった。

「シオン、シヴァと一緒にいれば大丈夫だ。魔術師を連れてくるから、しばらく待っててくれ」

「ラーズ、気をつけて」

ラーズクロスとディランの足音が遠ざかると、本格的な静寂に押し包まれた。明かりはシルヴァのものだけだ。心許なくて、紫音は思わず唇を噛む。

魔術の力があれば扉を開けることができるのなら、魔術が使えれば、シルヴァには鍵を開けられるということ。だが、彼は今、魔術を使えない――

シルヴァは紫音と情を交わす、つまり身体を重ねることで、魔術が使えるようになる。しかも、おあつらえ向きの二人きり。

この場面を打開するために、シルヴァが身体を求めてきたら、どうすればいいのだろう。

そんなどこかよそよそしい沈黙がしばらく続いたあと、シルヴァが部屋の奥から脚立(きゃたつ)を見つけてきて、それによじ登りはじめた。

「何してるの？」

「とりあえず視界を確保しておかないと。壁に据(す)えつけられているランプがあるから、それに火を入れれば少しは明るくなる。油も一晩くらいはもつはずだ」

そうして、部屋中にたくさんあるランプに彼が火を入れると、かなり明るくなった。蛍光灯とはいかないが、本を読むには差(さ)し支(つか)えない。

図書室の全容が明らかになり、紫音は口を開けてそれを見つめた。

壁という壁はすべて本棚で、どの棚にもぎっしりと本が詰め込まれている。部屋の中央にも天井まで届く書架があり、本で埋まっていた。

書架の前には黒檀（こくたん）の長机に立派な椅子、ゆったりした長椅子などもあって、勉強にも読書にももってこいの環境だ。

「うわあ……すてきな図書室……」

ネットで見た海外の古い図書館みたいだ。

革張りの本は背表紙からも立派な本だとわかり、古ぼけたそれに歴史を感じて、読めなくても紫音の胸がときめいた。

「シオンは本が好き？　僕も読書が大好きだよ。暇さえあれば一日中図書館にこもって、この世に存在する書物という書物を読破したいくらいだ。こんな状況でなければ、ここに籠城したいね」

「うんうん、わかる。すごいなあ、私にも読めたらラーズが戻ってくるまで楽しく過ごせるのに」

そんな紫音を見るシルヴァの深緑色の瞳が、やさしく細められた。

「たぶん読めると思うよ。オババがこの世界にシオンを連れてきたとき、言語も適応させてくれているはずだから。その証拠にちゃんと僕たちの言葉、通じてるでしょう？」

「そういえばそうだね」

国どころか世界が違うのに、意思疎通に困ることがまったくない。

もっとも、これは夢だと信じているつもりなので、紫音は不思議だと思わないことにしていた。

「ごめんね、シオン」

突然、シルヴァに謝罪をされて目を丸くする。

「え、どうして謝るの……?」

「こんなことに巻き込んだのに、明るく振る舞わせて。普通、怒るか嘆くかするところじゃないかな」

「そ、そうかな。これは夢だと信じてるから、そんなに深刻じゃないだけだよ」

「まだ夢だって本当に思ってる?」

そう問われると、返答に窮する。

現実の出来事にしてはあまりに荒唐無稽だけれど、夢で片付けてしまうにはリアリティがありすぎる。正直なところ受け止めきれていないのだが、もともと深く物を考えるタイプではないので、曖昧な状態が気にならないのだ。

シルヴァの宝石みたいな深緑色の瞳が、紫音をじっと見つめている。

「夢だと思われたままだと、ちょっと悔しいかな」

そんなことを言って、彼は紫音の鼻先をちょんと指でつついた。紫音は慌てて上体を反らし、ごまかすように笑う。頬がやたらと熱い。

「オ、オババさんの魔術すごいんだね、言葉の壁がなくなっちゃうなんて！　もしかして、魔女にも引けを取らないんじゃ？」

「老いて衰えたって言っているけど、僕のはるか上を行くはずだよ。頼りにしたいところだけど、老人を働かせて若者が高みの見物をするわけにはいかないからね。簒奪者を追い払って王座に就こうと考えてるわけだし、このくらいの危難は人を頼らず、自力でなんとかしたいよ、本当に」

何か言いたげな意味深な微笑をしてから、シルヴァは一通り図書室内を確かめて回る。書架の高いところにあった本を引っ張り出して、目ぼしいものを抱えた。脚立を下りると、机の上にそれを積む。

「この本は？」

「邸の封印について書かれていると思われる資料だよ。初代のウルク公爵がここを封じたときの様子や、封印の場所なんかも、どこかに詳しく記載されているはずなんだ。もっとも、封印は秘中の秘だから、簡単に見つかるかどうかはわからないけどね。図書室に封印の石板があるとは聞いたことがあるけど、具体的にどこにあるのか僕は知らないんだ」

「でも、シヴァは魔力を封じられているんでしょう……？」

そう尋ねてから紫音は墓穴を掘ったかもと口を噤んだ。腰を下ろして本をひろげていたシルヴァは、彼女によけいな心配をかけないためか、顔を上げて笑う。

「魔力がなくても封印を施す方法があるかもしれないし、とにかく知らないことにはね。シオンは好きな本を読んでいていいよ。そっちの書架に物語がたくさんある」

「う、うん。ありがとう……」

ふたたび本に目を落とし、そのまま黙り込んで資料に熱中する。

しばらくその様子を見ていた紫音は、教わった書架から子供向けらしき本をいくつか抜き出し、彼の正面に座って読みはじめた。

どのくらい時間が経っただろうか。夢中になって読書をしていた紫音は、ふと顔を上げた。

目の前には、ものすごい勢いで文字を目で追うシルヴァがいる。彼の左側には本がたくさん積んであったはずだが、だいぶそれが減り、右側に読了本がうず高く積み上がっていた。

（すごい集中力）

声をかけるのは申し訳ない気がして、紫音は目の前の青年をじっと見つめる。

文字を追うために伏せられた目はまつ毛が長く、目元は意外と鋭い。彼はときどき目にかかる前髪を無意識にかきあげ、指でくるくる巻いて遊んでいた。

ページをめくるスピードは速い。それでも読み飛ばさずにしっかり読み込んでいるようだ。

爪のきれいに整えられた指先を眺めていると、なんだかドキドキしてきて、紫音は嘆息する。

読書に夢中になってる男性の姿がこんなにも色っぽく見えたのははじめてだ。

一瞬でも、彼に何かされるのでは……と警戒した自分が恥ずかしい。少なくともここまで、身の危険を感じたことは一度もなかった。

「何か、手掛かりが見つかりそう？」

あまりにシルヴァが没頭しているので、躊躇（ためら）いがちに紫音は声をかけた。

彼がそうとは限らないが、夢中になりすぎて本来の目的を見失う人もいるので、一度シルヴァの意識を呼び戻そうと思ったのだ。

「……ああ」

声をかけられた一瞬後、そこに紫音がいたことを思い出したように彼は目を瞬（またた）かせ、身体を伸ばして欠伸をした。

「封印を施した当時の街の様子や、邸を建築した際の魔除けなんかについては、しつこいくらいに繰り返し書いてあるけど、肝心の封印の方法に関する記述は、今のところ見つけられていないね。題名は違うのに複写本が混じっているみたいで、中身が同じものもある」

「でも、これ全部読んだのよね？」

読了本の塔を眺めて紫音が言うと、彼ははじめて自分がこれだけの本を読んだことを知ったらしい。

「複写本にも、もしかしたら異なる記述があるかもしれないと思って、一応はね。でも、こんなに読んだのに、手掛かりなしなんてね！　ラーズも遅いし」

シルヴァが肩をすくめ、それきり沈黙が室内を支配した。扉の向こうも静かなままで、いっこうに開く気配はない。

もしラーズが魔術師を見つけてこられなかったら、いつまでここに閉じ込められるのだろうか。

いずれ邸の主が帰宅するにしても、いつになるか不明だ。王都へ出かけ、その目的は双子の保護というのだから、甥たちを捜し回り、長期不在になる気がする。

シルヴァがどう解決しようと思っているのか、聞いてみようか。

紫音はそっと目だけを上げて双子の兄王子を見る。

「……ねえ、シヴァ」

「なあに？　シオン」

「もし魔術師がいなくて、ここを出られなかったら——呪いを、解けばいい……んだよね？　本当に私が、シヴァとラーズの呪いを解けるの？」

彼の封じられた魔力を解き放つ方法は、紫音と身体を重ねること。オババはそう言った。

するとシルヴァは、笑うでもなく神妙な顔になり、本を閉じて紫音の顔を正面から見る。

「君に僕たちの妃になってほしいというのは本心だけど、シオンが心から望んだら、という条件つきだよ。ラーズも言っていたけど、嫌がる女の子にそんな無体な真似はしないから心配しないで。これでも一国の王子、紳士のつもりだから。僕たちの頼みが無茶苦茶だってこともわかってる。ここから出る方法はきっと別にあるから大丈夫。これだけ先人の知恵が詰まってる部屋で、その方法が何一つ見つけられないなんて、そんなことはないよ」

深緑色の瞳は誠実そのものだ。その場しのぎで都合のいいことを言っているのではないと、素直に信じられる。

「もう少し資料を探してみるよ」

そう言った次の瞬間、シルヴァはもう新しい本に目を落としていた。

あっという間にそちらに没頭している彼を見て、紫音は思わず笑いを噛み殺すと席を立った。

この図書室は、学校のそれの倍くらいの面積があり、とても個人の邸宅のものとは思えない。

部屋の中央に構える棚は上部が少し空いていて、まだ本が収められそうだ。これから先も蔵書が増え続けるのだろう。

ふと、目線の高さの本棚に挿してあった数冊の本が気になり、紫音はそれを手に取った。子供用なのか、表紙にペンでイラストが描かれている。

「何の本だろう、かわいい表紙」

さっき本を読んでみてわかったのだが、目に映る文字はあくまで異国の文字であって、ぱっと見ではまるで読める気がしない。それなのに、読もうと思って目を凝らすと、それが意味をなして見えるのだ。これがオババの魔術の力なのだとしたら、ぜひ夢から醒めても持ち帰りたい。

紫音はその絵本のページをめくった。

「何だろう……『この世ならざる光もて、さすればふたたび闇に没する』……？」

あとは難しい言葉で書かれていて、よくわからない。高校時代にさぼった古文の教科書を読まされている気分だ。

ざっと絵を眺めて本棚にそれを戻した瞬間だった。カチリと何かが動く、あるいは、ものが嵌（はま）ったような音がして、紫音は目を丸くする。

「え？」

途端にどこからか歯車が回る音が聞こえてきて、地面が揺れ出す。地震とはどことなく違うその揺れに、紫音は思わず本棚に縋（すが）りつく。

読書に集中していたシルヴァも異変に気づき、席を蹴って彼女のほうへ駆け寄ってきた。

「シオン!? どうし、たの……」

だが、彼の視線は紫音ではなく奥の壁側にある本棚に釘づけだ。つられてそちらに目を向けた紫音は、あんぐりと口を開けた。

壁を一面埋め尽くしていた本棚が左右に開くように直角に回転して、その奥に小さな空間が現れる。空間の中央には石の台座があり、奥の壁にランスを持った騎士の全身鎧（よろい）が飾られていた。

「これが、封印の石板……」

シルヴァが警戒しつつ石の台座に近づく。紫音も彼の背中に隠れて、恐る恐るそれをのぞき込んだ。

台座の上には、文字がびっしり刻まれた石板がある。中央部分に亀裂が入り、一部は砕けてしまったのか欠けていた。

「ああ、石板が割れている……」

シルヴァの長い指が、石板に走ったその亀裂をなぞる。

「これが割れたせいで、街がおかしくなったの？」

「おそらく。今の僕には感じることができないけど、きっとここから負の魔力があふれていて、ヴィスパ全体を覆っているんだろうな。これをもう一度封じないことには……」

石板に刻まれている文字を読もうと、シルヴァがさらに一歩前に踏み出す。そのとき、壁際に飾られていた空っぽの鎧が、ギシッと錆びた音を立てた。

紫音はそちらに目を向ける。ところが突然視界が乱れて、怒号とともに身体を突き飛ばされていた。次に目に入ったのは絨毯の床だ。

何が起きたのかわからずうろたえて顔を上げ、息を呑む。

「シヴァ！」

今まで紫音が立っていた辺りを、飾りだと思っていた鎧騎士がランスで突いていたのだ。絨毯の下は石床のはずなのに、ランスの先端がめり込んでいる。

シルヴァが突き飛ばしてくれなかったら、今頃、彼女はあの重たい金属の武器に貫かれていただろう。

「シオン、下がれ！」

いつも穏やかなはずのシルヴァの声が鋭く飛ぶ。

彼は腰に帯びていた剣を抜くと、第二撃を繰り出してきた鎧騎士のランスをそれで受け流した。

またもや先端が突き刺さった床が砕ける。

彼は確か、剣はさっぱりだと言っていたが、剣を構える姿は堂に入っているように見える。

しかしその表情には、まったく余裕がない。

「シオン、この本棚を元に戻せないか!?」

「は、はいっ」

言われて飛び上がり、紫音はおろおろと室内を見回した。返事はしたものの、焦りすぎてどうすればいいのか何も思いつかない。

その間にも鎧は鋭いランスを振り上げてシルヴァの身体を抉ろうとしている。

「え、っと……そうだ」

この本棚が開いたのは、棚に絵本を戻したときにスイッチらしきものに触れたからだ。

慌ててその本棚に戻り、さっき眺めていた本を棚から抜いて、そこをのぞき込んだ。

「あった！　シヴァ、押すよ！」

手でスイッチを反対側に押すと、ふたたびどこかで歯車が回り出し、本棚がゆっくりと元の位置に戻りはじめる。

シルヴァは鎧が図書室内に入ってこないように必死に牽制しているが、彼の剣は鎧に何の効果ももたらさなかった。相手は打撃をよけることもなく、まっすぐ彼に向かって突っ込んでくる。

うまく本棚が閉じるタイミングで、シルヴァだけがこちらに転がり込んでくれればいいが、鎧までこちらに来たら、この室内で追いかけっこをすることになる。

「シヴァ……！」

紫音は手を握りしめながら、祈るような気持ちでシルヴァを見つめた。

彼は閉じゆく本棚に視線をやると、低く屈んでランスの突撃をかわし、鎧の胸に向かって全体重を乗せた体当たりを食らわせる。

そのとき、ランスの先端がシルヴァの右腕をとらえ、そこからパッと赤い飛沫が散った。

それでも、決死の体当たりで突き飛ばされた鎧は仰向けにひっくり返り、手足をじたばたさせた。

紫音は本棚の向こうの空間で鎧もろとも倒れ込んだシルヴァの左腕をつかみ、彼の身体を図書室内に引っ張り入れる。

すんでのところでシルヴァがこちらに戻ってくると、見計らったように本棚が閉じた。

室内が静寂を取り戻す。

「ふう……」

なぜか正座になった紫音の膝に背中を預け、シルヴァが肩で大きく息をしつつ本棚を見上げる。右手で剣を固く握りしめたまま、盛大なため息をついた。

「助かったよシオン、ありがとう」

上体を起こして笑うが、腕に痛みが走ったらしく、すぐに端整な顔を歪めた。

「シヴァ、ひどい怪我」

右の上腕部分はジャケットもろとも皮膚が裂け、かなり出血している。服が吸いきれなかった血が、ぽたぽたと絨毯に染みを作っていく。

紫音が止血に使えそうな布を探しはじめると、シルヴァは「大丈夫だよ」と言って自トを脱ぐ。

分の傷口に左手を翳した。けれど、すぐに舌打ちし、裂けて血まみれになったジャケッ

「——っと、そうだ。魔術が使えないんだった」

「もしかして、魔術で傷を治せるの？」

「完全に治すのは無理だけど、止血と簡単な治療くらいならね。ごめんシオン、シャツを裂いて包帯代わりにして、傷を縛ってもらえないかな」

「う、うん」

紫音がジャケットの下のシャツを脱がせると、若い男のしなやかな身体が露わになった。

（痩せてるのに、意外と筋肉質……）

無意識に、シルヴァのひろく厚みのある胸やほどよく筋肉のついた腕に視線が吸い寄せられ、彼女は慌てて頭を左右に振る。なんという目で見てしまったのか。気を取りなおし、シャツに剣で切れ目を入れ手で引き裂くと、布で血を拭ってからガーゼ代わりに傷口に当てた。その上からきつく縛る。

傷自体はそれほど深くはなさそうだったが、場所が悪いのか出血が多い。

「……っ」

シルヴァは声こそ上げなかったものの、痛みに一瞬だけ顔をしかめた。

手当をする紫音の手が震える。これまで誰かがこんなに多量の出血を伴う大怪我をしたのを見た経験はない。しかも、彼は自分をかばってくれた人なのだ。

今頃になって恐ろしくなる。

「ごめんなさい、私のせいだね。不用意に本棚を触ったりして……」

「シオンのせいじゃないよ。ああ、そんな泣きそうな顔をしないで。怪我をしたのがシオンじゃなくて本当によかった。それに、封印の石板がある場所もわかったんだ。充分な収穫だよ」

そう慰められて、どこも痛くないはずの紫音のほうが涙ぐんでしまう。するとシルヴァは、なだめるように彼女の頭にぽんぽんと手を置いた。

「怖かったね、でももう大丈夫だから。僕が迂闊だったんだ。あんないかにも動き出しそうな鎧が置いてあったのに、魔力を封じられて感覚が鈍ってた。これまでいかに魔力に頼って生きてたかってことがよくわかったよ。それに気づけただけでも、この怪我は無駄じゃない」

「……シヴァって、お人好しでしょ」

彼は、紫音に罪悪感を持たせまいと、そんなふうに言ってくれているのだろう。

「はは、ラーズにはよく言われるよ。それにしても、どうしたら本棚が開いたの？」

「う、うん……」

紫音は中央にある本棚を指して、棚の奥に隠されていたスイッチの存在をシルヴァに知らせた。

「なるほど、これで地下迷宮への扉を封じているというわけか。さっきの鎧は、封印に手を加えようとする者を追い払うための番人というところかな」

そういえば、あの鎧は本棚が閉じたあとは動かなくなってしまったのか、奥からは物音一つ聞こえてこない。あのまま鎧が暴れていたら、木製の本棚など簡単に破壊されていただろう。

「……ラーズ、戻らないね。魔術師が見つからないのかな」

「あるいは、魔力で閉ざされたこの空間が、元の場所から切り離されてしまったか……」

「どういうこと？」

「この部屋だけが特殊な魔力で囲われて、元の場所とは違う次元に流されてしまった可能性がある。うまく説明できないけど……」

そう言って、シルヴァは本棚にもたれかかると、ずるずると床の上に座り込んでしまった。

「シヴァ！」

「……大丈夫。派手に出血したから、ちょっとくらくらしただけ」

疲れたように嘆息して彼は笑ったが、顔色があまりよくない。

「せめてあそこのソファに座ろう。立てる？」

「ああ」

シルヴァの身体を支えながら、紫音は壁際のソファに移動する。そこに彼を座らせ、幅のあるやわらかな背もたれに怪我した腕を乗せた。傷口を心臓より高い位置に持ち上げておくと、血が早く止まると聞いたことがあったのだ。

「もし私たち、別の次元にいたら、どうなるの？」

「外の様子がわからないのでなんとも言えないけど……事は魔術の鍵開けだけではすまないから、それなりの魔術師がいないと」

「——シヴァは、それなりの魔術師なのよね？」

「そうだね、こんな有様でなければ、王国内では三本の指に入るかな。三本目だと思うけど」

絨毯の上に立ち膝になった紫音は、うつむき加減に唇を嚙みしめると、顔を上げて正面からシルヴァの深緑色の瞳をのぞき込んだ。

「それなら、私を使って呪いを解いて——ここから出よう。シヴァの力があれば、怪我の手当も、ここから出ることも、できるんでしょう?」

シルヴァは目を瞠り、紫音の頭に手を置く。

「そう言ってくれるのはうれしいけど、無理強いするつもりはないよ。シオンがもっと僕のことを好きになってくれたら、そのときに」

「……そんな悠長なことを言ってる場合じゃないでしょう。いつまでここに閉じ込められてるのかもわからないし、シヴァの怪我だって、もっとちゃんと治療しないと。傷が深くなくたって、こんなに出血してるんだから」

「まだ別次元に流されているかはわからないよ。ラーズが魔術師を見つけてさえくれれば……」

なぜか話を逸らそうとするシルヴァに、紫音は不審の目を向けた。

「え、何それ。シヴァは呪いを解いて王位を取り戻すために、わざわざ別世界から私を連れてきたんでしょ!? ここで躊躇う意味が全然わからない。王になるつもりなら、ふにゃふにゃしてないで初志貫徹しなさいよ。そんなヘタレじゃ王になんてなれっこない。覚悟が足りないんじゃない!?」

言っているうちに、涙が浮かんでくる。たくさんの感情が綯い交ぜになり、自分でもどうして泣いているのかわからない。

「シオン……」

目を丸くするシルヴァは、背もたれに預けていた身を起こすと、左手で紫音の頭を抱え、涙の浮かんだ彼女の瞼にくちづけた。

「最初は本当にそのつもりで、僕たちの呪いを解き、あわよくば世継ぎを産んでくれる存在を探してた。でも、現実にシオンという女の子を前にして、君が血肉を具えて心を持つ、一人の人間だということを思い知ったんだ。君の心と身体は、王位なんかに代えられるものじゃない。僕たちの勝手な都合で振り回していいはずがないのにね」

「それで今さら、お役御免？」

「勝手なことばかり言ってごめんね。でも、呪いを解くためだけに、そんなことはしたくない」

そう言って紫音からいったん身を離し、シルヴァは彼女の前髪を指に絡めた。

「――シオンの前向きで好奇心旺盛なところ、すごく魅力的だよ。君だって母親を喪ったばかりでつらいはずなのに、こんな異常な状況でも笑ってくれる。今も、僕を元気づけてくれた。王位とか呪いとかそういったこと全部抜きにして、僕は純粋に君が好きだよ、一人の女の子として」

そう言われて、どんな顔をしていいのかわからないまま紫音はシルヴァを見た。

「だから……呪いを解くために『仕方なく』身体を許してもらうのでは、僕が嫌なんだ」

吐息が触れ合うくらいに互いの顔が近づく。しっとりと濡れた瞳を逸らすことなく、紫音は彼の深緑色の瞳をじっと見つめた。

「し、仕方なくなんて……」

「呪いを解くとかそういうことなしで、大好きな君がただ欲しいと、そう思ってる。それはダメかな？　こんな状況じゃ、呪いを解いてほしいって言ってるようなものだから、シオンに触れないようにやせ我慢してたんだけど、実は今、すごくシオンにキスしたい」

彼の瞳は、紫音が断ることなどないとわかってると言いたげに笑う。そして彼の思う通り、拒絶なんて選択肢を持ち合わせていない紫音だった。

怪我をしていない左手が彼女の頬に伸び、そっと触れる。肌を伝って、やさしい熱が移った。

まだ出会ったばかりで深く相手のことを知っているわけではないのに。

夢と現実が曖昧な不思議な世界に気持ちが昂っているせいか、彼の真剣なまなざしは紫音の胸をひどく高鳴らせた。

「……いいよ」

キスしてほしいと自分から言うのはさすがに恥ずかしくて、彼の言葉に許可を与える形で同意する。それでも、シルヴァはうれしそうに笑い、紫音のそれに唇を重ねた。

生まれてはじめてのキスに触れ合うぬくもりを感じて、紫音は目を閉じる。

最初は触れるだけ。

すぐに唇が離れたので、目を開ける。彼のまつ毛の揺れ具合までもがはっきりと見える距離に、胸が大きく鼓動しているのを自覚した。

「まだ、これが夢だと思ってる？」

「わからないけど、現実だったとしても、いいかなって……」

そう答えると、シルヴァは力が抜けたようにふわっと笑った。

「シオンの瞳は、まるで黒い宝石みたいだ。すべての上に君臨する凛とした黒。何もかもを従える高貴な光だね。吸い込まれる」

「う……」

そこまで形容されると、恥ずかしさを覚える。紫音は思わず目を瞑った。

「シオンの純潔を僕がここでもらっても、いいかな」

返事を待つことなく、またシルヴァが唇を覆う。今度は唇を割って、舌が彼女の中に入ってきた。

何から何まではじめての経験だ。

すべてを夢だと信じ込もうとしてきたが、生々しい感覚にもう夢だと思えなくなる。

どきんと心臓が鼓動を速めた。こんなに美しい青年が自分などに……かつての自分なら、間違いなくそう思っていたはずだ。

でも、彼の真摯なまなざしの中には、嘘も偽りもない。そう思えたから、紫音はうなずいた。

「ありがとう――」

シルヴァは舌を絡め合わせ、左手で頭を支えながら、彼女の身体をソファに横倒しにする。

唇が触れ合う濡れた音が静かな図書室内に響き、紫音はますますきつく目を閉じた。

「ん……っ」

緊張のあまりに呼吸を忘れ、苦しげに呻くと、シルヴァはやっと唇を解放する。

「そんなに緊張しないで。顔が強張ってるよ。そんなシオンもかわいいけど」

気がつけば、紫音はシルヴァの重みのある身体にのしかかられていた。

彼は怪我をしている右腕をかばっているが、自由な左手で彼女の頬や唇をなぞり、白い喉にも指を滑らせ、口を使って襟元のボタンを外していく。

熱い呼気が喉に触れ、紫音の身体の芯がぞくぞくした。

「こ、こういうの、けっこう、怖いのね……」

「大丈夫、荒っぽいことは何もしない。子猫に触れるみたいにやさしくするよ。シオンが僕とラーズを抱いてくれたときみたいにね」

「そういう言い方は、語弊が。それにやっぱり、恥ずかし——」

「恥ずかしいのは、慣れちゃって。僕もシオンに見られて恥ずかしかったからあいこだよ」

「ど、どこがあいこ……あれ、猫！」

抗議の声を上げかけたが、簡単に胸元のボタンがぷつっと外れ、シルヴァの深緑の瞳に下着に隠された胸が映る。それを見て、紫音は息を詰めた。

「肌、白くてきれいだね。黒い髪に映えて、ますます引き立つ」

目を細めた彼は下着をちらりとめくる。実った果実を取り出すように、布に押し包まれた右の乳房をさらした。穏やかだった深緑色の瞳には欲望が浮かんでいる。

長い指で胸の先端に触れ、シルヴァはやわらかな白いふくらみを手のひらに収めて、やさしく握る。その弾力を楽しむように何度か揉み、まるで果実の皮を剥くみたいにもう片方の乳房からも下着を剥がすと、そっと顔を近づけた。

「あ……」

熱い口に胸の頂を咥えられ、紫音の緊張がますます高まる。身体はカチコチなのに、彼の手でやわやわと形を変える乳房だけは、その強張りとは無縁のようだ。

「シオンの胸、やわらかくて——甘い香りがする」

左の胸はシルヴァの手にとらえられ、右胸は舌でねっとりと舐められる。はじめての感覚に、もはや紫音は声もなかった。

「息、止まってるね」

「や、ちょっと……！」

くすくす笑いながら、シルヴァが口に含んだ先端を舌先で転がす。思わぬくすぐったさに、彼女は声を上げて身をよじった。

「きれいだ……」

ため息とともにつぶやき、彼はあらためて紫音の胸を口で愛撫しはじめた。きゅっと硬くすぼまった乳首を舌で転がし、ちゅうっと吸い上げる。左の胸は指先で揺らし、やさしくつまんだ。

「あ、んっ」

最初は不可解な感覚に不安ばかりだったのに、シルヴァに身を預けているうちに、紫音の腹の奥が疼きはじめる。くすぐったくて熱くて、呼吸は終始乱れっぱなしだ。

「あぁ、シヴァ……っ」

胸を咥えたままの彼の手が胸から離れ、今度は衣服の下に潜り込んで肩や腕をなぞる。そうしながら、紫音の服を脱がしていくのだ。

気がつけば上体は完全に裸にされていた。もともと上半身をさらしていたシルヴァの身体と重なると、その部分がやけに熱くなる。

彼は紫音の背中に手のひらを這わせて、そのしっとりとした肌の感触を手に擦り込む。そして身動きするたびにふるりと揺れる乳房に、くちづけを降らせた。

彼の動きに合わせて身体の芯がぞくぞく震え、紫音は奥にこもる熱を感じた。胸を舐める舌に緩急をつけられ、息が上がってしまう。

「はぁっ……あぁ……ッ」

「かわいいよ、シオン。頬が赤くなってる」

壊れ物でも扱うようにシルヴァの手がやさしく滑り、また唇が重なる。濡れた唇から唾液がこぼれて伝い落ちた。

緊張のせいでさっきまで強張っていた身体は、やさしすぎる愛撫と執拗なくちづけのせいで、力が入らなくなっている。荒い吐息をつきながら、紫音はくったりとソファに沈んだ。

頭はぼうっとしているし、感覚が鈍っている。そのわりに、重なっていた唇だけはやたらとじんじんと痺れているのだ。

まんまと彼女を骨抜きにしたシルヴァは、少し身を起こし、目元を潤ませている紫音に微笑みかけた。ついばむキスを繰り返しながら、そっとワンピースのスカートを捲り上げる。そして、ドロワーズの腰紐をほどき、それをゆっくり引き下ろしていった。

「シヴァッ」

下半身に異変を感じた紫音は、慌てて彼の裸の上体に抱きつき、それ以上の狼藉を止めた。

経験はなくても、知識はたっぷりある。嘘か本当かわからないネットによるものが大半だが……いざそれが自分の身に起きるのだと思った途端、未知の恐怖に身体が逃げた。

「大丈夫だから……」

あやしく微笑みかけられて怯む。その隙に、シルヴァは紫音のドロワーズとブーツを脱がせた。

乱れたスカートの下で、生身の女性の部分が剥き出しになっている。

「ちょっ、と、待って」

大慌てでスカートを直そうとする紫音の手をやんわり握り、シルヴァは怪我をしているはずの右手をそっと伸ばしてきた。

「大丈夫だから」

スカートの中に手が差し入れられる。その刺激に彼女の身体がぴくりと反応した。

舌でたっぷり湿らされて朱色に色づいた胸が、ふんわり揺れる。

それに目を細め、ふくらみの合間に顔を埋めると、シルヴァは紫音の乳房に唇を這わせた。彼女の意識をそこに集中させておいて、不意打ちで恥丘を指でなぞる。

怪我を負った右手がゆっくりとそこを滑り、どんどん女性の敏感な部分へ迫った。

どんなに足を閉じていようと、指一本くらい、あっさり隙間に入り込んでしまう。

こじ開けられそうになった紫音は反射的に逃げるが、血の滲んだ包帯が目に入ってきたので抵抗をやめた。その場でじっと息を潜めた。

ここで暴れたら、シルヴァの怪我に障る。

「……やさしいね、シオンは」

深緑色の瞳が笑うのを見て、紫音は彼がわざと怪我した腕で触れていることを知った。

「シヴァはずるい」

「僕のずるさを受け入れてくれるんだから、シオンは最高の女の子だよ」

シルヴァはちゅっと頬にキスをしてから同じ場所をかぷりと食む。途中まで潜った指をさらに奥へ進めた。

「や……」

他人の手が性器に触れる。こんなことが現実に起こるなんて、紫音には理解しがたいことだ。割れ目で男の指が蠢いている感覚があまりにもリアルで、どう反応していいのか困る。

(思ったより何も感じない、気がする)

くすぐったいし、むずむずする。だが、たちまち快楽に呑まれるなんてことはない。

シルヴァがゆっくり探りながら中に触れるのをどう感じているのか、自分の感覚を確かめる。腹の探り合いならぬ感覚の探り合いだ。

だが、彼がそれまで触れていたのは秘裂の表面だった。指がくいっと曲がり、その奥に隠れていた花の蕾を撫でられた途端――

「あっ!」

無意識のうちに全身が揺れた。突然の変化に、自分にのしかかる青年の顔を見上げる。

彼は紫音に笑いかけつつ、さらに彼女の中を深く触り出した。

指の腹でくるくると円を描きながら小さな粒をやさしく擦る。ただそれだけなのに。

「あぁっ、んぁ――!」

とても目を開けていられず、紫音は目の前のシルヴァにしがみついた。その間にも彼の指は下腹部を撫で、耐えがたい感覚を送ってくる。

「シオン、もうちょっと足を開いて」

「む、むり……！　や、なに――これ」

「ほんと、清らかな乙女に、僕はなんて悪逆非道なことをしてるんだろうね……」

そんなことを言いつつも指の愛撫をやめる気はないようで、シルヴァは手の動きを変え、今度は前後に滑らせて敏感な部分をやさしく押し潰す。

すると、だんだんとそこから濡れた音が漏れはじめた。閉じた足が勝手に開いてしまう。

シルヴァは膝で紫音の腿を押し開き、潤ってきた割れ目に指を往復させた。

「ん――あっ、やぁあん」

彼の背中に回した腕に力がこもる。全力でしがみついていないと、このおかしな感覚を耐え切れそうにない。

「やだ、シヴァ……怖い！」

「ごめん。でも、もうやめられない。シオンがかわいすぎて……」

蜜を指に絡めて割れ目にひろげ、シルヴァは性器全体を揺さぶりはじめた。

言葉にならない声を上げ、紫音はさらにきつく目を閉じる。触れられている場所が快感を訴え、腹の奥までズクズクと疼き出した。

身体の中から熱くとろりとした蜜がこぼれ、彼の手の動きに合わせてぐちゅぐちゅと音が鳴る。いてもたってもいられず、紫音は涙目の瞳をまつ毛の下に隠した。

「シオン、もっとかわいい声を聞かせて」

「ふぁああ、あっ、なにする、の……」

割れ目を濡れた手で触りつくしたあと、シルヴァはさらに指を立てて、つぷりと膣の中に挿し入れる。蜜まみれの指は狭い空洞を抵抗なく進み、内側の熱い肉壁を愛撫しはじめた。

「ひ、ぁ……！」

異物が紫音の体内をぬるぬると這いまわる。彼の手のひらは執拗に愛液を擦りつけて蕾を押し潰した。

「はぁ……はぁ……っ」

日常ではあり得ない感覚に、紫音は喘ぐことしかできない。

彼の左手に唇をなぞられ、甘い悲鳴を上げるために開いた口の中に、人差し指が挿し込まれる。

「シオン、舐めて」

「んん……ン」

舐めてと懇願しながらも、彼の指は紫音の舌を積極的に愛撫し、唾液を絡めた。そのねっとりとした動きに最初は戸惑ったものの、思いがけないくすぐったさが喉の奥まで伝わると、陶然としてくる。

半ば強引に口をひろげられ、うまく呑み込めない唾が口の中に溜まって口の端からつーっと流れた。

こぼれた唾液を舐め取り、シルヴァは指を抜いた代わりに舌を絡めて、紫音の潤いを呑み込んだ。

（……シヴァって、むっつりエロだ）

呆然としつつも、そんなふうに考える。こういった行為は、紫音の薄弱な知識の中にはない。

「今、僕のことをエッチな男だと思ったでしょ？」

唇を離すと、彼はニッと笑う。その唇が濡れているのを見た紫音は、恥ずかしさで視線を外すしかない。彼の唇は、彼女自身の唾液で濡れているのだから。

「……だって」

「事実だけどね。シオンはどこも甘くていい香りがして、丸ごと食べてしまいたくなる」

「ああぁっ」

彼の右手はまだ体内をまさぐっていて、内からあふれる蜜を掻き出すように動く。

紫音は内腿までべったりと愛液で濡らし、とうとう高級そうなソファを汚した。

「服、汚してしまうね」

シルヴァは彼女の腕を引っ張り上げてソファに座らせる。脱がしかけたままのワンピースに手をかけ、それを頭から脱がせた。

こんな金髪美形で完璧ボディの持ち主に身体を見られ、紫音は並々ならぬショックを受けている。

「きれいにしてあげる」

シルヴァが絨毯の上に膝立ちになり、彼女の膝を曲げてソファの上で押しひろげた。淫らに濡れ光る秘所をさらけ出され、紫音の目が大きく見開かれる。

「え……」

慌てて足を閉じて秘部を隠そうとするものの、左右の足首を固定されてしまう。幻でも見る気分で、呆然とシルヴァのつややかな金色の髪を見下ろしていた。

開いた割れ目に顔を寄せ、彼は舌を腿や割れ目など際どい場所に這わせているのだ。きれいになっている感覚はまるでない。淫らな蜜を舐め取る代わりに、シルヴァの唾液でそこを犯されている気さえした。

「や、やだ――シヴァ、やめて……」

必死に彼の頭を押しのけようとするのに、手に力が入らない。これまでの人生で味わったこともないような最高の羞恥に目がチカチカする。

太腿の内側を舐められると肌がぞくぞくと粟立つし、繁みに隠された割れ目をなぞられると、頭の中が真っ白になり、呼吸すら忘れてしまいそうだ。

「おねがい、そんなとこ、いや……」

彼の舌が秘裂の中の花びらや蕾を力強く舐めるたび、意に反して紫音の喉はのけぞる。ソファのやわらかな背もたれが身体を受け止めて深く沈み込むせいで、そこから逃げられなくなった。

「シオンの蜜、甘いよ」

舌先とは思えない繊細な彼の動きに、身体中がびりびりする。そのうえ、無防備な胸の頂をつままれ、全身が疼いて熱を上げた。

拘束されていたはずの足首はいつの間にか解放されていたのに、膝を閉じて隠そうと抵抗する意識はもうなくなっている。それどころか腰をくねらせて、彼の舌を受け入れるべく大きく足をひろげた。

「あぁっ、や、シヴァあ……！」

ぐりっと彼の舌先に蕾を抉られて、紫音は息を詰める。追い打ちをかけるように割れ目の中を強く吸い上げられると、つられて身体が高い場所へと押し上げられていく。

「――ッ!!」

シルヴァの髪をきゅっとつかんで、はっきりと襲ってくる快感に喉を鳴らした。全身が強張り、熱が触れる場所から身体中に何かが突き抜け、悦楽がひろがっていく。

まるで上下が逆さまになったみたいな感覚が怖くて、紫音はそこにあったものにしがみついた。

……それがシルヴァの肩だったと気づいたのは、気を失いそうなほどの絶頂から解放されたときだ。

「シ、ヴァ……」

自分の秘所に顔を寄せたままの男を潤んだ目で見下ろす。彼は蜜にまみれた唇を舐め、やさしく笑った。

「ごめん、あんまりきれいにできなかった」

シルヴァが舐めるよりも、中から蜜がこぼれるほうが速く、さっきよりもそこは濡れ光っている。

「……信じられない」

万感の思いをこめて、紫音はつぶやく。何もかもあり得なすぎて、それ以外、言葉にならない。

「もうちょっとだけ。こっちが鎮まりそうにないよ……」

紫音の秘所からようやく離れると、シルヴァは深緑色の瞳を長いまつ毛の下に伏せ、切なげに吐息をついた。そして片手で腰のベルトを外し、着衣をわずかにはだける。

はじめて見た、男の性器。父親と一緒に風呂に入った記憶などとうにセピア色の向こうだし、紫音はこんなふうに欲望を滾らせているものを目にしたことなどなかった。

「シオンのぬくもりで鎮めて」

シルヴァはぐいっとソファの上にのしかかり、両足を大きくひろげたままだった彼女の秘裂に灼熱のような肉棘を押し当てる。

不思議と拒絶しようとは思わなかった。

ただ、これだけ怒涛の行為に翻弄されて、紫音はすでに息も切れ切れなのに、シルヴァときたら。あくまで行為の一場面にすぎなかったというのだ。

熱塊が濡れそぼった秘裂に沿って、ゆっくりと前後に揺れた。敏感になった蕾を刺激する。

「んん……っ」

まださっきの絶頂の熱が冷めやらないのに、これまで以上の熱いものを宛てがわれ、汗ばんだ全身が震えた。

紫音は彼のたくましい身体に抱きついて、熱が行き来するたびに生まれる甘い感覚に身を委ねる。

「シオン……」

耳元でシルヴァのかすれ声が囁く。瞳の色に似た、深い声だ。

「っぁあ……！」

「君の割れ目、気持ちよすぎて……」

ぐちぐちと卑猥な音が鳴るので、紫音は頬を染めて彼の首筋に顔を埋める。

気恥ずかしくてとても目など合わせられないし、緩み切ってだらしない顔など見せたくない。

シルヴァは身体の位置を微妙に変え、さまざまな角度から肉塊を割れ目に擦りつける。

彼の唇から、紫音と同じ乱れた呼吸がこぼれた。

「ああ……熱いね、溶けてしまいそう……っ」

「んあぁ、あ……んぁっ」

彼が往復するたび、密度が増す。次第にシルヴァは眉間を寄せ、切なそうに紫音の頬に触れた。

「もう——我慢できないよ」

一瞬、彼の腰が離れたと思うと、楔の向きが変わる。紫音の中に入るよう濡れた先端を宛てがう。

「挿れても、いいかな？　ダメって言われても、しちゃうと思うけど」

こんな状態でどう返事をすればいいのだろう。でも、紫音の昂りも限界まできていて、今さらやめるなんて考えられなかった。

声は出さず、こくんとうなずく。

「好きだよ」

シルヴァは耳元でそう囁き、興奮に滾った熱を紫音の中にゆっくりと埋め込む。

「く……」

息が詰まりそうなほどの圧迫感だった。硬くて熱いものが中に分け入り、収まろうとするのだ。紫音の身体は未知のものを拒絶しようと押し返すが、侵入者のほうがはるかに強い。

「あ、あ……ッ」

ズキンと痛みを感じる。はじめてのときは痛いという知識はあった。でも、こんなにはっきりとした鋭い痛みだなんて思いもよらない。知らずに紫音の身体が強張った。

無意識のうちに呼吸が浅くなり、乱れていたらしい。シルヴァの手が落ち着かせるように彼女の肩をたたき、閉じかけていた意識をこちらへ呼び戻す。

「痛いよね、ごめん。もう少しだけだ、できるだけやさしくするから」

「だ、だいじょうぶ……」

かろうじて返答するが、うっすらと目に涙が滲む。彼は謝罪の代わりなのか、紫音の目元にキスをし、途中まで埋めた熱塊をぐっと奥まで突き込んだ。

「……っ！」

シルヴァの腰がぶつかると、さっきほどの強い痛みはなくなった。一番きつかった部分は通り過ぎたようだ。

「深いところまで、つながった。痛い？」

顔をのぞき込まれながら問いかけられ、紫音は真っ赤になって頭を左右に振る。

「あ、の。大丈夫、たぶん……」

はじめてのことに身体が小刻みに震えているので、まるで説得力がない。その緊張を解こうというのか、シルヴァが蕩けるような笑みを浮かべ、頬や瞼、唇にキスの雨を降らせる。

　紫音はあらためて頬を赤らめた。本当に男の人とつながっているのだ。

「かわいいよ、シオン。本当に、愛しい――」

　シルヴァがゆっくりと動きはじめた。最奥まで押し込んだ楔を引き抜き、ふたたび奥まで突き上げる。それを繰り返す。

　はじめは不安で小さくなるばかりだった紫音だが、擦られているうちに痛みが心地よさに変化していく。

「あ、あぁっ、シヴァ――これ、なんで……っ」

　――こんなに気持ちいいの。

　あまりの快感に声が出なくなった。

「シオンが、そんなに締めつけるから……」

　楔を女の膣にぎゅうぎゅう呑み込まれる快楽に、シルヴァも息を乱す。紫音の中で暴れたいという欲を肥大させ、さらに力強く彼女を苛んだ。

　肌がぶつかり合うたびに、交じり合った場所を濡らす蜜が音を立てる。紫音の中からこぼれる愛液は、彼を受け入れるためだけにあふれているのだ。

「シヴァ……っ、ま、また……」

だんだん目の前が真っ白になっていくのは、さっき達したときと同じだ。でも、それより気持ちよくて、紫音はどんどん身体から重みがなくなっていくのを感じた。

「シオン、イキそ、う……っ」

「んっ、ああっ、やぁっ……！」

両腕で頭をぐっと抱え込まれ、硬く隆起した性器を奥にひときわ強く押し当てられた途端、紫音は果てた。きゅうっと切なく身体の芯が縮まり、シルヴァの熱を求めるように疼く。

その瞬間、奥で重なり合った彼の楔が引き抜かれた。

やがて、腹部に熱いものが注がれるのを感じ、息を乱しながら紫音はうっすらと目を開ける。

目の前にシルヴァの揺れる金色の髪と上下する肩が見えた。

彼はしばらくその姿勢のままで硬直していたが、やがて大きく息をつくと、紫音の頬にやたらとくちづける。

紫音は茫然自失から抜け出せず、されるがままになった。彼の唇が触れるのをただ感じる。首筋の熱や、揺れる金色の髪からたちのぼる香りに、すっかりのぼせていた。

やがて、シルヴァが両手で彼女の頬を挟んで、その顔をのぞき込む。

「……シオンのイクときの顔、ものすごくかわいかった」

「へ、変なこと言わないで……」

「変なんかじゃないよ。ああ、こんな場所じゃなくて、ベッドでゆっくりしたい」

黒髪にもキスを注ぎ、しばらくぎゅっと紫音の身体を抱きしめていたが、名残惜しそうに離れ、シャツの残骸で彼女の腹部や濡れた秘部を拭った。

「じ、自分でやるから」

「そんなこと、女の子にさせられないよ。本当だったら、朝までシオンの髪を梳きながらうつらうつらしていたいところなのに、色気のない状況でごめんね。この埋め合わせは必ず後日」

処女を捧げてしまったという大事件を今頃実感して、紫音は慌てて脱ぎ捨てられていたワンピースを身体の前に宛てがった。

「そ、そういえば、呪いは……？」

ごまかすように言うのに、シルヴァは深緑色の瞳を細め笑う。

「おかげさまで、この通り」

彼が紫音の巻いた包帯をしゅるっと外すと、さっきまでぱっくり割れていた傷口は完全にふさがっていた。わずかな傷痕と血痕が残るばかりだ。

「解けたのね⁉」

「それもこれもシオンのおかげだ。本当にありがとう」

「そう……よかったぁ……」

紫音が心の底から安堵(あんど)すると、シルヴァはまた彼女の頬にキスをする。

「シオンが笑ってくれると、この世界に不可能なことなんて何もないと思えるよ」

極上の笑顔を向けられ、その台詞(セリフ)をそっくりそのまま彼に返したくなる紫音だ。大きな手で頭を撫(な)でられて、心臓がまた激しく音を立てはじめている。

突然シルヴァの顔を見ていられなくなって、うつむいた。頬がやたらと熱い。

彼は乱れた下衣を正すと、紫音が服を身に着けるのを甲斐甲斐(かいがい)しく手伝おうとする。

紫音は必死に食い下がって、自力で身支度を整えた。

「シオンがあんまりかわいいから、ちょっとエッチなことしすぎたかも。身体、大丈夫？」

「う、うん……」

とは言うものの、手足がくがく震えているのは目に見えてわかる。シルヴァがそれに気づき、彼女の手を取り、その甲にくちづけた。

彼のやわらかな金髪を見下ろしていると、また下腹部がじんわりと熱を帯(お)びてくる気がして、紫音は慌てて頭を左右に振る。

いっぽうシルヴァは、さっきまでの淫靡な空気を振り払い、血で汚れたジャケットの袖を切り捨て、それを素肌の上に直接羽織った。

「シオンは座って休んでて。もう一度封印しなおす。あの石板に封印の呪文が記されていたんだ」

「本棚、開けるの？」

「ああ。でも今度は大丈夫だよ、さっきみたいなヘマはしない。大舟に乗った気持ちで見てて」

そう自信満々の笑みを浮かべるシルヴァは、言葉通りに今までよりもずっと頼もしく見える。失われたものが戻ったおかげなのだろうか。

地下迷宮への隠された入り口を開くスイッチは、部屋の中央に置かれた本棚にある。シルヴァがそこを押すと、またもや歯車の回る音が響いて、壁際の本棚がゆっくりと両側に開いた。

さっき彼を串刺しにしようとした鎧騎士は、最初のときと同じように奥の壁際に立ち、微動だにしていない。石板に人が近づくと動く仕組みになっているみたいだ。

そうとわかっているはずのシルヴァだが、恐れげもなく石板に近づいていく。錆が軋む音がした次の瞬間、鎧の持つランスが、高速でシルヴァに向かった。

「シヴァ！」

紫音が叫ぶが、彼はよけるそぶりも見せず、右の手のひらを迫りくるランスに向けて翳した。たったそれだけの動作だったのに、鎧騎士はぴたりと動きを止める。

紫音が息を詰めてその光景を見守る中、彼の手がぐっと握りしめられた。

すると、ぐしゃっと鎧が潰れ、床の上に鉄くずのように転がる。手にしていたランスが乾いた音を立てて落ちた。

時間にして三十秒とかからなかっただろう。

紫音はあんぐりと口を開け、さっきまで鉄の鎧騎士だったはずの鉄塊を眺める。

「シヴァ、何がどうなったの……？」

「この鎧にかけられた術を解除して、圧を加えただけだよ。こんな大きな鎧が転がったままだと、邪魔だから」

あまりにも造作なくやってのけたので、緊張して見守っていた紫音は肩透かしを食らった気分だ。

「さっさと封印を戻して、この部屋を出よう。もう少し待ってて」

シルヴァはもう鎧騎士のことなど忘れたかのように、亀裂の入った石板に目を向けた。刻まれた文字を指でなぞりながら、内容を確認している。

だが、すぐに大きくため息をついて頭の後ろに手をやった。

「ああ、ダメだ。これは封印の石板じゃない」

「違うの？」

「封印の呪文は書かれているけど、封印自体はここではなく中庭にあるみたいだ。しかも、ふたたび封印を施すにはもう一つ材料が必要らしいんだけど、ちょうどそこが欠けていて読めない。この世ならざる——何だろう」

シルヴァがなぞった言葉に紫音は心当たりがあった。本棚から一冊の本を持ってくる。

「これじゃない？」

最初にスイッチを作動させてしまったときに手にした、あの絵本だ。彼が読み上げた一節が、この本の中には書かれている。

シルヴァは手渡された本をぺらぺらめくると、破顔一笑した。

「シオン、君は探し物をみつける天才だね。それにしても、封印の仕方が図解入りとは。呪文も全部ここに書いてある。子供向けの指南書かな。おかげで暗記しなくてすみそうだ」

そう言って紫音の長い黒髪をくしゃくしゃと撫で、ついでに抱き寄せ額にキスをする。

彼のあたたかな感触に、紫音の頬が一気に赤く染まった。つい今しがたの交わりを想起させる体温だ。

「ふ、封印のやり方なのに、子供向け？」

「代々、ウルク公爵家の当主はこれを継承してきたからね。身体の弱い当主が、存命中に幼い子供のためにわかりやすく書いたのかも。あ、今のは僕が勝手に考えた話だけどね。ウルク公爵家はもうこの土地に二百年も住んでいるから」

「二百年……。老舗なのね」

どこをどうツッコめばいいかよくわからない紫音の感慨を、シルヴァは聞き流した。

「とにかく、ここから早いところ脱出しよう。シオン、この本は君が大事に持っていて」

開いた本棚を元に戻し、鍵がかかって開かなくなった扉の前に立つ。

「開けられる？」

「シオンのおかげで魔力が戻ってる上に、今までよりも力が満ちてる気がする。大丈夫」

彼はスッと手をノブに翳し、口の中で小さく何事かを唱えはじめた。

（呪文の、詠唱だ！）

漫画や小説によくある描写が、今、紫音の目の前で行われているのだ。

謎の興奮に、胸の前で両手を握り合わせた彼女は、わくわくしながらその様子を見守る。

詠唱が進むにつれ、室内に風が巻き起こり、シルヴァの金色の髪がふわりとなびいた。

やがて、風は図書室内全体に及び、紫音の黒髪も流される。それと同時に、固く閉ざされていた扉に隙間ができ、内側に開きはじめた。

「シヴァ！　シオン！」

「坊ちゃま！　それにシオンお嬢さまも」

とうとう扉が開くと、そこには心配そうな顔をしたラーズクロスと執事のディランがいた。紫音とシルヴァの姿を見た途端に、こちらへ駆け寄ってくる。

「無事だったか」

「おかげでね。というか、こちらが無事ではなさそうだ。危険な魔力が渦巻いてるじゃないか」

「街に魔物が現れ、魔術師探しどころじゃなくなった。神殿騎士や護民兵が食い止めている」

そう報告するラーズクロスの深緑色の瞳には、歯がゆさと悔しさのようなものが見て取れる。おそらく、自分自身が剣を手にして魔物を斃すことができないせいだろう。

「すぐに封印を閉じよう。シオンがふたたび魔物たちを封じる術を見つけてくれた」

そう言って図書室をあとにして歩き出したシルヴァの背中に、混乱を収めようとする王者の風格を感じ、紫音はこっそりと吐息をついた。

（シヴァって、かっこいい……）

足を踏み出すのが一歩遅れる。

そんな紫音の背中を押して、ラーズクロスが地上へいざなう。思わず見上げると、彼は兄によく似たやさしげな双眸で彼女に微笑みかけた。

「シヴァの呪いを解いてくれたんだな。ありがとう」

「え、うん……」

いつもは硬い表情をしている彼が、我がことのように安堵を見せている。その顔にドキッとしてしまい、紫音は表情の選択に困った。

引け目を感じる必要などないはずなのに、双子の一方だけに身体を開いたことに、罪悪感に似た感情がよぎる。

だが、ラーズクロスは気にした様子もなく、すぐにシルヴァの隣に並び、街の状況を説明しはじめた。

紫音とシルヴァが図書室に閉じ込められていた時間はそれほど長くはなかったはずだが、じきに夜明けを迎えるということだ。人々は街の中心にある神殿の聖堂に身を寄せていて、今は神殿の騎士や護民兵たちが魔物の駆除に奔走しているという。

魔物という存在は日常的でないとはいえ、付近の山中や森の中で出くわすこと自体は皆無ではない。定期的に魔物を狩るための出兵があるおかげで、兵士たちの間に恐慌はないそうだ。

「ただ、数が多くて厄介だ。封印の石板は図書室にあるんじゃないのか？」

「どうやら、中庭にあるらしい。ディラン、中庭に封印と思われるようなものがあるか？」

「中庭でございますか？　そういえば中庭の四阿に記念碑らしきものが建っております。それでしょうか。旦那さまは何もおっしゃってはおりませんでしたが……」

「案内してくれ」

こうして全員でウルク公爵家の中庭に向かう。ちょうどそのとき、神殿の騎士たちが邸の門にやってきた。物々しくも神々しい鎧姿に、紫音の胸が思わず高鳴った。

「執事どの、ウルク公はいつ頃お戻りになるのか。この騒ぎが長引けば、いずれ死者も出ます。この街を守護したもう公爵が不在とは、考えられない失態だ。やはり、双子の王子殿下が呪われているという、王妃さまの言葉が正しかったのか」

騎士は目の前にいる青年たちが件の王子であることを知らないらしく、苦々しい表情でつぶやいた。その言葉に、紫音はむっとする。

「王子は呪われてなんていません！　どうして二人を知りもしないで、そんなこと言えるかな。双子が呪われてるなんて、そんな非科学的でアホな話がありますか！」

自分のいた世界の科学でこちらの世界を推し量ってはいけないのだろうが、そんな説が当たり前にまかり通ることに違和感しか持てない。

それにたった一日とはいえ、行動をともにした相手を悪し様に言われるのは気分が悪かった。

「失礼ですが、こちらの女性は」

騎士が胡散臭そうな目で紫音を見る。すると、シルヴァが彼女の肩に手を置いた。

「彼女はエルヴィアンを平和へ導くために遣わされた救世主、近い将来、この国の王妃となる女性だ」

「えっ、えっ？」

救世主とはずいぶんな誇大広告である。そんな嘘をつかれて、しかも、王妃になることが決定済みのような物言いに、紫音は慌てる。

「この国の王妃？　ディランどの、こちらの方々は？」

「王太子シルヴァ殿下及び、弟君のラーズクロス殿下でいらっしゃいます。こちらの女性は、王子殿下のご婚約者さまで――」

「シルヴァ殿下とラーズクロス殿下だと？」

「ディラン、そんなことよりも早く案内を」

騎士たちは胡乱な目でシルヴァをじろじろ見た。シルヴァはそれに構わず、踵を返して中庭へ足を向ける。

「どういうことですか、ディランどの。先の双子の王子殿下は、呪われた存在であり、現在はルクシア王妃に保護されていると――」

不審を露わに追いかけてくる騎士たちをラーズクロスが振り返り、ジロリと一瞥する。

「いいから黙って見ていろ。邪魔をするならここから去れ」

その鋭い双眸と、上に立つ者の風格に気圧されて、騎士たちは顔を見合わせるばかりだ。ラーズクロスと前を行くシルヴァの顔がそっくりであると気がついた彼らは、半信半疑のまま双子のあとを追った。

ディランに案内されたのは、中庭に設置されているかわいらしい四阿だ。近くに苔むした石の記念碑がある。元々の位置から転がり落ちたらしく、地面の上に不自然に丸い形の石が置いてあった。全体を緑色に覆われて何が書かれているのかはわからないが、確かに文字が彫られている。

元々、石が置いてあったと思われる場所には、握りこぶし大の穴が開いていた。どうやら、その穴が深く地中につながっているらしい。

「これか。かなり重たい魔力がここから放出されている。周辺の魔物を呼び寄せているんだ」

転がった石を持ち上げて穴をふさぐと、シルヴァは手で苔を剥がし、そこに彫られている文字を明らかにしていく。

彼の肩越しにそれをのぞき込む紫音の目に、『ふたたび闇に没する』という、図書室の石板と同じ一文が読み取れた。

「なるほど、再度の封印ができないように図書室の石板を壊したというわけか。用意周到なことだ。でも、呪文が絵本にしたためてあるなんて、さすがのルクシアも思い至らなかったみたいだね」

「だがシヴァ、この『この世ならざる光』とはどういうことだ」

ラーズクロスの疑問に、今、はじめて問題に直面したような顔でシルヴァが首を傾げる。

「確かに、どういうことだろう。とりあえず魔力の光を当てつつ、封印の呪文を唱えてみるか」

すっと立ち上がったシルヴァは、右手を記念碑に向けて翳した。すると、光源もないのに苔の剥がれた石に光が当たる。その状態のまま、彼の唇から低い呪文の詠唱が流れはじめた。

謳うような詠唱は耳に心地よくて、紫音は思わず聞き惚れる。けれどそれが終わっても、封印が施されたという手ごたえはなさそうだ。

「魔力の光ではダメということか、それともこの石に当てるというわけではないのか……」

紫音の手から絵本を取り、シルヴァはそれを熟読して頭を捻る。その様子を眺める騎士たちの表情がどんどん不審なものに変わっていくのを見て、紫音のほうが慌てた。

けれど、しらけかけた場に緊張が走る。中庭の奥の暗がりで何かが蠢いたのだ。

低い唸り声、足元を揺らす地響き。鼻をつく、腐ったような臭い。

ラーズクロスが紫音をかばってその背中に隠したとき、巨大な、まるで小山みたいな塊が驚くほどの速度でこちらに近づいてきた。手にしたものを彼らに向かって振り下ろす。

巨大な棘だらけの棍棒が四阿を一瞬でたたき潰すのを、紫音はラーズクロスの肩越しにはっきり見た。崩れてもうもうと砂埃を上げる四阿の向こうには、もじゃもじゃの顎髭に、でっぷりと突き出た丸い腹をした醜怪な巨人がいる。

知性のない小さな目は、獲物を見つけた獣みたいに人間たちを見ていた。

「オーガだ！」

映画でしか見たことのないモンスターを目の前にしても、紫音は今一つ実感が持てなかった。アトラクション感が拭えない。

騎士たちが声を上げ、腰から剣を抜く。だが、それより先にシルヴァが巨人に手のひらを向け、先ほどの魔法の明かりで小さな目を照らした。

巨人は目を覆って呻き声を上げる。持っていた棍棒――紫音の身長の倍はありそうな凶器を、やたらめったらに振り回しはじめた。

「シオン、こっちだ！」

怪物退治に自分が参加できない悔しさを振り払うように、ラーズクロスが紫音の手を引いて危険な場所から連れ出してくれる。一方シルヴァは、その場に居残っていた。

「ラーズ、シヴァが……！」

「シヴァなら大丈夫だ。見てろ」

目潰しをもろに食らった巨人が大暴れし、かえって騎士たちは手出しができなくなってしまったようだ。シルヴァは棍棒が鼻先すれすれをかすめても身じろぎ一つせず、暴風に髪を揺らしながら詠唱を続ける。すると、紫音の視界を斜めに分断するまばゆい光の筋が走った。

それは輝きをまとった槍に見える。

光の槍はまっすぐ巨人の腹に突き刺さり、分厚い体内を貫通してその身体を地面に縫いつけた。巨大な棍棒が地面に落ちる大きな音が、辺りに響く。

それっきり巨人は呻くこともなく、槍に貫かれて絶命した。

「さ、さすがはシルヴァ王子殿下だ……」

騎士たちの間にそんな声が上がりはじめ、やがて「王子万歳！」の唱和がはじまった。

「ラーズ、シヴァの魔術ってすごいね……」

それしか言葉にならず、感嘆する紫音に、ラーズクロスは自分が褒められたように笑う。

「そのシヴァに力をふたたび与えてくれたのはシオンだ。……だが、まだ終わっていない」

肝心の封印は破れたままだ。この封印をもう一度施さない限り、ヴィスパに平和が訪れない。

「この世ならざる光って……魔法の光でもないのよね。さっきの槍の光とかでも？」

「俺には魔術の原理はよくわからないが、シヴァが実行しないのなら、ダメなんだろう」

「そうか……そうだよね」

彼の兄王子への信頼は絶対らしい。

紫音は、黙って絵本に視線を落としているシルヴァに近づいた。彼の横顔は真剣で、普段のやわらかなまなざしも今は鋭い。

「シヴァ、何かわかった？」

声をかけると、はっと夢から醒めたような顔をしたあと、やさしく彼女に微笑みかける。

　彼の視線を感じた紫音は、チリチリと焼けていきそうな熱を覚え、自分が声をかけたのにもかかわらず視線を逸(そ)らしてしまう。

　身体を重ねてから、シルヴァの紫音を見る目にいっそう熱がこもっている——そう思える。

「魔力による明かりはダメとなると、古代王国時代に発明された特別な道具とか、そういうものになるのかなと思って。記憶を当たってるけど、該当しそうなものは思いつかない」

「特別な道具……」

　ふと、紫音はワンピースのポケットに入れていたスマホの存在を思い出した。そっと取り出して電源を入れてみると、相変わらず圏外ではあるが動作している。

「これも光が出るんだけど、まあそんなわけないよね」

　紫音は笑いながらスマホのライト機能をオンにした。シルヴァの視線に恥じらう自分自身をごまかす行為だ。

　松明(たいまつ)やランプの揺らめく炎とは明らかに違う、白みを帯(お)びたまばゆい光が封印の石を照らし出す。

　その光の先を目で追っていたシルヴァが、深緑色の瞳を大きく見開いた。

さっきまで苔むしてじめじめしていた封印石が、まるでそれ自体が発光するように輝き出したのだ。

「シオン、そのままで！」

珍しく強い口調で言い、シルヴァはさっきと同じ呪文をもう一度唱える。

詠唱が進むにつれ、石は内部まで輝き、辺りを真昼のごとく照らし出した。やがて、街全体を覆うほどふくれ上がる。

紫音はその光の行方を追って空を見上げた。その瞬間、まるで花火みたいに光が弾け、きらきらと輝きながら散っていく。

黒い雲がかかっていた空は、一瞬で雲一つない晴れ渡った青空になっていた。

いつの間にか、夜が明けていたのだ。

＊

その日、街の広場はお祭り騒ぎの様相を呈していた。

シルヴァの施した封印のおかげで、魔物たちの気配はすっかり消えてなくなったのだ。

街には活気が戻ってきた。

シルヴァはにぎわう広場を見てうなずくと、喧騒から逃れて広場の隅に寄り、弟の肩に手を置く。ラーズクロスはそれに応えるように拳をつくって、軽く兄の胸をたたいた。

「呪い、解けてよかったな」

「シオンのおかげでね。その――」

シルヴァはラーズクロスの傍に寄り、その耳元に小さく言う。

「抜け駆けしてごめん」

だが、ラーズクロスはやわらかく笑い、兄の頭をわしわしと撫でた。

「そんなふうに言うな。すべてはシオンが協力してくれたからこそだろう。俺に謝る必要などない、シオンに感謝しまくれ」

「そうするよ。おまえの呪いも……」

「俺は呪いを解くためだけにシオンをどうこうするつもりはない。それはシヴァも同じだろう？」

「もちろんだ。シオンは本当にいい子だからね。完全に本気だよ」

「とにかく、シヴァの力が戻ったということは、ルクシアに対抗する力が手に入ったということだ。ルクシアやアレスにこの国をいいようにさせるわけにはいかないからな」

これが双子の究極の目的だ。その目的を果たすために必要な力が一つ、彼らの手に戻った。

「ねえ、二人で何の内緒話？」

紫音が両手いっぱいに串焼きを持ってやってきて、シルヴァとラーズクロスに手渡す。

「これ、すっごくおいしいの！　二人も冷める前に食べてみて」

そう言って真っ先に串焼きの肉にかぶりつく。そんな彼女を見て、双子は笑った。

「食いしん坊のシオンは本当にかわいいね」

「え、それ、食い意地が張ってるってこと……？」

「シヴァは褒めてるんだ、シオン」

「褒められてる気がしないんだけど……」

広場の隅で三人がそんな他愛もない会話をしている間にも、街の人々が増える。やがて、彼らの姿を見つけると、口々に叫んだ。

「シルヴァ王子万歳！　ラーズクロス王子万歳！　我らの双子王子に祝杯を！」

誰かが言いはじめた言葉を唱和する声がひろがっていく。

シルヴァもラーズクロスも苦笑交じりにそれに応えた。街に平和が戻ったことには、心底満足している。

「シルヴァ殿下、そしてラーズクロス殿下、此度は街をお護りくださって感謝に堪えません」

　そうあらためて挨拶に来たのは、領主ウルク公爵の下で町長として街をとりまとめる老人だ。

「街が無事で何よりだよ。むしろ、王家のいざこざに街を巻き込んで申し訳なかった」

　頭を下げるシルヴァに、町長は慌てて頭(かぶり)を振った。

「とんでもないことです、王子殿下。しかし、ルクシア王妃は両殿下がエルヴィアンに呪いをもたらすと喧伝(けんでん)しています。ウルク公閣下は、殿下方を保護するために王都へ向かいました。いったい、王都では何事が起きているのでしょう。公は未だにお戻りではないし、便りもなく心配しております」

「叔父上のことは、僕たちも気にかけておくよ。王都では今、国王陛下が病床にある。おそらく王妃は、僕やラーズが次期王になっては困るのだろうね」

　その辺りの事情は町長も知っているらしく、神妙にうなずいている。

「おおかた、そんなことだろうとは思っておりました。領主のウルク公は全面的にシルヴァ殿下とラーズクロス殿下のお味方でございますから、ヴィスパも王子殿下を支持すると表明しておりました。しかし、ルクシア王妃の物見の能力を恐れる民(たみ)も多く、街の中でもウルク公支持派とルクシア王妃支持派で分裂しかけておったのです。今回の怪異騒ぎも、王子殿下の呪いによるものだという噂がまことしやかに流れまして。ですが――」

町長は広場でお祭り騒ぎを繰りひろげる街の人々を眺め、目を細めた。

「今やヴィスパの街では誰もがお二人を支持しております。皆の者、双子の王子殿下に忠誠を」

町長が広場に向かって声を上げると、人々は双子を取り囲んで口々に称(たた)えはじめる。

それを穏やかな笑顔で聞いていたシルヴァは、手で歓声を制して口を開いた。

「ありがとう。我々双子は呪われた存在などではないし、この国のためにできることは何でもするつもりだ。そして、この女性が魔物の侵攻を食い止めるために今回、尽力してくれたシオン姫だ。我々を助け、この国に安寧(あんねい)をもたらす、将来の王妃だ！」

「えっ、シヴァ、何を……」

紫音が止める間もなくシルヴァは高らかに宣言し、それを受けた街の人々がさらに歓声を大きくする。

「シルヴァ殿下、ラーズクロス殿下、そして将来の王妃シオンさま、万歳！」

口々に祝福され、もはや紫音の抗弁など誰も聞いていない。

双子の王子と紫音を称(たた)える人々の声は、青く抜ける高い空にどこまでも響いていった。

第三話　ドラゴン退治には××が欠かせません

ヴィスパの街を出た三人が次に訪れたのは、街道沿いの宿場町ラビニュだった。

王都まで続くこの街道は、エルヴィアン国中に整備されていて、旅人や商人たちも使う大きなものだ。その途中には主要な街も多く、旅行く人々のための宿が軒を連ねていた。

一行はヴィスパから二日ほど西へ徒歩で移動し、昼前にラビニュにたどりついたばかりだ。しかし朝から体調のよくないシルヴァが宿に転がり込んだ途端、熱を出してひっくり返ってしまった。

「シヴァ、大丈夫？」

紫音は手拭いを濡らしてシルヴァの額にのせてやる。彼は心底情けない顔で彼女の手を握った。

「面目ない。体力にはあまり自信がなくて……にしたって、女の子より先にバテるなんて、情けなさすぎて泣けてくるよ」

「仕方がないさ、シヴァ。ルクシアの呪いをかけられたり、解放したりで、身体に負担がかかったんだ。あのヴィスパの再封印も相当キツかっただろうし」

ラーズクロスによれば、魔力を封じられたというだけでシルヴァの身体には相当な負荷がかかったそうだ。大怪我もしたうえ、紫音に魔力を戻してもらってからも鎧騎士を倒したり、図書室の鍵を開けたり、巨人を一撃で倒したり。しまいには、街全体を覆っていた悪い魔力を封印しなおしたのだ。

その辺の魔術師に簡単にできるようなことではないらしい。

「情けなくなんかないよ。シヴァ、がんばってるんだから、たまには弱音くらい吐かなきゃ」

そう言って、紫音は彼のさらさらした髪を撫でる。

シルヴァの調子のよさは、周囲の人間を心配させないための気遣いなのではないかと、紫音は思うようになっていた。

王として国を背負う人間が、簡単に感情的になったり、弱音を吐いたりはできないのだろう。

「食欲はある？　何か買ってこようか？」

「いや、シオンはやさしいね……それより」

シルヴァは握ったままの紫音の手を引き寄せるなり、彼女の頬にキスをした。途端に、紫音の心臓がうるさく鳴りはじめる。

「シヴァッ！」

先日の図書室での秘め事を思い出してしまい、紫音はキスされた頬に手を当て横を向くが、すぐ後ろにラーズクロスがいる。彼にも気まずさを感じて、視線をさまよわせた。

「こうすると、少し元気になる」

軽口をたたきながらも、シルヴァはかなりしんどそうだ。紫音に触れる手も熱い。

その様子を黙って見守っていたラーズクロスが、そっと紫音の肩をたたいた。

「シオン、しばらく寝かせておこう。今のシヴァには休息が何よりの養生だ」

「う、うん。シヴァ、じゃあゆっくり寝ててね」

彼女が声をかけたときには、すでにシルヴァは寝息を立てていた。

「よほど疲れてたんだね。もうちょっとヴィスパでゆっくりしてくればよかった」

「ゆっくりしていられないのは俺たちの都合だからな。シオンは大丈夫か？」

「私は平気。ラーズは疲れてない？」

「俺の心配はいらない。ひとまず下の食堂で昼食にするか……」

道中でも、途中の小さな村や街で食事をしたり宿で寝泊まりしたりしていたので、旅としてはかなり楽なものだった。国全体が、旅しやすく整備されているのだそうだ。

だが、こうしてラーズクロスと二人きりで話すのははじめてで、正直、何をどう話せばいいのかわからず、紫音は必死に話題を探す。ここまでの道中、シルヴァと十の話をしていたとしたら、ラーズクロスとは一かせいぜい二程度だ。

表情も兄ほど頻繁に変わることはなく、ラーズクロスはとっつきにくい。

もしかしたら、紫音に呪いを解いてもらわなければならない、というこの状況を不本意に感じているのかもしれない。

彼が料理を注文している間、大勢の客でごった返す食堂の中を紫音はぐるりと見回す。こんなときに話題をたくさん提供してくれるシルヴァの存在のありがたさを実感した。

きょろきょろしていると、木の壁に直接描かれたたくさんの絵画が目を惹く。

どうやら、トカゲみたいな爬虫類っぽい生き物と、それに立ち向かう一人の剣士のようだ。

「ねえラーズ、あの絵って」

給仕が立ち去ったあと、紫音はようやく見つけた話題をさっそく投げてみた。

「ドラゴンだ。知っているか？」

「本の中でなら。残念ながらあっちの世界に本物はいないけど、エルヴィアンにはいるの？」

「さあな。だがこの辺りには大昔、ドラゴンが棲(す)んでいたという言い伝えがある。この絵はその名残(なごり)だろう」

「へえ、ドラゴンの伝説かあ」

「街のあちこちに伝説が遺(のこ)されているはずだ。街を焼き、人々を殺したドラゴンが付近に棲(す)んでいて、それを伝説の剣士が退治したという。幼児向けの童話としては王道だな」

現実に魔物が存在する世界だ。ドラゴンの伝説もあながち作り話というわけではないのかもしれない。ラーズクロスはドラゴンの存在を疑っているわけではなく、退治した剣士が一人で立ち向かったという件(くだり)を信じていないそうだ。

「ドラゴンは魔物の中でも最強を誇る。人間がそれに対抗できたのなら、大勢の騎士や兵士を引き連れて出かけ、その中で腕のある剣士がとどめをさした。そんなところだろう」

「現実的だね」

「俺は騎士団を指揮する立場だ、単身でそんな無謀な戦いに挑もうとは思わない。今までにも現実というやつをまざまざと見せつけられてきた。あまり夢見がちな考え方はしたくない。もっともシヴァは、この手の伝承や物語が好きだそうだ。物語の中くらいは夢を見ていたいらしい」

話題を向けると、意外に途切れることはなく会話が続く。紫音はほっと肩の力を抜いた。

「双子でも考え方ってけっこう違うんだね」

感心しつつ、運ばれてきたサラダを口に運ぶ。

この国の食べ物は味付けが豊富で、サラダのドレッシングのようなものも充分すぎるほどに満足いくものだ。

「でも、ラーズとシヴァって、ほんとに仲いいよね」

「……早くに母親を亡くしたし、父はルクシアに操られてあてにならなかった。互いの身を互いで守り合うしかなかったからな」

王子の身でありながら、互い以外に信用できる者がおらず、日常でも隙を見せないことを徹底していた。そんな大変な子供時代を過ごしてきた分、強い絆(きずな)で結ばれているのだろう。

兄弟の関係をこうして間近で見ているとやはり、うらやましいなと紫音は思う。彼女にはそうやって助け合うどころか、心を許せる相手すらいなかった。

病気の母に心配かけまいと、弱音は絶対に吐けなかったし、気丈に振る舞うしかなかったから。

昔を思い出してしんみりしていたその様子を見ても、ラーズクロスは何も言わなかったが、食事が終わると紫音を宿の外へ誘った。

「情報収集がてら、ラビニュを見て回らないか」

彼はどうやら気を使ってくれているらしい。申し訳ないような気もしたが、これを機にもう少し打ち解けた仲になれればと、紫音はうなずく。

「食後の散歩、いいね。シヴァは寝かせておいて大丈夫かな。看病してあげなくても？」

「ヤツは大人だぞ、シオン。そうやって甘やかすのはよくない」

「でも、シヴァを一番甘やかしてるのはラーズだったりして。違う？」

からかい交じりに言うと、ラーズクロスは難しい顔をして黙りこくった。

ラビニュはヴィスパに比べると規模は小さいものの、人口一万人以上からなる中堅都市だそうだ。

街の中心は商店も人通りも多かったが、外れに行くと畑がひろがるのどかな街だ。

「叔父のウルク公は、行きはここを通ったようだが、帰ってくる姿を見た者がいないそうだ。王都との往復では、よほど手の込んだ道を選ばない限り、ラビニュを通るはずなんだが」

「まだ帰ってないってことか。王都で会えるといいね」

「単身、敵地に乗り込んだようなものだ。無事でいればいいが」

キナ臭い発言をしてしまったと思ったのか、ラーズクロスは話題を変える。

「あちらの方角に森があるだろう。伝説では、あの森にドラゴンが棲んでいて、勇者が倒したといわれている」

「へえ。ちょっとドキドキしちゃうね。行ってみる？」

「やめておこう。さっきの食堂でおかみに聞いたが、今は野盗の類が住みついてるらしく、王都に騎士団の派遣を要請しているそうだ」

「いつの間にそんな情報……」

ラーズクロスの周到さには舌を巻く。野盗と聞いては、紫音も穏やかではいられない。街には腕利きの自警団がいるとはいえ、善良な人々に紛れられてしまってはどうしようもないのだ。

「小耳に挟んだだけだ。あまり遠くへは行かず、シヴァの調子が戻ったら早めに移動したほうがよさそうだな。ルクシアも騎士団派遣の要請を突っぱねて、民心を自分から遠ざける真似はしないだろう。ここは、騎士団に任せておけばいい」

そっけなく言うラーズクロスだが、本当は自分が率先して騎士団を率いて退治に行きたいのだろう。努めて平静を装っているのが目に見える。紫音はついつい彼の頭を撫でてやりたくなった。

とはいえ街はこのうえなく平和だ。

シルヴァへのおみやげに林檎を一つ市場で買い求め、二人は宿へ戻ろうとした。

ところが、三軒先の商店の軒先で、店主の男性が声を荒らげている。

いかにも人相が悪い五人連れの男たちが、難癖をつけて店主を怒らせたようだ。事情を知らなくとも、男たちの態度を見るとだいたいの流れは察せられる。

「うちの商品にケチをつけようってのか、野盗どもが」

「こんなゴミの入った酒を売りつけておいて、堂々と金をふんだくろうってのかよ、オッサン」

「その酒にゴミなど入ってはいない。おおかた、自分たちでやらかして、他の商品を巻き上げようという魂胆だろう」

店主は気骨のある人物らしいが、どう見ても、武器を持った五人の盗賊崩れ相手には分が悪い。

近所の人が自警団を呼びに行く。だが、腕の立ちそうな筋骨たくましい野盗が店主の前に立ちはだかると、他の四人が店に並んでいた酒の樽を持ち出しはじめた。

「やめろ！　この強盗どもが！」

紫音ははらはらしてその様子を眺める。ふと隣にいたラーズクロスを見上げると、すでに彼はおらず、酒屋の店主に殴りかかろうとしていた野盗を逆に殴り飛ばしていた。

「この野郎……」

殴られて地面に倒れた男は、鼻血を拭（ぬぐ）いつつ起き上がってラーズクロスを睨（にら）みつけた。

ラーズクロスは身長こそ男を凌駕（りょうが）しているが、筋肉ムキムキスーパーヘビー級の野盗に対し、ライト級、せいぜいライトヘビー級である。

（そのムキムキを一撃で倒すラーズはすごいけどっ）

紫音はわりと、格闘技番組が好きだった。

ラーズクロスはおそらく、自警団が到着するまでの時間稼ぎのつもりでいる。でも、体格差はもとより、多勢に無勢だ。そのうえ、こちらは丸腰、相手は全員が剣を持っている。

「ヤロウっ」

太い幹のような腕で男はラーズクロスに殴りかかった。彼はそれを華麗にかわし、勢いでつんのめった男の鳩尾（みぞおち）に強烈なパンチを見舞う。見事なノックアウト勝ちである。

それを見て泡を食ったのは、一緒にいた四人の野盗たちだ。

「――やれやれ、大変なことになったな」

ラーズクロスはこの四人相手に素手で渡り合うつもりなのかと、はらはらしながら見守っていた紫音の耳に、知らない男の声が聞こえた。振り返ると、どう見ても野盗たちの仲間としか思えない三人組が、呆れた顔で騒ぎを見ている。彼らはそこにいた紫音を見て笑いかけてきたのだ。

「ほんとに困った連中だよねえ、あいつら。酒の調達一つできないなんて、これじゃ首領に雷落とされちまうわ」

そう言って野盗の一人が無造作（むぞうさ）に紫音の腕をつかむ。お世辞にも清潔とは言えない男の汚れた手に触れられ、彼女の背筋に怖気（おぞけ）が走った。

「だからお姉ちゃん、俺たちの上に雷が落ちないよう首領に頼んでくれないかな」

「やっ、放し……」

大声を上げようとした瞬間、大きな手で口をふさがれ身体を引きずられる。必死にラーズクロスのほうを見ると、彼は紫音が連れ去られようとしていることに気づいてくれてはいたが、剣を抜いた四人に足止めを食らっていた。

「シオン！」

紫音は市場の外へ連れ出され、縄でぐるぐるに巻かれると、つないであった馬の背に放り上げられる。不安定な馬上で手が使えず、目が回りそうだ。

「あんた、シオンって名前なのか。あの色男のコレかい？」

「あの色男相手にいろいろやってんだろう？　俺たちにもお裾分けくんねえかな」

下品な顔で意味深に笑われ、紫音は恐怖に震えあがる。日本では誘拐などという荒事に遭遇することはまずない。それなのに今、見るからに荒くれの野盗たちに攫われようとしているのだ。

「とはいえ、首領に内緒で手なんぞ出したら俺たちの命がヤバい。もし首領がいらねえって言ったら、そのときは俺たちを慰めてくれよな。女早りで飢えてんだわ」

そう言って、男は服の上から無遠慮に紫音の胸をつかんだ。

声は出ない。恐怖でふさがれたみたいに喉が詰まっているのだ。冗談抜きで身体が小刻みに震え、身体を動かすこともままならなかった。

「さ、行こうぜ」

紫音の後ろに飛び乗った野盗は、ご丁寧に彼女に猿轡を噛ませると、手綱を握る。

市場を振り返った紫音は、涙で滲んだ視界にラーズクロスの姿を認めたが、為す術はない。彼が自分を呼ぶ声は、無情にもどんどん遠ざかっていった。

強引に馬に乗せられてたどりついたのは、森の中の岩場にぱっくり空いた洞だった。

馬上から荷物のように下ろされた紫音は、岩間に引きずられて連れ込まれる。

そこはすぐに地下になっていた。天然の洞窟に人の手を入れたらしい四角い部屋だが、まともに掃除をしていないのか、ひどく臭い。

奥の壁には両開きの大きな扉があり、そこからガヤガヤと大勢の男の喧騒（けんそう）が漏（も）れ聞こえてくる。

「さあ、ここで首領にじっくり検分してもらおうぜ」

その扉を開けた瞬間に襲ってくるのは、鼻をつく酒臭さ、男の悪臭がぎゅっと凝縮された濁った空気、むんむんした妙な熱気！

まるで酒場みたいだ。数十人もの男たちが酒を飲みながら何かに興じており、濁声（だみごえ）が反響して耳が痛くなる。

縛り上げられた紫音が中に入ると、いっせいに男たちが好奇の目でじろじろ眺めた。

「お、女じゃねえか！」

「ちょっと待て、手ぇ出すなよ。まずは首領どのに献上だ」

酒場の奥で、いかにもこの連中を束ねていると思われる男が、卓の上に足を投げ出し獲物が差し出されるのを待っている。

「首領、今日の一番の獲物ですぜ！」

紫音を捕らえた男は得意げに彼女の身を差し出した。

男の前に突き飛ばされた紫音は、あまりに異様な空気に「怖い」と感じる心も麻痺する。ただ、信じられない思いで首領の髭面を見つめるばかりだ。

「ふうん？」

男が紫音の猿轡を外し、怯えた彼女の顎に手をかけてじろじろと値踏みする。

その取り巻き連中も、紫音をいやらしくねめつけ、下品な笑い声を漏らした。

「……そうさなぁ、欲を言えばもうちょっと色気のある、大人の女が俺ァ好みなんだが」

「ダメですかねえ。面倒にならねえよう、旅の女を捕まえてきたんですがね。お払い箱にするならこちらで引き取りますぜ、首領」

「まあそう急くなよ、中身を確かめてから考えよう。脱がせろ」

声も涙も出ない。

そのとき、戸口のほうから聞こえてくる野盗たちの野次に、悲鳴が混じりはじめた。

紫音が振り返ると、背の高い金髪の男が、周りにいる野盗たちを力ずくで排除しながらこちらへ向かってくる姿が目に入る。

「あ……」

男たちが紫音の襟元に手をかけようとしたとき、たどりついた人物が首領の手首をつかんで捻り上げた。

「やめておけよ」

一瞬、男たちの間に沈黙が落ちる。

「なんだきさまは！」

野盗たちはいきり立ち、紫音は見慣れた頼もしい人物の姿に、大粒の涙を浮かべた。

「ラーズ……」

彼女の涙を見たラーズクロスが、つかんだ首領の手をそのまま引っ張り上げ、宙に浮かせて突き飛ばす。そして、縛られた紫音の身体を抱き寄せた。

「大丈夫か、シオン」

彼の手に抱かれた途端、恐怖も緊張もすべて溶け去り、紫音の全身に安堵感がひろがった。涙を隠してその胸に顔を伏せると、ラーズクロスが黒髪を撫でてくれる。

だが、野盗たちが黙ってその様子を眺めているわけはなかった。

酒瓶の並んだテーブルに倒れ込んだ首領が、起き上がりざま不逞な侵入者を一瞥し「たたきのめせ」の一言を発したのだ。途端に野盗集団がラーズクロスに向かって殺到してきた。

彼は縛られたままの紫音の身体を左手に抱え、右手に握りしめていたものを無造作に振るう。たちまち、周囲にいた野盗たちが吹っ飛ばされる。

紫音は思わず目を剥いて彼の持っている長物を二度見した。

ラーズクロスが握りしめているのは、農家の軒先から拝借してきたらしい木製の——鋤だったのだ。農作業で使う、アレである。

「てめえ、バカにしてんのか！」

野盗たちの怒号が響いたが、もちろん彼は本気である。

剣が握れない代わりに武器になりそうなものを探した結果、木製の鋤なら支障がないとわかったのだ。

ラーズクロスは鋤の平面で、手近にいた野盗たちの横っ面を殴打し次々倒していった。鋤が届かない角度の敵には後ろ回し蹴りを見舞い、たちまち酒場の中は乱闘の舞台となる。

彼らが怯んだところで、テーブルに散乱していた酒瓶を鋤で飛ばし、彼は手近な連中を牽制する。中には瓶の直撃を食らって床に沈没する者もいた。

「てめえら何してやがる、相手は一人で鋤だぞ！　それでもイフキア団の一員か！」

首領は手下を叱咤しながら、自らも長剣を抜いてラーズクロスに斬りかかった。

ラーズクロスは鋤の柄でその剣を受け止める。一撃は耐えたが、二撃目でぽっきりと真ん中で折れた。だが怯むことなく、短くなった鋤で首領の腕をたたき、剣を床に落とす。

次の野盗の剣をかいくぐると、今度は手刀を見舞って戦力を削ぎ、ついてこられずにいる敵の顔面に正拳を放つ。

嵐のような猛攻に、たちまちラーズクロスの周囲から男たちが後退した。

それにしても、これだけの人数が暴れているせいか、急に室温が高くなった気がする。紫音は服の下で汗がじっとりと流れるのを感じた。

男たちの饐えた体臭や酒の臭い、いろんなものが混ざった空気に気分が悪くなる。

「てめえら、何やってんだ！」

首領が叫んだそのとき。低い物音がしたかと思うと、足元が突然揺れはじめた。

「地震……っ⁉」

地震大国の住人であった紫音だが、立っていられないほどの揺れを経験したことはない。ラーズクロスが抱き留めてくれてはいるものの、恐怖を覚える。

崩壊が起きたのは、その瞬間だ。

野盗たちの足音と怒号が入り交じる中、地面が崩落し、その場にいた全員が巻き込まれて落下した。

紫音もラーズクロスに抱きかかえられたまま宙に投げ出され、悲鳴を上げる。下から、もわっとした熱い空気が流れてくるのを感じていた。

ラーズクロスは声こそ上げなかったが、さすがに息を呑む。

やがて、瓦礫の崩れる音と、もうもうと上がる砂埃が収まった頃、紫音はラーズクロスの腕に抱きしめられていることを知った。ほっとして身体から力を抜き、彼の胸に顔を埋める。

そこはとても心地よくて、紫音は肺の底から深呼吸する。ようやく、清涼な空気をいっぱい吸うことができたのだ。

一瞬、ラーズクロスの鼓動が乱れた気がしたが、彼は紫音の頭に触れ、その無事を確かめるように背中をやさしくたたいた。

「シオン、無事か？　怪我は——」

「う、うん。平気……ラーズは大丈夫？」

顔を上げた紫音は、互いの体温と呼吸が近くに感じられる状態でいることに気づき、慌てて身を離そうとした。しかし、縄で縛られているため、芋虫みたいにジタバタするだけだった。

二人が落ちたのはだいぶ下層で、暗くて周囲がよく見えないが、どうやら狭い部屋の中らしい。

ラーズクロスは室内を見回しながら、紫音の身体を起こして縄を解いてくれた。

天井にぽっかり開いた穴の上から、野盗たちの悲鳴が聞こえる。そして、それを追い立てるような低い、何かの咆哮。

「ラーズ……今の、何？」

幅一メートルにも満たない天井の穴を見上げていた彼は、穴をまたいで移動していった黒い物体に目を細めた。

上の層にいる野盗たちの悲鳴が、その正体を二人に知らせる。

「ド……ドラゴンだ!!　逃げろ！」

「こいつ、火を吹くぞ！」

まさに、阿鼻叫喚だ。上階から炎の明かりが射し込み、瞬間的に辺りの温度が急上昇する。

「ドラゴン……」

紫音の身体を抱いたまま、ラーズクロスが穴の向こうをのぞこうとする。だが、二人の位置から天井の穴までは三メートルはありそうで、長身の彼でもさすがに上階の様子を知ることはできなかった。

しばらくすると、上の喧騒が落ち着く。察するに、ほとんどの野盗がうまく逃げ延びたようで、ドラゴンが移動する音と咆哮が聞こえてくるばかりだ。

紫音とラーズクロスはドラゴンの居座る真下の空間に、二人きりで取り残されることになった。

天井の穴からはうっすら明かりが射し込んでくるが、二人のいる下層まではあまり届かない。

「と、とにかく明かりを……」

慌ててラーズクロスの身体から距離を取ると、紫音はポケットの中からスマホを取り出して、手探りで電源を入れた。ヴィスパの封印騒ぎで大活躍したライト機能を起動し、室内を照らす。

「ここは……」

ぐるりと室内を見回して、ラーズクロスがため息をついた。

そこは明らかに人の手で造られた部屋で、壁には本棚、たくさんの文献、机や椅子にベッドまでもが備わっている。そして、いくつかの剣が壁にかけられていた。

彼はテーブルに置いてあった古ぼけたランプを手に取ると、中から何かを取り出して握りしめ、またランプの中に戻す。すると、炎の明かりとは思えないほど視界が開けた。

「明かりがつくんだ！　ずいぶん古そうなランプなのに……」

「ここは古代王国時代の遺跡のようだ。魔術師たちは油に火をつけたりはせず、魔力をこめた石をランプの光源として使っていた。人が握れば明かりが灯る。今でもエルヴィアンの王城の明かりはほとんどが魔力の光だ」

「へえ、すごい便利だね」

紫音はスマホのライトを消してそれをポケットにしまい、ラーズクロスが埃まみれの書架から本を取り出してはページをめくる様子を眺める。

「ここ、何の部屋なのかな……」

「古代王国時代は今よりも魔術が盛んで、魔術の研究と称してさまざまな研究施設が造られたらしい。ここにあるのは、おおかたが魔術の研究書のようだ。ドラゴンが生存していたのは驚きだが」

上階にいるドラゴンに存在を気取られないためか、声を潜めてラーズクロスが言う。

「ドラゴンの足下に研究部屋を作ったってこと？　何の研究してたんだろうね」

俄かには信じられないが、実際、紫音の頭上にそのドラゴンが存在して、動き回っているのである。今は咆哮を上げたり炎を吐いたりしておらず、ときどき地面を踏みしめる音が聞こえるばかりだ。

信じられない気持ちでラーズクロスがひろげていた本をのぞき込んだ彼女は、そこに『竜殺し』の文字を見つけた。

「ドラゴンを斃せる魔剣をここで製作していたらしいな」

「魔剣……それってドラゴンスレイヤーですか!?」

紫音にとっては心躍るフレーズである。彼女は小声で叫び、興奮気味に目を輝かせた。

「ドラゴン退治の研究ってこと？　じゃあ、ここにある剣は」

「魔剣の完成品――ならいいな。だが――」

その先をラーズクロスは続けなかった。彼は剣に触れることがそもそもできない。魔剣が完成していようがいまいが、それ以前の問題なのだ。

一瞬の沈黙が落ちる。彼にかけられた呪いを解く方法はここにあるが、そのためには……

「シオン」

本を閉じ、ラーズクロスはしばらく沈黙を続けていたが、意を決したようにゆっくりと紫音に正面から向きなおった。

「どうやらここから逃げ出すためには、上にいるヤツの目を盗まなければならないらしい。だが、俺は未だかつてドラゴンと対峙したことはないし、さすがに丸腰で上へ出ていく度胸はない」

剣があってすら、単身でドラゴンと戦うなどというリスクを冒したくないと、彼は言っていた。たとえ紫音が剣豪だったとしても、そんなのまっぴらごめんだ。

「だが、シオンをこんなところで死なせるわけにはいかない。意地でも逃がしてやりたい。だから」

そこで一度言葉を切ると、彼は深呼吸をしてきっぱり言った。

「だから、俺にかけられた呪いを――解いてくれないか。……頼む」

紫音が顔を上げると、ラーズクロスは神妙な顔でこちらをまっすぐ見つめていた。

「呪いを――」

彼の大きな手が、紫音の頬に添えられる。

今までラーズクロスに触れられた機会は、兄のシルヴァと比べればないに等しい。シルヴァより体温の高い武骨な手の感触に、紫音はどぎまぎする。

もちろん、躊躇(ためら)いはある。でも、強い視線を向けてくる青年に、小さくうなずいた。

「本当に、いいのか？」

耳元を吐息でくすぐるみたいに囁(ささや)かれ、思わず目を閉じる。恥ずかしくてまともにラーズクロスの顔を見られない。

「だ、大丈夫。ここから生きて出るためには必要なことだって、納得してるから……」

自分が勘違いしないように、そう伝えた。

そもそも、シルヴァに好意を向けられて身体を許したばかりなのに、その弟にも何かを期待してしまうなんて――

だけど、そう伝えた瞬間にラーズクロスの手が紫音から離れていった。

目を開けて彼の顔を見上げると、弟王子は目を細めて不本意な表情だ。

「そうじゃない。呪いを解くためという大義名分はあるが、俺は――シオンに惹かれている。だから、シオンを……抱きたいと」

「え……?」

ラーズクロスを見返すと、彼は照れくさそうにほんのり頬を赤らめ、でもごまかすことなく紫音をまっすぐ見つめた。

「呪いを解くためとはいえ、気持ちのない女にそんなことはできない。だが、シオンこそ有無を言わさずこんなところに連れ去られ、俺たちに――。許せるはずもないだろう」

「そんなこと、ないよ。ラーズの役に立てるなら……」

そう言いながらも、ラーズクロスのまさかの言葉に動揺している。

もともと、彼は紫音に呪いを解いてもらうことにあまり乗り気ではなさそうだったし、気は使っていても、彼女自身に興味を持っているようには見えなかった。

（そんなふうに思ってくれているなんて……）

ふいに腰を引き寄せられて、紫音は瞠目する。

どぎまぎしたところに、軽いくちづけが待ち受けていた。重なった体温に、緊張よりも安堵がひろがる。

「こんな世界に巻き込んで、本当に申し訳ないことをした」

魔法のランプに照らされた彼の深緑色の瞳を見上げていたら、すぅっと吸い込まれそうになり、くらくらする。次の瞬間、ラーズクロスのたくましい両腕に身体を担がれていた。

彼は部屋の隅にあった狭いベッドまで紫音を連れていくと、そこに彼女を下ろし、上着を脱いでベッドにひろげる。どのくらいの期間、放置されていたかわからないベッドに横たわらせないための気遣いと知って、彼女の胸がきゅんと高鳴った。

シルヴァより大柄で、どちらかといえばぶっきらぼうなラーズクロスの、その細やかな心配りがやたらとうれしい。

「シオン」

彼の作業を見守っていた紫音は、突然手首をつかまれ、あっと思ったときには暗い天井を見上げていた。無機質な天井ではなく、ラーズクロスの少し緊張した顔が視界いっぱいに入ってくる。紫音の全身が強張った。

「こんなことをさせて——本当にすまない」

最後の最後まで念を押すように彼は言う。紫音が呪いを解くために我慢をして従っているると思っているのだろうか。

彼女は閉ざしていた瞼を開けた。

「私、ずっとこれは夢だって思おうとしてたの。でも、今は夢じゃなきゃいいのにって、思ってる。……おかしいよね、こんなの」

兄のシルヴァに続き、弟のラーズクロスにも身体を許そうとしている。普通だったらこんなこと道徳的に許されるはずがない。

自分を気の多い女だと思ったことはなかった。

でも、この非常事態を打開するためにそうせざるを得ないことも確かだが、本当に嫌ではないのだ。

「おかしいなんて、思う必要もない。俺たちが望んだことだ。シオンが俺たちに心を許してくれているのなら、こんなにうれしいことはない」

そうして、ふたたび唇が重なる。さっきよりもはっきりとした、長いキス。

唇の先だけでついばむそれが何度も繰り返される。

ワンピースの襟元にラーズクロスの手がかけられ、ボタンが一つずつ外された。それを遠くに感じながら、目を閉じて彼の唇をずっと受け止めている。けれど、ふっと胸元が涼しくなり、紫音は目を開いた。

じっと彼女を見つめる深緑色の瞳がそこにある。まるで最後の確認をしているようだ。

「ラーズって、石橋をたたきすぎて壊すタイプでしょ……」

そう言い、今度は紫音のほうからキスを重ねた。自分でも驚くほどの積極性だが、何度も確かめられ、見つめられるほうが恥ずかしくてたまらない。

「シオンは――いい女だな」

彼の手が力強く紫音の着衣を剥がしていく。ドロワーズが下ろされ、下着も外され、机の上に置かれたままのランプの光にぼんやり照らされた裸身が露わになった。

この状態で目が合うと、とんでもなく恥ずかしくて目が泳ぐ。

腕で胸を隠してふいっと横を向いても、そこにはひろげられたラーズクロスのコートがあって、彼の匂いが嗅覚をくすぐってくる。

（う、わ……）

突然、心臓がドクドクドクと激しく鼓動をはじめる。

悪臭の漂うこの洞窟で、唯一清涼なラーズクロスの匂いを、彼女の鼻はどうやら覚えてしまったらしい。

頬を染めたその瞬間、ラーズクロスは目を細めて彼女の身体の上に跨った。そして、頬や耳たぶに唇で触れ、首筋に鼻を寄せる。

「ふあ……」

くすぐったくて声を上げると、彼は大きな手を紫音の腕にかけ、隠していた胸から遠ざけた。その代わりに自分の手のひらで紫音の胸を覆い、壊れ物を扱うみたいにやさしくふくらみを包み込む。

「シオン」

耳元で名を呼ばれ、そうでなくともどぎまぎしていた心臓がよけいに乱れ、息苦しさに喘いでしまう。

「きれいだな」

「そっ、そんな、ラーズのほうが、きれいです……」

視界を埋め尽くすラーズクロスの容姿は実際、端麗すぎる。切れ長の瞳や長いまつ毛、整いすぎるほどに整った精悍な顔立ちも、美しくて眩暈がするほどだ。

シルヴァとそっくり同じ顔なのだが、髪型も性格も違うせいか、重なって見えることはまったくない。

「きれいと言われて喜ぶ男はいないぞ」

「……カッコイイです」

律義に言いなおすと、ラーズクロスは彼らしくなくぷっと笑い、身体を起こしてシャツを脱ぎ捨てた。

（――細マッチョ!!）

シルヴァも細身の割に筋肉質だとは思ったが、ラーズクロスは剣を扱うだけあって、兄よりも身体に厚みがある。剥き出しになった腕は一回りくらい太い気がした。

でも、そんなことを考えていられたのもそこまでだ。

彼の大きな手が紫音の肩に触れ、腕をなぞり、腰に当てられる。やさしく愛撫され、彼女の肌がぞくっと粟立った。胸のふくらみをまた握られると頂が硬くなって、過敏に反応してしまう。

「や……ラーズ、くすぐったい……」

腰から腹部にぬくもりが移り、臍の辺りをつーっとなぞられる。言いようもない感覚に、思わず腰が反り返った。

「シオンの肌は滑らかで、ずっと触っていたくなる」

「んぁああ……」

じれったくなるほどにやさしく手のひらの熱を分けられて、その心地よさに紫音は身をよじった。ささやかな胸が揺れ、吸い寄せられるようにラーズクロスの唇が胸の頂を咥える。

きゅっと吸われ、舌で硬くなった蕾を包まれて、舐められる。先日、兄王子にも似たことをされたが、やはり成人男性に胸を咥えられるという行為はそうそう慣れるものではない。

「ふ、ぁ……や……」

無意識に喘ぐと、ラーズクロスはもっと深く含み、疼く場所を舐めた。紫音の息が止まる。

じれじれともどかしい感覚にとらわれて、彼の身体にしがみつきたい衝動に駆られた。けれど、まだ遠慮があって、彼の身体に触れることはできない。

やり場のない手を握りしめて固まっていると、ラーズクロスに手をつかまれ、強制的に彼の背中に腕を回される。

「俺に触ってくれ」

その要求に、紫音は声もないまま悶えた。

彼のような偉丈夫に「触ってくれ」と懇願されるなんて。おまけに、抱きつかざるを得ないよう彼のほうから紫音の身体を抱きしめてきた。

　鍛え上げられた背筋の感触が指先に伝わり、紫音は夢中になってそれを撫でまわす。彼の身体は信じられないくらいに分厚くて硬くて、でもしなやかで。

　一方、ラーズクロスの手や唇が、身体中を滑り、熱い手に触れられた肌がじんじんする。最初は触れるだけの遠慮がちなキスもどんどん深まっていき、ついに舌が絡まった。

「んっ……ん……」

　二人の吐息が静かな地下に響き、空気を秘密めいた濃厚なものに変えていく。

「は、ぁ、ラーズ……」

　ため息とともに彼の名を呼ぶと、ラーズクロスはさらにくちづけを深め、紫音の下腹部へゆっくり手を伸ばす。

　抱き合ってキスを交わしているうちに、閉じた足の間がしっとりと潤ってきた。そこへ彼の指が忍んできた瞬間、電流でも走ったような感覚に襲われる。

「あぁん――っ」

　自然に漏れる、快感の悲鳴。その声に何かを刺激されたのか、ラーズクロスの指がもどかしく割れ目の中に入り込み、埋もれていた蕾を探し出した。

　くちゅ、と小さく水音がして、紫音は身体をくねらせる。

「や、あ……！　ラーズっ、あっ」

彼は荒々しく唇を重ね合わせ、舌をなぞり、それを吸ってくる。唾液がこぼれても、やめようとはしなかった。そうしながら、紫音の胸の尖った頂を指で擦ったり、愛液が滲んだ割れ目をやさしくなぞったりする。

「んーっ、んぅ……っ」

さっきまでは様子を見つつ触れるだけだったくせに、遠慮なく紫音の中の快感を暴き立て、彼女の左足を持ち上げた。強引に開かされた足の間はぐっしょり濡れて、紫音が感じていることを知らせている。

「い、や……そんなに、見ないで……」

見られていると思うだけで割れ目の中の蕾がズキズキと疼いて、とろっと熱い蜜がこぼれてくる。

紫音はラーズクロスに顔を見られないためにそっぽを向いた。

「愛しい女のすべてを見たいと思うのは、男の性だ」

「いと……そ、そんなの、うそだよぉ……」

まさかそんな口説き文句を、現実に聞かされる日がくることになろうとは。

どう答えていいのかわからなかった。恥ずかしくて真に受けられない。

むしろ、次々に与えられる羞恥に音を上げそうだ。こんなの、二次元ヒーローの台詞でしか聞いたことがない。

「なぜ嘘だと思うんだ」

少し怒ったようにラーズクロスは言い、彼女の頬に手を当てて自分のほうを強引に向かせる。

「だって……」

「俺の言うことなど、信用に値しないということか？」

「そ、そうじゃないけど！　だって……私なんか何の取柄もないし、ラーズみたいな立派な人に、そんなふうに思ってもらえる理由が――」

「俺は猫の姿で出会った瞬間から、シオンに惹かれていた。心やさしい娘で」

大きく開いた割れ目の中を指で擦り、彼は紫音にのしかかってその唇を深く重ねる。

「悲しくても前を向いていて」

「あっ、ああ――っ」

彼女の喉を食み、ぬめった場所に指で小さな振動を送り、蜜があふれ出す場所を探す。

「こんなわけのわからない状況におかれても、俺たちに笑ってくれる」

「……っ」

敏感になった胸の先端を甘噛みされて、紫音はいやいやと頭を振った。

ラーズクロスは探り当てた蜜口をなぞる。卑猥な音とともに、彼の節くれだった指が紫音の中に強引に割り込んできた。

「あ、ゃあぁんっ！」

内側を擦られた紫音は、ラーズクロスの首の後ろに腕を回してきつくしがみつき、子宮の辺りがじれったく疼くのを感じて腰を揺らした。

「それだけの理由では足りないか？」

強制的に感じさせられ、涙目になって頭を振る。こんなに強引にされているのに、彼と触れ合う場所があたたかくて、その熱に包まれているだけで幸福感に満たされていく。

「俺は本気だ、シオン。おまえが愛しい」

逃げ出す隙もない口説き文句に、紫音の身体から緊張が解けていった。もう、彼に何もかもを委ねてしまいたい、そんなふうに思う。

ラーズクロスは紫音の頬にキスを繰り返し、ベルトを解いて下衣をもどかしげに脱いでいった。やがて太腿に硬いものが当たって、紫音の意識がそこに集中する。

目にせずとも、男性の象徴が熱く隆起しているのが皮膚から伝わった。

彼の手が紫音の手を取り、どこかへ導く。

手のひらに硬いものを握らされたことを知って、紫音は伏せていた目をまん丸に見開いた。

「シオンに触れてほしい」

楔を握らせた手を上から包み込み、ラーズクロスはそれをゆっくりと上下に動かす。

手の中の硬いものは驚くほどスムーズに動き、紫音は思わず彼の顔を見上げた。

ラーズクロスがくすりと笑う。普段、まず見ることのない表情に、紫音のどきどきが加速していく。

「シオンの身体に触れて、興奮してる」

力強く握られていた彼の手が解かれ、紫音の手だけがそこに取り残された。

「もっと強く握ってくれ」

「は、い――」

言われるがまま、彼の性器を握る手に力を入れる。

自分が何をしているのかはよくわからなかったが、あり得ざるものが自分の手の中にあることだけは自覚していた。

「動かして」

そっと囁かれ、目を閉じながら手の中の熱を擦る。彼の吐息が耳元に聞こえてきた。

紫音が彼に触れられて感じるように、ラーズクロスも彼女に触れられて感じている——そう知った途端、紫音はいたたまれなくなる。恥ずかしさをごまかしてさらにラーズクロスの楔(くさび)をしごいた。表面だけが動く感覚が不思議だ。

「はっ……シオン……っ」

呼吸を乱して、ラーズクロスは紫音の唇に深くキスを重ね、貪(むさぼ)る。彼の手もまた、紫音の水浸しになった割れ目の中をくすぐりはじめた。

「んんっ、ん——っ」

ラーズクロスの指が紫音の蜜で濡れていく。そして、紫音の手も、彼の体液でかすかに濡れる。

(ラーズも、気持ちいいのかな……)

最初はひたすら恥ずかしいだけだったが、互いの敏感な部分を刺激し合っていくうちに、触れられる場所から身体の中心に向かって、快感が高まっていく。

やがて唇が離れると、熱に霞(かす)んだラーズクロスの瞳が欲望のままに紫音の胸に吸い寄せられた。今度は胸に鼻を寄せ、唇で乳房を食(は)む。

「あぁっ、ラーズぅ……」

彼の左手の指が膣(ちつ)の中に挿(さ)し込(こ)まれて、何度も深いところを穿(うが)つ。にちゃにちゃと淫(いん)靡(び)な音を立て、ラーズクロスの手が蜜にまみれていく。

「シオン……」

ぐちゅぐちゅと音を立てて中をかき回しつつ熱い呼気を吐き出すと、彼は楔を握る彼女の手をそっと解いた。

「膣内に入ってもいいか？」

荒々しい呼吸の合間にそう言われ、紫音はあらためてラーズクロスの顔を見た。

彼と淫らに触れ合った身体はどうにもならないほど昂り、ラーズクロスの張りつめた怒張で貫かれたいと、要求している。

目を伏せながら小さくうなずいた。

すると、まるで礼を言うよう小さく頬にキスされる。そのこそばゆさに目を閉じた瞬間、彼の熱塊が濡れた性器に宛てがわれた。

ゆっくり、閉じた肉をかきわけ、男の楔が体内に入ってくる。

「……っ」

たっぷりの愛液を分泌し充分に潤っていたのに、ズキッと痛みを感じる。紫音はとっさに息を止めた。

はじめてではない。でも、経験は一度だけだ。

最初のときほど鋭くないものの、それでもやっぱり貫かれる痛みがないわけではない。

でも、その痛みのせいで、ラーズクロスの存在をはっきりと感じることができた。そう思うと、胸がいっぱいになる。

最奥まで突き入れるには紫音の中は狭すぎて、ラーズクロスも探り探りだ。紫音の頬に手で触れ、キスをしながらゆっくりと突き入れる。

「あぁ……」

男のやるせないため息を聞いた紫音は、くらくらしてしまった。

痛いけれど、疼いて火照る身体がそれを欲しがっている。彼の楔が自分の中を貫いているのを感じると、蜜がとめどなくこぼれた。

ラーズクロスの首の後ろに腕を回し、そのたくましい身体を自分のほうに引き寄せる。

彼の唇が、紫音の唇に重なった。舌を甘噛みし、彼女をなだめながら髪を梳くと、そのままぐっと奥まで熱塊を突き入れる。

「ひぁ……っ！」

唾液の混じるキスに陶然となっているうちに、痛みはほとんど気にならなくなった。

さっきまで紫音の手の中で動いていた塊が、欲望を肥大させていく。

「あぁ——ッ、ラーズ……！」

その存在を紫音に馴染ませるようじっとしていたラーズクロスは、乱れた甘い声に誘われて目を閉じる。そして、彼女の首筋に鼻を押し当てて、唇を這わせ、じれったくなるほどゆっくり、やさしく抜き挿しを繰り返した。

「痛くはないか？」

「だい、じょうぶ……っ」

割れ目の中で濡れる花の芽を指でやさしく撫でられ、紫音の身体が勝手に揺れた。

「あ、あ、あ……」

生々しく濡れた性器が絡み合い、卑猥な音を立てて動かれると、痺れにも似た感覚が込み上げてくる。身体を重く貫くものが、彼女の中にある何かを押し上げはじめた。

「やっ、だ、め――だめっ、あ、あ……っ」

疼痛が快感にすり替わった瞬間、ラーズクロスの鍛えこまれた両腕に抱かれ、紫音の瞼の裏に星が弾けた。

「んぁっ、あぁぁあ――っ！」

彼の背中にしがみつき、喉を反らす。

心臓がドクドクと激しく脈を打ち、身体の芯が緊張して、得も言われぬ快感が全身を巡る。

紫音は足の指まできゅっと丸め、滝のように流れ込んでくるその感覚に耐えていた。

やがて、奔流のような愉悦が引いていくと、ラーズクロスをきつくつかんでいた手を解く。夢中でしがみついているうちに、彼の腕に食い込むほど力を入れていたようだ。

「は、ぁ……」

声を出そうとするのに、吐息しか出てこない。それなのに、紫音を貫いたままのラーズクロスはまだ平気な顔をしていて、彼女を気遣い額に手を当ててくる。

「大丈夫か？」

返事をするために舌を動かすのも億劫で、紫音はこくんとうなずくだけにとどめた。

だがそのとき、上の階にいるドラゴンが動いた気配があった。小さな地響きと咆え声が轟く。

紫音の声を聞きつけたのだろうか。一瞬、二人で息を潜めた。

このまま行為を終えるのかと紫音は思ったのだが、ラーズクロスは中に楔を埋め込んだまま彼女の両足を抱える。立ち膝になってふたたび子宮を突き上げはじめた。

口元に指を当てて「しー」とジェスチャーで伝えてくる。声を出すなということなのだろうが、その間も彼の肉棘はずっと紫音の中を抉り続けている。

「ラ、ーズ、そんなの、無理……っ」

果てた直後で、ちょっと触れられるだけでも皮膚にぞくぞくと刺激が走るのに、腰が宙に浮いたまま貫(つらぬ)かれて、嫌でも悲鳴がこぼれてしまう。

「んぁぁあっ、や、ぁぁあ……だ、めぇっ」

「これでも無理か？」

ドラゴンの咆哮(ほうこう)がさっきより大きく轟(とどろ)いた。

紫音はびくんと身体を強張(こわば)らせる。ラーズクロスはふたたび彼女に身体を重ねると、ゆったりとした抽送を続けつつ唇を重ね、両手で愛撫を再開した。

キスで声が封じられる。身体を楔(くさび)で穿(うが)たれ、胸や背中、腹部、ありとあらゆる部分を愛撫されて、あまりの快感に紫音の目尻に涙が浮かぶ。

「んぅ、うぅ……」

舌を貪(むさぼ)り合いながら、ラーズクロスの手のひらから伝わる体温に焼かれ、彼女の身体は汗だくになった。

キスがこんなふうにいやらしい音を立てるなんて、この世界に来てはじめて知ったことだ。

もともと高い室温が、この激しく濃厚な交わりによる熱気で、ぐんぐん上がっていく。

最初はあんなに慎重だったのに、一線を越えたラーズクロスは力強く荒々しい。そのくせ、そっと触る手はやわらかくて、紫音は終始振り回されっぱなしだ。

「シオン、かわいいな」

ときどき、耳元で照れくさそうな声が言い、紫音の心臓がきゅんきゅんとくすぐられた。頼もしい手に触れられるたびに、快感と深い安堵感を覚え、言葉にならない想いがふくらむ。

「ぁふ……っ、んあぁ……ラーズ、熱い……」

「シオンの中もな――」

「ああ、また……っ」

腰ががくがくして、身体の芯から巻き起こる絶頂感がたちまち全身を――頭の中や心の深い場所まで支配する。

何のためにこうしてラーズクロスと抱き合っていたのか、その理由すら忘れてしまうほど、ただただ相手の肌に触れたいという欲だけが増大していった。

乱れた呼吸の中で、彼が身体を起こす。

これでようやく終わりかと思ったが、彼は紫音の身体を抱き上げて、つながり合ったままベッドの縁に腰かけた。薄く開いた唇から甘い吐息をつく紫音の、ぐったりした全身を見つめる。

汗の滲んだ肌や興奮で充血し硬くなった胸の頂を正面から見られた彼女は、頬を真っ赤に染めた。自分の身体に触れるラーズクロスの鍛え抜いた肉体は、生々しく淫らだ。

もうどこを見たらいいのかわからない。

少し動かれるだけで、紫音を穿つ熱の塊が擦れて、たちまち上ずった声が出てしまう。

もう身体には力が入らず、彼の手に背中を抱きしめられたまま倒れ込み、厚い胸にもたれかかった。

「シオン、俺を見てくれ」

乞われて恐る恐る顔を上げたものの、上気した唇から乱れた呼気を吐き出すラーズクロスを正視できない。

彼の深緑色の瞳はまっすぐ紫音を見つめていて、全部を支配されそうだ。

その瞳に吸い寄せられながらキスを交わし、舌を舐め合う。

その一方で、ラーズクロスの腰が下から彼女を突き上げるように動いた。狭い場所にみっちり埋め込まれた肉茎が、紫音の内側に摩擦を加える。

そうでなくても疼いていたのに、新しい感覚を擦り込まれた途端、花唇が涎をこぼして愛蜜を滴らせた。にちゃにちゃと粘ついた音が響く。

「ふぁぁぁ……あぁっ」

声を上げては、また唇にふさがれる。

左手で胸を揉みしだかれ、右手でおしりを持ち上げたり落としたりと、上下に動かされた。

「ん――ン……っ！」

気持ちよすぎて、涙がこぼれる。小さい快感の波が幾重にも押し寄せ、紫音はそのうねりに呑み込まれた。もう何度絶頂を迎えたかわからない。

深く息をつき、ラーズクロスは彼女を貫いたままその身体を持ち上げ、ふたたびベッドの上に仰向けにする。これまでのもどかしさを解放して紫音の中に腰を突き入れた。

「ん、あ……あぁ、もぅ……っ！」

「シオン――っ」

やさしいキスが離れていくと、彼女の中を蹂躙し続けていた楔が、内壁を擦りながら引き抜かれた。やがて、腹部に彼の放った精液がこぼれ落ちる。

紫音は目に涙を浮かべ、唇を半開きにしたまま小さく声を上げたものの、それ以上のリアクションは起こせなかった。もう指先すら動かす元気がない。

ずっと挿れられたまま何度も達してしまった。呆然と「こういうのが絶倫っていうのかな……」と考えたが、身体が疲弊していて、瞼がどんどん重たくなってくる。

そのまますぅっと寝入ってしまうのに、それほど時間はかからなかった。

＊

覚醒（かくせい）は、突然だった。

ぼんやり眠っていたのに突然目が開いて、紫音は飛び起きる。辺りを見回すと、魔法の石に照らされてうっすら明るい室内だった。

目が覚めたら、引っ越したばかりのマンションのベッドで「へんてこりんな夢から醒（さ）めたと安堵（あんど）する」か、「イケメン双子王子の溺愛（できあい）物語（年齢制限あり）から醒（さ）めてがっかりする」のどちらかだと思っていたが、エルヴィアン王国の異世界紀行はまだ続行中のようだ。

椅子に腰かけたラーズクロスの背中が見える。

こちらに背を向けて座っていた彼は、紫音が飛び起きる気配を感じ、ゆっくり振り返った。

「身体は大丈夫か？」

開口一番に尋ねられて、紫音は自分の身体を見下ろした。ラーズクロスのコートをひろげた上で眠っていた彼女はきちんと服を着ていて、淫（みだ）らな行為の痕跡など微塵（みじん）もうかがえない。

もしかして夢だったのだろうか、そう疑いそうになるほど元通りだ。

しかし、身じろぎすると腹部の奥にズキッとわずかな痛みが走る。それに、閉じた足の間の潤いが、彼との行為をまざまざと思い起こさせた。

突然、かあっと頬が強烈に火照る。

「わ、私、寝てた……？」

「ものの三十分ほどだ。すまなかった、無理をさせたな」

ラーズクロスは腰を下ろしていた椅子から立ち上がると、ベッドの側まで寄ってきて、紫音の乱れた髪を撫で指で梳く。

「シオンがあまりに甘美で、我を忘れた」

返事のしようもなくうつむいた紫音だが、彼の左手にあるものが視界に入り、顔を上げる。

「呪い、解けたのね？」

彼は部屋にあった剣を握っていたのだ。

「ああ。シオンのおかげで、剣に触れられるようになった。礼を言う」

「そう……よかった」

安堵のため息をついて笑う紫音に、ラーズクロスは深緑色の瞳を細めて口角を上げる。

「だがそのせいで、シオンの身体を穢した」

「ラーズ、私は……」

「わかっている。そのことを謝罪するつもりも申し訳なく思うつもりもない。シオンが俺に心を許してくれたのだと、そう思っている」

彼の指が紫音の顎をくいっと持ち上げ、唇が重なる。あまりにも自然な流れで、何の反応もできなかった。

シルヴァに比べればラーズクロスは控えめで、紫音に気軽に触れることはなかったはずなのに。

（やっぱり兄弟だ……）

一人恥じらう彼女の頬にくちづけて、ラーズクロスは立ち上がった。そして、壁に飾られている数本の剣を手にする。

「シオン、身体がつらくなければ、早いうちにここから脱出したい。立てるか？」

手を差し出された紫音が遠慮がちにつかまると、力強く引き寄せられる。そのまま彼の身体に倒れ込んでしまった。

腰ががくがくしていて覚束ないのは、今こうして自分を抱いている青年を受け入れたからで……思い返すだけで顔が火照る。

「本当に華奢な身体だな。こんな細くて大丈夫なのか」

「う、うん……」

これまでになかった距離感に戸惑いしかない紫音である。

ラーズクロスは二振りの剣を持ち、天井の穴の真下に移動させた机の上に椅子を積み上げた。

「さっき、上の様子を確かめた。どこかに穴があるらしく、日中なら真っ暗ということはなさそうだが、そろそろ夕方だ。早めに決着をつけたい」

彼が脱出を急ぐのは、視界が利くうちにここを出たいからだ。

しかも、一晩、地下に滞在するとなると、翌日は空腹の状態でドラゴンと対峙することになる。二人とも、食料になるものなど何も持っていない。体力のあるうちに、ということなのだろう。

紫音のほうはすでに体力が尽きているが、彼にとっては閨事が大幅な体力低下の要因となり得なかったらしい。むしろ呪いが解け、久々に手にする剣の感触に自信を取り戻し、気力に満ち満ちている気さえする。

「ドラゴンは基本的に夜行性と聞く。様子を見る限り、今は寝ているようだ。もし可能であれば、寝ている隙にさっさと脱出してしまおう」

紫音を机に引っ張り上げ、彼は剣を上階に放り投げてから先に這い出す。

「シオン、急げ」

小声で急かされた紫音は、椅子によじ登り、天井の穴から差し出されるラーズクロスの手につかまって地下の部屋を脱した。

そこは本当に天然の洞窟で、大きさは体育館よりやや狭いくらいだろうか。部屋の真ん中、洞窟いっぱいにドラゴンと思われる巨大な生物がうずくまって眠っている。

天井に大穴が開いているが、崩落した地面や酒場にあった机や椅子、戸棚などがうまい具合に積もって、よじ登れば外へ出ていくことが可能だ。野盗たちは、あそこから逃げ出したのだろう。

もっとも、二人がここから逃げ出すには、ドラゴンの脇をすり抜けてゆかねばならない。

「なるべく音を立てるなよ」

ラーズクロスは剣をつかんで紫音の手を引くと、そっと巨大なドラゴンの側を通過した。

紫音も息を潜め、テーマパークの恐竜でも見る気持ちで、静かにそこを通り抜ける。

呼吸するたびに上下に動くドラゴンの体を見るにつけ、その小山のような大きさ、人間の持つ剣など歯が立たなそうな硬い表皮に、軽く絶望感を覚えた。

もしこれが起きて襲いかかってきたとしたら、ラーズクロスがいくら腕利きの剣士だとしても、太刀打ちできないのでは……

思わずぶるっと震え、頭を横に振る。

ラーズクロスは見事なまでに気配を消し、物音一つ立てない。紫音もここで粗相をするわけにいかないと、全身全霊で息を押し殺す。忍もかくやというほどの雰囲気は出せていたはずだ。

だが、わずかな空気の流れに気づいたのか、ドラゴンが金色に輝く目を開いた。残念ながら忍としての素質はドラゴンのほうが上らしい。

「い……」

ドラゴンと目が合い、思わず声が漏れる。その瞬間、ラーズクロスは紫音の身体を抱えて迷わず後退していた。

目を覚ましたドラゴンが咆哮する。

その爆音に紫音は目を回し、豪胆なラーズクロスでさえ、屈み込んで耳を押さえた。

やがて、ドラゴンが立ち上がる。五メートルは余裕でありそうだ。人間が単独で立ち向かうのは無謀すぎる。

二人を尻目に、ドラゴンは大きく息を吸い込み、肺をいっぱいにふくらませはじめた。

「まさか……」

嫌な予感しかしない。

ラーズクロスもそれを感じたのか、紫音を抱き上げたまま、なりふり構わず逃走した。

ドラゴンの大きな口から渦巻く炎が吐き出され、皮膚に熱が当たり、室温が一気に上昇する。ドラゴンはのそりと動き、顔をこちらに向けて咆えた。

「シオン、俺がヤツを引きつける。その隙にあの瓦礫をよじ登れ」

「で、でもラーズは……」

「俺の心配はいらない。シオンが無事に上にたどりつけたら、あとを追う」

では、紫音が逃げ延びたあと、誰がドラゴンを引きつけるのか。

残された標的はラーズクロス一人きりだ。少なくともドラゴンが身動きとれなくなるくらいの傷を負わせなければ、あの瓦礫を登って外へ逃げ果せることなどできないだろう。

それでも、紫音はうなずいた。ここで彼女がまごついている間に、彼はどんどん体力を消耗してしまう。

「わかった。でもラーズ、いつも自分の心配はいらないって言うけど、私は心配してるからね」

ラーズクロスは意表を突かれたのか深緑色の瞳を瞠ったが、すぐに口元で笑った。

「ああ」

「絶対絶対、気をつけて！」

「シオンも注意するんだぞ」

しかし、ラーズクロスがドラゴンの注意を誘いながらゆっくりと走り出そうとした瞬間、ドラゴンは驚くほどの速度で体を回転させた。長い尾が鞭のようにしなって彼の身体をたたく。

「ラーズ！」

思わず紫音は悲鳴を上げたが、彼は神がかった反射神経で剣を抜き、それを盾にしてドラゴンの尾の一撃をかわしていた。

もっとも、剣は根元から無残に折れて、勢い余ってラーズクロスの身体も吹っ飛ばされている。

紫音は急いで彼を助け起こしに行こうとしたが、ふたたび尾がブンと空気を唸らせて頭上を通過していき、慌てて身を伏せなければならなかった。

どうやらドラゴンがどちらを向いていようと、気配を察知されることなく移動するのは不可能らしい。

「シオン、大丈夫か！」

地面に伏せた紫音にラーズクロスが駆け寄ってきて逆に助け起こされる。一撃で剣を破壊されてしまったことに彼もショックを隠しきれていなかった。

「私は平気。ラーズこそ……」

剣はもう一本あるが、さっき折られたものより華奢に見える。

元々、地下にあったのは長剣よりも小剣や短剣がほとんどで、持ち出してきた長剣は使用に堪えそうなものを彼が見繕ってきたのだ。

この結果を見るにつけ、魔剣の研究は失敗に終わっていたらしい。そもそも、成功していないからこそ、こうしてドラゴンが健在なのだ。

ラーズクロスは無言だが、その目が「困ったな」と言っているのはありありとわかる。

こうしている間にも、ドラゴンはこちらを振り返り、侵入者を排除しようと前脚を振り上げ、炎を吐く。ラーズクロスの胆力に助けられてどうにか逃げ延びているものの、捕捉されて殺されるのは時間の問題だ。

「ねえラーズ、あれ、何だろう」

紫音はこちらに向かってくるドラゴンの尻尾の陰に、ちらりとのぞいた物を指差した。

こんもりと盛り上がった土饅頭みたいな岩に、剣と思しきものが突き刺さっている。

それを見た瞬間、紫音の表情がパァーッと輝いた。

「もしかして——王の血筋の者だけが抜くことができるという、伝説のアレ的な……!?」

「伝説のアレ? シオンはあの剣を知っているのか?」

「そ、そういうわけじゃないけど、そうだったら胸熱だなーと……」

ラーズクロスには通用しないが、紫音は一人でわくわくした。

なぜ人は、岩に刺さった剣を見て興奮するのだろうか。

「と、とりあえずあの剣、抜いてみない? もしかしたら魔剣なのかもしれないし」

そうであればいいという願望でしかないが、ラーズクロスは素直にうなずいてくれた。

いつまでもこんなことを続けていたら、体力が尽きてしまう。

「せめて時間稼ぎができればいいんだが……」

その視界から外れるべく移動するが、気配に聡いのか耳がいいのか、ドラゴンは彼の動きについてくる。

「何か足止めするような方法、ないかな。驚かせるとか……」

とはいえ、こんな巨大な生物、驚かされこそすれ、驚かせる方法などあるだろうか。

ふと、自宅マンションで音楽を再生した際の双子猫の驚いた姿を思い出した紫音は、こんなときだというのにクスッと笑ってしまう。泡を食ってカーテンの陰に隠れる双子の子猫はとてつもなくかわいかった。

――それがまさかこんな立派な美丈夫だったなんて。

「音楽か……」

ポケットを探ってスマホを取り出し、電源を入れる。音楽プレイヤーアプリを立ち上げてボリュームを最大にした。

外部スピーカーもないし大した音量にはならないだろうが、これでドラゴンが驚けばラッキー、何もなくても損することはない。

再生ボタンをタップすると、一発目から、ズンと腹の底に響く重低音がかかる。

なぜか、ラーズクロスが飛び上がった。

続いて激しく荒々しいドラムとベースの音が、それこそ地獄からの怨嗟のように轟く。

音質はともかく洞窟内は想像以上に音が反響して、疑似的なライブハウス感が味わえた。こんな緊迫したシーンでなければ、ヘッドバンギングのうえ踊り叫びたいところだ。

やがてヴォーカルがはじまり、死者の呪いの叫びみたいな低い濁声が、おそろしげなシャウトを放った。不安を誘うメロディラインと絡み合えば、そこに最高の中毒を呼び起こす。

ラーズクロスは青ざめながら紫音の持つスマホを見つめている。ドラゴンは次第に大きくなる小刻みなドラムの音に合わせているのか、咆哮を上げ、蛇のようにのたくって二人から遠ざかった。

「蛇は振動に反応するっていうよね……」

ドラゴンと蛇を同列に語れるものなのか知らないが、空気をズンズンと震わせる低音に反応しているのは間違いなさそうだ。

ドラゴンは二人を追うのをやめ、瓦礫の近くに移動した。そして、ヴォーカルのすさまじく低いデス声に対抗しているのか、低い唸り声を上げ続けている。

自らの咆哮で音楽をかき消そうとしているようだ。

「シオン、この音はなんだ!? まるで死者の上げる怨嗟だ。邪教の呪歌か!?」

豪胆なはずのラーズクロスが目を白黒させているのがおかしくて、紫音は笑った。

「デスメタルだよ。かっこいいでしょ? 元の世界では、それこそワールドワイドな音楽なの」

あくまでも紫音の主観である。彼女のスマホに入っている音楽は、すべてハードなデスメタルだった。しかし、エルヴィアンの住人――人にも魔物にも、理解されないらしい。

「ドラゴンが目を回してるじゃないか。信じられん……」

怯えてのたうつドラゴンの様子を呆れながら見ていたラーズクロスだったが、やがて岩に突き刺さった剣を見て、紫音の身体を下ろした。

かなり大ぶりなその剣は、紫音では持ち上げることもできるかどうか。細かい装飾のされた柄は、長年の間放置されていたとは思えない美しさだ。

「やっぱり、魔剣？」

「おそらくな」

ラーズクロスは小山に登り、剣の柄に手をかけた。その途端、手のひらから力強い魔力が全身に行き渡る感覚がひろがったらしい。口元に不敵な笑みを浮かべた。

「呑まれそうなほどの魔力だ……下手をすれば、俺が喰われる」

台詞は不穏なのに、彼の声は強敵に出会った漢みたいに楽しげだ。すぐに剣を引き抜くべく、全身の力を両腕にこめる。

紫音はそれを見守りつつも、ドラゴンの動向に注視した。デスメタルの最初の衝撃を乗り越えたのか、ドラゴンは咆哮を上げながら怒りくるってこちらに近づいてくる。

「ラーズ……」

もっと激しい曲に変えて牽制を入れるが、そろそろデスメタルでごまかすのは限界らしい。

紫音は祈りに似た気持ちでラーズクロスを見上げた。刀身の半ばまで岩に埋もれている剣は、そう簡単に引き抜けそうにない。

地響きをさせたドラゴンが二人の傍までやってきた。大きく息を吸い込んで肺をいっぱいにしはじめ――

紫音は無意識のうちに小山に登り、ドラゴンの吐き出す炎からラーズクロスをかばおうと、その背中に縋りついた。

轟音を立てて、逆巻く炎が二人を呑み込む。

だが、ラーズクロスの背中を覆った紫音の身体は、彼の力強い腕に支えられていた。

炎の熱さは感じない。

とっさに見上げた彼の右手には、まるで陽光を浴びたように燦然と輝く剣があった。

ドラゴンの炎はそれを中心に、二人の周囲だけをよけていく。

「すごい……」

炎の奔流が収まると、紫音はただただ感嘆してラーズクロスの持つ剣を見る。

その剣が期待通りの力を持っていたことで、ドラゴンを退治したわけでもないのに喜びに沸いた。

「これで炎に怯えることはなくなったな。シオン、ヤツから遠ざかって出口を目指せ。俺が斃す」

「気をつけて……！」

魔剣とて万能ではないだろうが、ラーズクロスにとっては、またとない心強い味方だ。

紫音は名曲を奏で続けるスマホをお守り代わりに握りしめ、そっとラーズクロスの傍を離れる。

そこから、彼の反撃がはじまった。

先ほどの剣と違い、新しい剣はドラゴンの体に当てても折れることはない。前脚の猛攻をかいくぐり、ラーズクロスは火花を散らして剣で分厚い皮膚をたたく。その渾身の打撃でドラゴンの表皮にはじめて傷がつき、肉が裂けて血が弾けた。

咆哮が洞窟内に反響し、ドラゴンがラーズクロスに爆炎を浴びせかける。

その光景に紫音の肝は冷えたが、魔剣が強力な魔力を発揮して持ち主の身を炎から完壁に護った。

「ああ、やっぱり王の血筋……！」

そうしてようやく紫音が瓦礫の側にたどりつくと、上層に複数の人間の姿が見えた。

野盗たちが様子を見に恐る恐る戻ってきたようだ。

彼らはデスメタルを再生するスマホを持つ紫音を見て、「ひっ」と悲鳴を上げる。

別に人を怖がらせるための音楽ではないのに……と残念に思うも、この世界にはエレキギターもベースもないだろうし、電子音そのものが脅威なのかもしれないと考えることにする。はじめて出会うジャンルの音楽は、誰にだって衝撃的なものだ。

紫音はスマホの電源を落としてポケットにしまった。

そのとき、ドラゴンの咆え声が上がった。振り返ると、ドラゴンは首をブンブンと振り回し、何かを振り払おうとしている。

よく目を凝らすと、ドラゴンの首にラーズクロスがしがみついているのだ。

「ラーズ……」

彼はドラゴンの頭や長い首の後ろについているトゲトゲにつかまり、必死に足場を確保しようと奮闘している。だが、ドラゴンは背中の翼をひろげて洞窟内を飛翔し、彼を圧死させようとしているのか、低い天井に自らぶつかりに行った。

天井が崩れるような衝撃があったが、ラーズクロスはかろうじて無事みたいだ。しかし、安堵する間もなく、ドラゴンは紫音と野盗たちがいるほうに向かって、よろよろと滑空してくる。

このままあの巨体に突っ込んでこられたら、紫音などひとたまりもなく押し潰されてしまう。でも逃げようにも、全速力で走ってもドラゴンの突撃をかわせるほど遠くまで行けるとは思えない。

まごついている彼女の上に、ラーズクロスの絶叫が響いた。

「シオン――ッ！」

ドラゴンの頭上で体勢を立てなおした彼は、魔剣を両手に握りしめ、ドラゴンの脳天めがけ渾身の力で剣先を押し込む。滑空しているドラゴンの体を、真上からの打撃で強引に床へ落としたのだ。

ドラゴンの頭は紫音の手前ぎりぎりの位置で地面に縫いつけられ、その衝撃で周囲に轟音と爆風が巻き起こった。剣に貫かれた部分から血液が四散する。

ドラゴンの血の滴は紫音の頭上にも降りかかってきた。彼女はとっさに手でよけようとしたが身体に触れた途端、血しぶきが硬化して、ころころと足元に転がる。

紫音が拾い上げたそれは、指先ほどの大きさの赤く丸い石だ。まるで宝石みたいに美しい光沢を放っている。

だが、地面や岩に散った血液は液状のままだ。

「シオン、大丈夫か!?」

ラーズクロスはドラゴンの頭の上から華麗に降り立ち、傍までやってくると紫音の身体をぎゅっと抱き寄せる。

「私は平気。ラーズこそ怪我はない？　こんな大きなドラゴン、本当にやっつけちゃうなんて……」

「ああ、この魔剣には助けられた。シオンのおかげだ」

そうして彼は紫音の唇をふさぐ。

どうもラーズクロスは一度開きなおると、愛情表現を惜しまない人らしい。彼の大っぴらな行動に、紫音の心臓はもちそうになかった。

でも、彼のぬくもりがこそばゆくて、思わず頬が緩んでしまう。

二人の抱擁をよそに、瓦礫の上にいる野盗たちは事切れたドラゴンを恐々とのぞき込んでいた。本当に死んでいることを確認し、たちまち称賛と感嘆の悲鳴で大にぎわいだ。

「ドラゴンを、やっつけちまったっていうのか⁉」

「いったい、どっちが化け物なんだ……あり得ねえだろ！」

どうやら酒場にいた野盗たちは全員ここに集まっているみたいだ。

洞窟の入り口は完全に崩れ落ち、深い森が見えている。彼らも、自分たちの塒の下にドラゴンがいたなんて、知らなかったらしい。わかっていたら、呑気に酒盛りして暮らしてなどいられなかっただろうが……

それを見たラーズクロスは、ドラゴンを絶命させた大剣を片手で軽々と持ち上げると、野盗たちに突きつけるように高く掲げた。

「さあ、さっきの続きをするとしようか。誰からかかってくる？　それとも、全員いっぺんに相手をしようか？」

野盗たちは一瞬、怯んだ。それはそうだ、伝説といわれているドラゴンを剣一本で斃した男に威嚇されたのだから。

しかし、次の展開は紫音の想像の斜め上をいった。

「――こいつをやっちまえば、竜殺しの名誉は俺たちのものだ！　奴は疲れてるぞ！」

野盗たちは手に手に武器を持ち、一斉にこちらに向かって殺到してくる。どうやら不当に名声を得る計画らしい。

紫音は泡を食ったが、ラーズクロスはこうなることを予測していたのか、平然としたものだ。彼女を左腕に抱え上げ、軽々と魔法の大剣を振り回す。

瓦礫から下りて斬りかかってきた第一陣は、剣圧で起こした突風の威力で怯ませた。あとに続く連中は、先に斬りかかった面々が予想外に立ち止まったせいで衝突する。その場が一瞬のうちに混乱した。

運よく騒乱を切り抜けてラーズクロスのもとにたどりついた者も、無造作に振るった彼の剣勢にたたきのめされ、あえなく後退を余儀なくされている。

剣を持ったラーズクロスは、誰よりも頼もしい守護神だ。

そもそも野盗たちは当初から、鋤一本で乗り込んできた彼の相手にもならなかった。

遅まきにそれに気づいたのか、徐々に野盗たちの勢いがなくなっていく。そしてその勢いが完全に瓦解したのは、森の奥からたくさんの金属音が聞こえてきたときだった。

夕暮れの森に響くのは、大勢の騎士の行軍の音。野盗にとっては、耳にした瞬間に条件反射で踵を返してしまう音である。

現れたのは、ラビニュの人々が要請していた、王都の騎士団だった。

紫音が攫われ、それをラーズクロスが追いかけていったことを街の人々が伝えてくれたらしい。

騎士団は野盗たちが乱闘に及んでいるのを見つけると、すぐに捕縛作業に移った。唯一の出入り口は騎士団が固めており、このドラゴンの巣に逃げ場はない。野盗たちは悲鳴を上げて逃げまどった。

騎士団もドラゴンの死骸には驚いているようだったが、隊長の号令に訓練された騎士たちは平常心を取り戻し弓を構える。

「射よ！」

頭上から矢を射かけられた野盗たちは、降伏勧告に早々に応じ、殺到してきた騎士を前に次々と武器を捨てはじめた。

「クソっ」

それを見ても、首領だけは悪あがきを諦めなかった。何しろ彼は捕まれば縛り首必至である。この場を打開するために人質をとれないだろうかと、紫音に狙いを定めた。

ラーズクロスが何かに気を取られて背後を振り返った瞬間、彼女に肉迫する。

だが次の瞬間、野盗も騎士団も問わず、その場にいた一同が固唾を呑んだ。

死んだとばかり思っていたドラゴンがググッと頭をもたげ、咆哮を上げたのだ。そして、肺に空気をたっぷり吸い込み、炎を吐く動作を見せる。

屈強な騎士たちですら顔色を失った。伝説の生物にどう対処すればいいのかわからず、その姿を見ていることしかできずにいる。

唯一動き得たのは、ラーズクロスだ。

紫音に駆け寄ろうとしていた首領を大きな剣の面で吹っ飛ばし、その勢いでドラゴンの足元まで走ると、魔法の大剣を投げ槍のように放った。

彼の膂力で投げつけられた剣は勢いを増し、今まさに炎を吐こうとしていたドラゴンの下顎を突き抜け、そのまま上顎を縫いつける。

強引に閉じられた口の中で炎が破裂すると、ドラゴンは自らの炎で焼かれ、今度こそ瓦礫だらけの地面に地響きを立てて没した。

――それからしばらくの間、辺りはしんと静まり返っていた。

徐々に騎士たちの間で「竜殺しだ……」というつぶやきがひろまる。そして、「あれはラーズクロス団長ではないのか？」という半信半疑の声も上がりはじめた。

一方ラーズクロスは、ドラゴンが完全に事切れているのを確認し、その口を貫通している剣を引き抜いて紫音に笑いかけた。

「シオン、怪我はなかったか？」

「私は大丈夫。それよりラーズ、すごい！　めちゃくちゃかっこよかった」

そんな二人の傍に、騎士団を率いていた団長と思しき壮年の人物が近づいてくる。ラーズクロスの顔を見て跪いた。

「やはりラーズクロス殿下でいらっしゃいましたか……！　お姿を見てもしやと思いましたが、よくぞご無事で！　王妃陛下がラーズクロス殿下と兄君を排除同然に宮廷から追い立てたことを知り、我ら一同、御身を案じておりました。亡くなったなどという噂まで流布しておりましたゆえ……」

もしかしたら、この騎士はラーズクロスの部下なのかもしれない。紫音がうかがうように彼を見上げると、ラーズクロスがうなずいた。

「ルグスか、よく来てくれたな」

「いかに王妃陛下の強権を用いても、民の要請を突っぱねることはできません。しかし、このような場所でラーズクロス殿下にお会いできるとは思いもよりませんでした」

近くでこの会話を聞いていた首領や野盗も、捕縛されながら目を剥く。

「あの、神の剣を持つとまで言われた……エルヴィアンで最強を誇る騎士団長ラーズクロス王子？」

「し、しかし双子の王子は、呪いで死んだはずじゃ……」

どうやらシルヴァとラーズクロスに関して、国中にさまざまな噂が飛び交っているようだ。

紫音ははじめて聞くラーズクロスの異名にいたく感動したが、一方、双子が誹謗され、死んだとされていることには我慢がならなかった。

「ラーズは呪われてなんかいないし、今は竜殺し――ドラゴンスレイヤーである、人類最強の男だからね！」

「おいおい、シオン……」

シオンの台詞はあまりに大口で、ラーズクロスは困ったように言ったが、その言葉は騎士たちの声にかき消されてしまった。

「おおーっ！」

怒号に似た歓声が洞窟に轟きわたる。近くに倒れていた首領も縄にかけられつつ平伏した。

「まさかラーズクロス王子とは……。しかし、ドラゴンをも脅かす魔法の力を持ったこの女――姫君はいったい……？」

紫音がスマホでドラゴンを牽制していた場面を見ていた野盗がつぶやく。

「彼女はシオン。シオンの力があってこそ、俺はドラゴンを斃すことができたのだ。そして、いずれ彼女はこの国の王妃となる。シルヴァと俺の二人の妻として」

さっきのお返しとばかりにラーズクロスが言うと、騎士たちはさらに興奮の度合いを深めた。

「我らエルヴィアン騎士団はラーズクロス殿下を尊敬いたしております！　未来のラーズクロス陛下万歳！　シオン王妃ばんざーい！」

騎士たちにつられて、野盗たちも一緒になって万歳三唱である。紫音の開いた口はふさがることがなかった。

「またこの展開ですか……！」

*

「というわけで、ドラゴンを退治がてら野盗連中を騎士団に任せてきた。今後、また同じような騒ぎを起こせば即処刑するという条件つきで、縛り首は勘弁してやったが——」

その晩、ベッドの上にいる兄に、昼間の出来事をひどく端的に語るラーズクロスであった。

「相変わらず甘いなあ、ラーズは。彼らがそんな口約束を守るとでも?」

現場を知らないシルヴァは肩をすくめるが、紫音は苦笑いする。

何しろラーズクロスときたら「約束が守られなかったときは、こうなる」と、ドラゴンの首を一撃で撥ねて見せたのだ。半ば魔剣の力とはいえ、かなり衝撃的な場面だったので、彼らは一様にこくこくとうなずいていた。

「それにしても、シオンの持ってるこの板のようなものは、すごい魔法装置だね。ドラゴンも委縮させるなんて。ちょっとあとで使い方教えてよ」

「でも、もうすぐ充電が切れちゃうから……」

「充電? ふうん、ここから動力源を蓄えるのか。仕組みが気になるな」

紫音の手からスマホを借り、シルヴァはしげしげとそれを眺めた。

確かに魔法の装置には違いないが、愛するデスメタルを邪教の呪歌呼ばわりされた紫音の悲しみは尽きない。

「それにしても、ドラゴンを討伐したのは正解だったね。いつ街を襲っていたかわからない。今回の騒動が落ち着いたら、そのドラゴンの死骸は研究に回すことにしよう。ところで――」

すっかり熱の下がったシルヴァは、弟と紫音を見比べて、口元をほころばせた。

「呪いが解けたんだね、ラーズ」

「ああ」

何事もなかったように肯定するラーズクロスである。

だが、二人の王子に視線を向けられた紫音は、焦点の定まらない目でぼうっと座っているだけだ。心なしか顔が赤い。

「シオン？」

紫音の上体が、ぼふっとベッドに沈む。シルヴァは慌てて彼女の額に手を当てた。

「熱があるじゃないか！」

慣れぬ世界での誘拐騒ぎ、ドラゴン討伐、ラーズクロスとの濃密な情交などなど、あまりに事が多すぎて、キャパを超えてしまったようだ。

こうして、一晩きっちり寝込んでしまった紫音であった。

第四話　三人ってありですか？

シルヴァと紫音の体調が回復し、ルクシアに施（ほどこ）された双子の呪いも解けた今、彼らが目指すのは王都奪還である。

いよいよルクシアの哨戒網（しょうかいもう）に入り込むということで、双子はかなり警戒しており、その道程はゆっくりだった。

紫音はただごとではない緊張感に気を張っていたが、シルヴァ曰（いわ）く、ルクシアの魔力に感知されることなく無事に王都に入れたそうだ。

王都ラニヴァースは街の規模からして、これまで旅してきた場所とは圧倒的に違った。

それこそ東京の繁華街のど真ん中くらいの人の行き来がある。これまで田舎（いなか）暮らしをしていて喧騒（けんそう）とは縁遠い紫音であるが、雑踏を眺めていると、懐かしさとともにわくわくするような心楽しさを覚えた。

そんなラニヴァースの宿は、やけに盛況で、人の入りがすさまじく多い。何軒も宿を訪ね歩き、日が沈む頃にようやく押さえられたほどだ。

ラーズクロスが荷物をまとめて部屋に置きにいっている間、シルヴァと紫音は一階にある酒場兼食堂で食事の注文をした。これでようやく腰を落ち着けられる。

「今日はお祭りでもあるの？」

「この時期、特別な行事はなかったと思うけどね。聞いてみよう」

シルヴァが近くの席の客に尋ねたところ、「新しい王太子さまが擁立されることになった。明晩、立太子の儀の前夜祭が開催されるので、そのお祝いに人が集まっている。そしてそこでは、新王太子のお妃選びもされる」ということがわかった。

「新しい王太子って……」

「ルクシアの息子のアレスだろうな」

ちょうど部屋から戻ってきたラーズクロスが淡々と言い、シルヴァもそれに同調した。

「シヴァとラーズはどういう扱いになってるの……？」

「呪いにより死んだことにされているらしいよ」

怒るでもなく、シルヴァは苦笑する。

「しかし、立太子の儀を終えられたら、俺たちが健在でも手遅れになる。なんとしてでも、儀式は阻止しなければ」

「部屋で作戦会議だね。でも……」

シルヴァはテーブルに身を乗り出し、紫音の前髪を指ですくって笑った。

「シオンが楽しそうにしててくれててよかった。ここ数日、ちょっとふさいでるみたいだったから心配してたんだ」

紫音は瞬時に顔を強張らせた。額に触れるシルヴァの指に、異常なまでの動悸を感じる。

「慣れない世界で疲れが出たんだろう。また熱を出すといけない、今夜は早く寝るといい」

「う、うん」

ごまかすように笑ってみせたが、双子と目が合うと紫音の目はたちまち泳ぐ。

その原因は、わかっていた。

自分はごく普通の日本人で、貞操観念もごくごく普通に持ち合わせた、至って常識的な人間だと思っている。男性との交際は夢見ていたが、一人の誠実な人に出会えればいい、複数の男と関係を結ぶなんて願望すらない。それなのに——

（呪いを解くという大義名分はあったけど、だからって——！）

常識人を自認する彼女にとって、二人の男に身体を委ねたことは、道徳的に許されない深い業だ。

（それでも、またどちらにも触れてもらいたいだなんて……）

兄も弟もまるで違う性格なのに、どちらにも魅力を感じている。どちらとの交わりも心地よくて。

無意識のうちに双子の指先に視線が寄った。あの繊細な手で、武骨な指で、身体中を愛撫された記憶は甘美で……

（ああっ、何考えてるの！）

穴があったら入りたいとはこのことだ。おかげでこの数日、彼らの目をまともに見られない。

「大丈夫か？　また熱でも出たのでは……」

「だっ、大丈夫！　それにしても、息子を王位に就けようなんて、ルクシアってゴリ押しタイプだね。王位継承権なんて、かすりもしてないのに」

紫音は取り繕うように言った。

そんな権利がないのを承知で息子を王座に据えるとは、相当の強い心臓の持ち主でなければ無理だ。

「あの蛇女が国王亡きあとも王家に君臨するためには、必要な措置だからね。どうせアレスは傀儡だろうし、僕らがいたままだと排除されるのはルクシアのほうだから」

「王座ってそんなに居心地がいいの？　生活の心配はないのかもしれないけど、責任も大きそうで、私なら重圧で音を上げちゃう。貴族の身分では満足できなかったのかなあ」

　これは完全に紫音の偏見だが、貴族といえば働かずとも食うに困ることがないというイメージだ。そんな彼女の言葉に、双子は顔を見合わせた。

「ルクシアは貴族ではない。平民出だが、王立学問所に特別に入学を許可された秀才だったと聞いたことがある。確か、父上と母上も、同じ時期に学問所にいたんだったか」

「母上とルクシアは同年だから、机を並べて学んだと母上から聞いたよ。母上がどれだけ熱心に勉強にのめり込んでも、ルクシアには敵わなかったと笑っていたな」

「平民でも、宮廷魔術師団……だっけ？　それの偉い人なんでしょう？　やっぱり秀才の人は上を目指すものなのかなあ。国を治めたいと思ったり？」

「そうだなあ、宮廷魔術師団の団長ともなれば、引退後も充分な俸給が与えられるし、贅沢三昧は無理でも、それなりの生活は保障されているね。バカ息子を一人養うくらいはわけないと思うよ」

「母上はルクシアを友人と思っていたが、あちらはそう思っていなかったようだし、母上に対する個人的な意趣返しという可能性もあるな」

「でも……」

双子の母エウレーゼは病で——あるいはルクシアの毒によって身罷っていた。

恨みを抱いていたとしても、彼女亡き今、その後釜に座ったことで復讐を果たしたことにはなる。

それでもなお、王位に固執する理由があるのだろうか。

そのとき、酒場のドアが開いてローブ姿の男が数人、どやどやと店内に入ってきた。彼らは先客を別のテーブルに移動させて店の一角を陣取ると、給仕を呼びつけ、横柄な態度で酒と料理を持ってくるよう命じる。

「宮廷魔術師だ」

隣の客がひそひそと嫌そうに話しつつ、その様子を遠巻きに眺めた。双子も魔術師たちを見て、嘆かわしそうに首を横に振る。

「だいぶ規律が緩んでいるようだね」

「あれが王国の禄を食む魔術師の態度とは……」

魔術師たちは近くの席に王子がいるとは思っていないようで、酒が運ばれてくると、たちまち酒盛りをはじめた。あまり品がいいとは言えない。

俸給の少なさや上司への不満などを声高にしゃべる。こちらの世界も日本と変わらないなあ……と、紫音は彼らの愚痴に共感してしまった。

しかし、誰にでも宮廷魔術師とわかる出で立ちで、声を大にして職場の文句を言うのは、コンプライアンス的にどうなのだと心配になる。守秘義務も何もあったものではない。

「あれ、大丈夫なの？」

「彼らもそこまでバカじゃないよ。会話の内容がはっきりと聞こえないように魔術で処理してる。こっちには聞こえるように僕が細工してるんだ。それには気づいてないみたいだね……」

不平不満大会は続き、次第に空気が悪くなってきた。

そろそろ部屋に引き上げどきと紫音たちが腰を浮かせたとき、彼らの口からルクシアという名が飛び出した。三人は目を見合わせ、ふたたび腰を下ろす。

「あのルクシアが、今やエルヴィアンの実質的な権限を握る王ってわけだ。貧民出の分際で、お偉くなったものだな」

「あの女が学問所を卒業して宮廷魔術師団に入るとなったときは、そりゃ大騒ぎになったもんさ。由緒ある魔術師団に平民の貧乏人女が入るなんてな。エルヴィアン王国の恥さらしだ」

「よく事務方があの女を推挙したもんだ。宮廷入りする者は徹底的に身元を洗われるはずなのに」

「何でも当時の王太子――現在の国王陛下の取り成しらしい。国王陛下とルクシアがデキてるんじゃないかなんて、当時言われてたぜ。根も葉もないと否定していたが、噂は真実だったってことだよな。妻亡きあと、まさか堂々と王妃に据えるとは……」

そこまで言って、魔術師たちは声をやや潜めた。

「学問所では国王陛下とルクシアはかなり……な仲だったらしいぞ。二人で共謀してエウレーゼ妃を殺害したんじゃないか、なんて噂が流れたくらいだ」

そう言って魔術師たちは下品な笑い声を上げた。

紫音がハラハラしてしまうほど、どぎつい内容だ。恐々と双子の表情を確かめると、シルヴァは微妙な薄笑いを浮かべているし、ラーズクロスはあからさまな渋面である。

「エウレーゼ妃が陛下の婚約者に決まったのは、学問所に在学中のことで、知り合ったのはルクシアのほうが先だったからな」

「その噂を否定するために、人事院が慌ててルクシアをグランディス城塞に追いやったらしいぜ」

「ルクシアのあのバカ息子は、陛下の胤ではないのか？」

「それはなさそうだな。あのバカ息子が生まれたのは、グランディスに赴任してから数年後のことだったはずだ。グランディスは国境の要衝だが辺鄙な場所だし、陛下が臨御することはなかった」

「それに関する噂なら聞いたことがあるぞ」

一人が重大な告白をするように間を置き、重々しく切り出した。

「ルクシアを孕ませた男は、魔術学の研究で成果を上げて王都に栄転になったが、その後、惨殺されてるんだ。当時、ルクシアはグランディスに赴任中だったから、愛人を孕まされた国王陛下の報復だったのでは、と……」

どんどん陰惨な内容になっていく。紫音はいたたまれなくなって、視線を落とした。

「すべてのほとぼりが冷めた頃、ルクシアが王都に赴任してからはご存じの通りさ。エウレーゼ妃は誰からも好かれるいい王妃さまだったが、そこをつけ込まれたんだろうな。まさか陛下が愛人を王宮に呼び、魔術師団を私物化させたあげくに――」

「双子の王子殿下は、ルクシアが陛下に魅了の術を用いて操っているなどという話を吹聴して回っているそうだが、あの陛下とルクシアの蜜月っぷりを見てしまったらな……。その主張には無理がある。魅了をかけられた者は、それ以外のものが目に入らなくなって、とても政務をこなせるはずがないからな」

「俺は見たぜ、陛下とルクシアの気持ちの悪いまでのいちゃつきよう。母親の地位を奪われた哀れな王子さま方には同情するがな」

「あげくに双子は呪われているなんて、国中に喧伝されちまったんだからなあ。死んだという噂もあるが、ルクシアに監禁されて、夜な夜ないたぶられてるって話も聞いたぞ。身柄を引き渡せと詰め寄ったウルク公爵も、そのまま監禁されたか殺されたかしたらしいしな」

「もしエウレーゼ妃の死去が陛下とルクシアの共謀だというのなら、あの双子王子はエウレーゼ妃の忘れ形見だ。陛下にとっても邪魔者――」

紫音は音を立てて席を立った。双子が驚いてガバッと顔を上げる。魔術師たちは、彼女に目を向けた。

「部屋に戻ろう」

突然の紫音の行動に顔を見合わせていた二人を、強引に連れて酒場から立ち去る。与えられた部屋に入ると、彼女は二人の王子の顔色をうかがった。兄王子が大きく繊細な手で紫音の頬にそっと触れ、そこにやさしいキスをしてくれる。

「僕たちを心配してくれたんだね。でも、大丈夫だよ。あの程度で傷つくほど気持ちは弱くない」

「だって、あんな話……ないじゃない」

彼らの話が嘘か真実か、紫音にはわからない。わからないが、自分の親をあんなふうに悪し様(あしざま)に言われるなんて、自分だったら絶対に耐えられないだろう。

「ああいった噂話にさらされることは、王家に生まれた時点で織り込み済みだ。だが、シオンに聞かせるには嫌な話だったな」

弟王子の手に頭を撫でられつつ、紫音は涙の滲んだ目で二人を見上げた。

「だからって、ひどすぎる。シヴァもラーズも、どうしてそんなふうに私の心配なんてしてられるの。もっと怒っていいのに」

「ルクシアの生い立ちやこれまでの遍歴は知っているけど、違う目線での話を知る機会は貴重だからね。噂に真実が隠れていることも往々にしてあるし」

「ああいった下種な話を聞くことも、耳に痛いことを言われるのも、必要なことがあるのさ。それに、シオンが代わりに怒ってくれた。俺たちはそれで充分だ」

双子に代わる代わる頭を撫でられ、手を握られ、なぜか紫音のほうが慰められている。

「でも悔しい……！　あんなゴシップのネタにされてるなんて、あんなふうに笑われてるなんて……身内であるはずの宮廷の人間なのに！　好きな人が傷つけられてるのを、聞いてることしかできない自分も、腹立たしい」

思わず語気を強めると、言葉尻が震え、涙がぽろっとこぼれた。

すると、それまで動じた様子を見せなかった双子が、同時に手を止める。

「……好きな人？」

シルヴァがまじまじと紫音の目をのぞき込む。急に彼の顔がアップになったので、その美圧に思わず身体を引くと、今度はラーズクロスに肩をつかまれた。

二人の深緑色の瞳は、真剣な様子で紫音をじっと見ている。

「それは、俺たちのどちらかのことか？」

「私、何か言った……？　え？」

紫音は慌てて自分の口元を手で覆った。発言が撤回できるわけもないのに。

「シオンが好きなのはどっち？　あんなよくある噂話よりも、今の発言のほうが興味深いな」

にこにことまぶしい笑顔でシルヴァが彼女の手を取り、ラーズクロスは緊張したように表情を強張らせて、どちらの名が口にされるか待っている。

「え、私……」

追い詰められ、紫音の頬が真っ赤になった。今まさに、「二人を同時に好きになってしまったらしい」という、背徳感ばかりの状態に頭を抱えているというのに――！

「シオン、聞かせて？」

言葉にも逃げ場にも完全に詰まる。

これまで、シルヴァは常日頃から好きだと口にし、ラーズクロスは不器用ながら態度で好意を示している。

それなのに、紫音はそれを享受するばかりで、彼らの好意に応(こた)えずにきてしまったのだ。

それはひどくずるくて、二人の誠実さに胡坐(あぐら)をかいていることになるのでは……

「わ、私は……」

美しく精悍(せいかん)な兄弟を見て、紫音は一度言葉を切り、それから一気に言った。

「シヴァもラーズも、二人とも大好きっ……！　だから二人があんな笑い話にされるのが嫌なの！」

やや腰は引けていたものの、二人の顔をはっきり見る。すると――

「僕たち二人を好きになってくれた？　友達とか、そういうこと……？」

ふるふると頭を横に振ると、双子は同じ顔を見合わせた。

「俺たちを、男として――と思っていいんだな……？」

用心深く確かめるラーズクロスの言葉にこくんとうなずきつつも、紫音は泣きそうになる。

「私、二人の人を同時に好きになっちゃうなんて、もしかしたらすごく……浮気性なのかもしれないっ……」

「シオンが浮気性？」

「そんなこと、シオンは誠実な娘だ」

言うなり、二人同時に紫音を左右から抱きしめる。

「うれしいよ、シオン」

シルヴァは紫音の頬や額に雨のごとくキスを降らせ、ラーズクロスは彼にしては珍しく顔に喜色を浮かべて、彼女の髪をくしゃっと撫でた。

「あの、私にとってはけっこう深刻なことで……」

慌てて弁明するものの、さらっと流される。

「どちらかを選ぶ必要なんてないよ。僕たちは二人でシオンを愛したいんだから」

最初に彼らと出会ったとき、二人の子供を産んでほしいなど荒唐無稽だとドン引きしたはずだ。

なのにシルヴァの腕に抱きしめられてキスをされ、ラーズクロスの唇がうなじに寄せられたのを感じた瞬間、ドン引きどころか肌が粟立ち、内側から何かにきゅんと締めつけられた。

「俺たちを好きになってくれたんだろう？　今さら間違いだったなんて言葉は聞かない」

後ろからラーズクロスの指が唇に触れ、紫音はそちらを振り向く。兄王子の腕に抱かれたまま弟王子のキスを唇に受けていた。

「あ、あの……こういうのは……っ」

キスが離れた瞬間、我に返り、急いでシルヴァの腕から逃れようとする。しかし、「逃がさない」とばかりに笑顔できつく拘束された。

「シオンはそんなことで悩まなくていいんだよ、これは僕たちの望んだことだ。もしシオンの国でこういう関係が悪徳とされるのなら、その責任は僕たち兄弟のもの。だから――」

ふわりと身体が宙に浮き、目を丸くしているうちに、ラーズクロスのたくましい腕に抱きかかえられていた。

「え、と――これは」

「俺たちが全部背負う。シオンは俺たちに預けてくれれば、それでいい」

大きなベッドの真ん中に、壊れ物を置くようにそっと横たえられる。左の頬にシルヴァ、右の頬にラーズクロスと、二人から同時にくちづけをされた。

「ま、待って……三人で……？」

「ダメかな？　嫌なら無理強いはしないけど……あんな下品な噂話の標的にされてる僕らを慰めてくれるんだよね？」

シルヴァは退く気などまったくない笑顔で紫音の前髪をかきあげ、額にキスをする。

「一人ずつでは大変だろう？　もしシオンが許してくれるのなら……。もう一度シオンを愛したいと、これでもかなり我慢してきた」

ラーズクロスでさえ真顔で言う。

きっと幼い頃からいろんなものを共有してきたであろう双子だ。妻を共有というのも、彼らの価値観ではそれほどおかしなことではないのかもしれない。

そして、エルヴィアンは一夫一妻と決められている国ではないらしい――

「これって、さんぴーとかいう、そういうアレでしょう!?　私、そんなレベルに達してな――んッ」

シルヴァの指に首筋をそっと撫でられると、それだけで全身に快感が走った。

頬に手が当てられて強引に兄のほうに向かされ、また唇を覆われる。さっきの触れるだけのキスとは違い、今度は紫音の唇をシルヴァの舌がなぞり、中に挿し込んでくる。

「う、ん……っ」

舌を絡ませシルヴァがくちづけを深めると、ラーズクロスの手が紫音の服のボタンを外しはじめた。思わずその手をよけようとしたのだが、逆に手首をつかまれ、抵抗を封じられる。

少しずつ胸元が露わになっていき、やがて下着を外された。シルヴァの執拗なキスに意識のほとんどを持っていかれた紫音は、ラーズクロスへの対応にまで頭が回らない。

シルヴァが舌で口中を撫でまわし、舌先で上顎をくすぐってくる。そのピリピリしたくすぐったさが、身体の先端まで走り抜けていった。

硬くなった敏感な胸の頂に誰かの指が触れ、頬や髪にも熱い男の手を感じる。

やり場のなくなった手をさまよわせると、誰かに手をぎゅっと握りしめられた。

「シオン――」

ラーズクロスの声が囁き、胸のふくらみに唇が押し当てられる。彼はぱくりと右胸の先端を咥え、舌で転がして舐め、吸う。

「んんぁッ」

喘いだ拍子に、シルヴァの唾液が流れてきて、反射で呑み込んでしまった。そうしている間にも左の胸をやさしく握られ、乳首を指先で擦られる。

完全に上半身をホールドされていた。膝を曲げてきつく閉じたが、一方の手がワンピースのスカートをめくり、ドロワーズの上から恥丘の辺りをやさしくなぞっている。

「ま、待って――まだ心の、準備……」

「考えることは大事だけど、勢いに身を任せてみるのも、ときには悪くないよ」

シルヴァが紫音の鼻の頭に指を当て、にこっと極上の笑みを浮かべた。まるで背後に花を咲かせているようだ。

「何も考える必要はない。シオン」

その言葉を合図に、シルヴァにワンピースを剥がされ、ラーズクロスにはドロワーズを下ろされる。恥じらう間もなく、紫音は一糸まとわぬ姿になっていた。

「ほ、ほんとに三人で……？」

「シオンが嫌でないのなら」

同時に二人から顔をのぞき込まれ、異口同音で告げられる。

こんなことが現実に起こり得るのだろうか。この状況は夢じゃないのかもと思いはじめた矢先だが、とても現実とは思えない……

思わず喉をこくんと鳴らすと、ラーズクロスが紫音の下腹部にそっと指を宛てがった。

「う、あぁ……」

「嫌なのか？　それならやめるが」

紫音は降参して、小さく首を横に振る。さすがに、声に出しては言えなかった。

「ん……っ」

秘所をなぞられる快感で表情を歪める彼女に、ラーズクロスがやわらかく笑いかける。

彼女の右側で横向きになると、閉じられた割れ目をゆっくり開いて指を動かしはじめた。

さらに兄王子とのキスで濡れた唇を覆い、温度の違うくちづけを施す。

左側面にはシルヴァがいて、紫音の唇や胸、首筋、あらゆる場所にくちづける。髪を梳き、手のひらの熱を彼女の身体に植えつけていった。

兄弟とそれぞれはじめて身体を重ねたときも、与えられる快感に溺れそうになった。それなのに、二つの唇と四つの手で愛撫され、完全に逃げ場を失い、されるがままだ。

「ああ……あぁ――」

キスの合間に、吐息とも快楽ともつかない声を上げる。そんな彼女の耳元に、双子が代わる代わる睦言を囁き、音を立てて肌にくちづけた。

ラーズクロスが蜜の滴る秘密の場所をくすぐるたび、疼きは甘く痺れる。やがて、もっと強い快感が欲しくなり、紫音は無意識のうちに立てた膝を開いた。

「シオン――」

そう呼びかけたのは、どちらの声だっただろう。朦朧としてきたところに、秘裂をまさぐる手が増える。

弟王子の手で敏感な蕾をやさしく弾かれて、それだけで身悶えているのに、兄王子が蜜口をそっとなぞってこぼれる蜜をすくいながら、紫音の狭隘に指を挿し込んできた。

「ひあぁっ」

シルヴァの手が骨盤の辺りに触れてやさしくさすりながら、内壁を指の腹で探る。

「もっと力を抜くといい。俺たちは絶対にシオンを傷つけたりしない」

「シオンの中はもしかしたら傷つけちゃうかもしれないけど。それはごめんね」

二人の男の手が、紫音の性器の外側と内側を同時に攻め立てる。グチュグチュと乱れ切った水音が鳴った。

「んあぁ……あんっ」

双子とはいえ別人で、ラーズクロスが硬くなった蕾を揺り起こすように触る感覚と、シルヴァが感じやすい場所を探る律動には、調和性がない。多方面から強くて甘い感覚が最大限に送り込まれるのだ。

ぴりぴりする胸の先端を淫らに舐められて、今度はシルヴァの深いキスにからめとられる。

（も、もたない……っ！）

まだそれほど男を知らないまま、次々与えられる感覚に身体が蕩ける。

「あ、ああ――っ、一緒、に、されたら……っ」

兄弟の手で秘裂を弄られるとさらに大きく足が開いて、足指がシーツをきつくつかんでしまう。それでも身体は二人の愛撫を受け入れたがっているらしく、腰が揺れた。

やさしく指先で転がされる粒は、休む間もなくきゅんきゅんと切ない甘さを生み出す。淫らな音を立てて紫音の体内を蠢く指は、蜜を絡めながら四方八方を責め苛んだ。

「かわいい……シオン。愛してるよ」

最中の兄王子の睦言には、うれしさよりも恥ずかしさのほうがはるかに上回った。さらに、弟王子までもが照れくさそうに「俺も……愛してる」などと言うものだから、羞恥心が一気に湧き上がり、紫音の快感をさらに高める。

「ふあぁぁ……んん……」

シルヴァに左手を、ラーズクロスには右手を握られる。淫らな感覚が鮮烈すぎて身体が逃げたがるのに、二人の青年は逃げる隙を与えてくれない。

絶頂に向かって上り詰めていくのを感じて、紫音は頭を振った。

「あぁっ、やっ、怖い――っ」

彼らの指はやさしく丹念に――でも激しい甘さで、感じる場所を愛おしげに撫でる。

「怖がらなくても大丈夫だ、シオン。俺たちが見てる」

探られる秘裂があられもない音を立てて、紫音の羞恥をますます煽った。

「み、見られたら、よけい……」

顔を背けようにも、どっちを向いても顔を見られる。迷った一瞬、身体が何も感じなくなった。

ふっと身体の力が抜けて、紫音はうっすらと開いた目で端整な顔を見る。下腹部から全身に向かって、激しい絶頂感が力強く押し寄せてきた。

「――ぁ、あぁあああっ！」

忘我に追い込まれた彼女は、双子の手を強く握り返して甘い悲鳴を上げる。まさぐられるたびに子宮がぎゅうっと収縮して、物欲しげな蜜をさらにこぼしてしまう。でも、全身を駆け巡るやさしくゆったりとした感覚が、中を満たしていた。

（気持ちいい……）

やがて、身体にゆっくりと感覚が戻る。全力疾走後みたいに彼女は肩で大きく呼吸を繰り返していた。

「ああ……」

あちこちに飛んだ意識や乱れた呼吸を整えようと必死で、頬は朱に染まり、敏感になった胸が上下に揺れ、しっとり汗ばんだ肌も上気している。

小さく開いた濡れた唇から、熱のこもった吐息が漏（も）れた。

その扇情的（せんじょうてき）な姿は、双子の情欲をさらに煽（あお）り立てる。

「きれいだな」

「すごく感じやすいんだね、かわいい」

またシルヴァにキスをされ、胸を手で包まれる。乳首を指でつままれ、それだけで全身に電流が走った。

じゅわと愛液があふれてくる。ひろげたままの足の間は指で悪戯されただけなのにぐっしょり濡れそぼっており、まだ足りないと言わんばかりにひくひくと痙攣し続けていた。

「……ぁ、ん」

もっとそこに触ってほしい——そう懇願する代わりに、シルヴァのキスを深い場所で受け入れ、自ら要求して唾液を交換する。

胸をまさぐられると鼻先についた甘い声が漏れるし、兄王子との淫らな接吻は音が聞こえるほどだ。

(私、とんでもなく淫乱な女なのかも……)

そのとき、ふいにラーズクロスが紫音の両膝に手をかけ、もっと大きく開いた。

「ん、んっ」

胸から上の半分をシルヴァに固められている紫音には、何が起きているのかわからなかった。不安と期待の入り混じる気持ちで待っていると、こぽこぽと枯れることなく蜜をこぼす泉に、ラーズクロスの唇が触れる。

「んぅっ、う――っ！」

割れ目に沿ってあたたかな舌が滑り、紫音の濡れに濡れた秘所を舐める。蜜の泉の中で硬くなっている花芯を舌先で揺らされ、悲鳴を上げたくなるほどの快感が突き抜けていった。

口をふさがれていて声は出せず、もう、どちらに握られているかわからない手をぎゅっと握りしめ、その容赦のない快楽の津波を必死に耐えるしかなかった。

次々に流し込まれる愉悦にどうにかなってしまうのでは、と不安で目尻に涙が溜まる。すると、シルヴァの唇が離れ、涙の滲んだ目元を指で拭ってくれた。けれど、口をふさいでいたものがなくなったことで、彼女の唇は乱れくるった悲鳴を上げる。

「ふ、ぅあ、いやぁあ――！　舐めちゃ、だめ……っ、ああ――！」

ラーズクロスの舌が、花蕾を押し潰しながら小さく揺らして、大きな快感を流し込んだ。

紫音は激しく頭を振る。

「ああっ、こ、われちゃう……！」

「大事なシオンを壊したりしない」

「んあぁ、ああんっ！」

硬い蕾をきゅっと吸われて、一瞬で果てる。すでに一度、絶頂をたどったせいか、少しの刺激でも身体がそれを拾い上げ、勝手に極みに達してしまったのだ。

「ラーズの舌は気持ちよかった？」

弟王子の口淫で果てた紫音の顔をのぞき込み、兄王子が愛おしそうにその頬を撫でる。まだ快楽の余韻が残る彼女の瞳は熱っぽく潤み、とろんと蕩けていて、シルヴァに生唾を呑み込ませた。

「ラーズ、交代」

そんなシルヴァの声を聞きつつ、紫音はぼうっと天井を見上げる。まるで別世界でのやりとりのようで、意味までは頭に入ってこない。

だが、誰かの裸の胸に抱き寄せられたのを感じて、顔をそちらに向けた。そこにはラーズクロスの照れくさそうで不器用な笑顔がある。

彼は紫音の頬にキスを落とし、その身体をぎゅっと力強く抱きしめた。

「大丈夫か？」

気がつくと彼は全裸になっていて、そのたくましい胸に、紫音はあられもない姿で縋りついていたのだ。しかも、足を開いて彼に跨っている。

弟王子の硬く屹立したものが紫音の濡れそぼった割れ目に触れていて、火傷しそうなほどの熱を伝えてきた。

「う、うん……」

とても視線を下に向けることなどできず、紫音は目を泳がせ彼の厚くてひろい胸に身を預ける。すべてを委ねてしまいたくなるほどの安心感に、脱力した。

「シオン、僕にもそれ」

後ろからシルヴァにキスをされた。うなじに感じたぬくもりが、ようやく落ち着きを取り戻した身体に行き渡る。

シルヴァは紫音の背中に唇を寄せ、その身体を抱き上げて自分に向きなおらせた。

「あ――」

兄王子も服を脱ぎ捨てており、しなやかな肉体美がすぐ目の前。座った状態の彼の中心には、そのやわらかな顔立ちに似つかわしくない、雄々しくそそりたつ剛直があった。

「シオンの中に入ってもいい？」

三人でのこんな淫らな交わり、これも本当に愛を確かめ合う行為なのだろうか。

一対一のまっとうな恋愛すらしたことがない紫音は、背徳的な行為に戸惑うばかりだ。

「シオンは、僕のことを好きでいてくれる？」

一瞬の躊躇いを読み取られたのか、シルヴァのやわらかな笑顔がそう尋ねてくる。肯定されることを知っている問いかけに、彼女は素直にうなずいた。

「う、うん……」

「俺のことは？」

背後からラーズクロスが問うと、紫音は消え入りそうになりながらこくんと首を縦に振った。

「うれしいよ」

紫音の頭を撫で身体を抱き寄せたシルヴァは、自分の膝に彼女を跨らせて足を開いた。張りつめた肉塊を濡れた割れ目に押し当て、ゆっくりと滑らせはじめる。

「は、ぁ、ああ――ん」

シルヴァの肩に手を置き、紫音は上下に揺さぶられる。割れ目を行き来する楔を感じ、切ない声を上げた。すると、後ろからラーズクロスの指が忍んできて秘裂を濡らし、滴るほどの蜜をぐちゅぐちゅと泡立てて絡める。やがて、膣の中に数本の指が挿入され、中をかき回しはじめた。

「ああああっ！　同時に……だめぇっ」

下腹部だけではなく、右の乳房はラーズクロスの手で弄られ、左の乳房はシルヴァの手に握られ、さらに背中には舌が這い、喉元を食まれている。

二人の青年に触れられた身体はたちまち熱を帯びて、髪が肌に触れる感覚だけでもビクビクと反応した。

「ふぅ、あ、ああっ、や——むり……っ」

「だいぶやわらかくなったよ。入ってもいいかな——」

耳元でシルヴァが囁いた次の瞬間、ラーズクロスの手がそこから離れ、兄王子の硬いそれがめり込んでくる。

「ん、はっ……」

大きく息をつき、紫音は侵入してきたそれを拒絶しないよう、反射的に力を抜いていた。受け入れてしまったほうが楽だと、彼らをそこに迎え入れたときに身体が覚えたのだ。

それでも、まだ不慣れな身体は、男性の獰猛な性器を簡単には受け入れられずにいる。

「シヴァ、きつい……っ」

「大丈夫だよ。そう、上手だ」

鈍くて重い感覚が身体の中心に向かってズンと響く。すべて咥え込むまでにはかなりの時間がかかったが、やがて自重でじわじわと中に入っていった。

その間も、ラーズクロスの舌は紫音のうなじや耳の後ろ辺りを這いまわる。彼は感じやすくなっている乳房を両手で包んで、淫らな指戯を仕掛けてきた。

「あ、あぁぁ——や、おかしく、なりそ……っ」

「気持ちよくないか？」

「……気持ち、いい……」

恥じらいながら紫音が認めると、シルヴァは相好を崩して額にキスをしてくる。

「素直ないい子だ。もう一度、シオンとつながれた」

シルヴァの肩に置いていた彼女の右の手を、今度はラーズクロスが取った。あちこちから淫らな快楽を与えられて混乱した紫音は、そのまま斜め後ろにある硬いものを握りしめる。

それが、ラーズクロスの楔であることを知り、反射的に手が逃げそうになった。けれど上からラーズクロスの両手がやんわりとそれを包み、上下に動かしはじめた。

「シオン、先日のように」

「んーッ」

弟王子の吐息を感じて、紫音は遠慮がちだった手に少しだけ力を入れた。

ところが、彼女の注意がラーズクロスに逸れたのを知ったシルヴァが、顎をつかんで正面に向きなおらせ、濃厚なキスで意識を戻す。

もう何も考えてなどいられない。下からシルヴァの楔に貫かれて唇を奪われ、ラーズクロスに胸をたっぷり愛撫されながら彼の熱い屹立を握っている。

「シオン――」

角度を何度も変える濃厚なキスの合間に、シルヴァが彼女の名を呼ぶ。

自分の楔をしごかせているラーズクロスは、耳たぶを舐め、やわらかな胸を揉みしだき、やはり紫音の名を囁いた。

いったい、何十回、何百回、この双子に名前を呼ばれただろう。

母が亡くなって以来、紫音を下の名で呼ぶ存在はなかった。どこへ行っても「椙沢さん」か「椙沢さま」だ。

下の名前を呼んでくれる人の存在の、なんと尊いことか。

「あぁ……シヴァ、ラーズ……大好き……！」

シルヴァの手が紫音の身体を仰向けに横たえ、彼女の両足を抱えた。本格的に抜き挿しをはじめる。やさしく感覚を馴染ませながら、ゆっくり、じっくり。

濡れた割れ目に彼の楔が根元まで呑み込まれるたびに水音が鳴り、そこに紫音の名を呼ぶかすれた声が混じる。

ラーズクロスは紫音の胸を焦らすように触りつつ唇をふさぎ、舌で彼女の中を蹂躙していった。

「ふっ、うぅっ……！」

「シオンのお腹の中、すごく熱くて——気持ちいい」

素肌に触れる誰かの体温と、愛おしげに名を呼ぶ声、力強く握りしめられた手。全身で安堵感に包まれていると、二人の王子に与えられる愉悦がどんどんふくらんでいく。

重たくゆっくりと貫かれている身体が、ずくんずくんと疼き出した。

（あ——）

果てる直前に訪れる無の瞬間。大きな波が来る直前に引くように、何も感じなくなる。

それを察したのか、紫音の唇からラーズクロスが離れていく。

シルヴァを呑み込んだ膣が、その精を奪おうと中で彼自身を締めつけた。紫音の最奥に楔を押しつけた彼が、その端整な顔を快楽に歪める。

「シオン」

紫音に覆いかぶさり、細い身体を抱きしめる。その体温を感じた瞬間、紫音の中の強張っていた最後の部分が蕩けていった。

「あ、ああ……気持ち、いい——」

快感の絶頂はすぐにやってきた。身体を弓なりに反らして兄王子の剛直を咥え込み、全身を震わせる。

「シオン——そんなに、締めつけたら……」

「あ、あっ、シヴァあ……っ！」

シルヴァが慌てたように身体を浮かせ、彼女の中を穿っていたものを引きずり出した。

その擦れる感覚に嬌声を上げる紫音を抱きしめなおし、深く長いため息をつく。

直後、ドクンと熱く脈打つものが飛沫を放ち、紫音の臍から胸の辺りを汚した。

「ああ、シオンが達するときの顔、本当にかわいい」

上体を起こしたシルヴァが、彼女の肌や髪を撫でる。彼がどこかに触れるたびに身体がビクビク反応し、紫音の唇から甘い声が途切れることはなかった。

「シヴァ、交代だ」

ふいにラーズクロスの大きな手が紫音の足をひろげる。丸見えになった淫らな器官に濡れた先端を押しつけると、彼は秘裂の中の粒を擦り上げた。

「ひぁ、ああんっ！　ラ、ーズ、待って……！」

「もう待てない。シオンの声で……限界だ」

じゅぶじゅぶと淫猥な音を立てながら楔の先端が蕾を潰して花唇を割り、紫音の蜜口をとらえた。

シルヴァの熱塊に気持ちよくさせられたばかりのそこは、怒涛の愉悦に痙攣している。

けれどラーズクロスの熱を感じた途端、まるでそれをからめとるように吸いつき、悦(よろこ)んで彼を迎え入れた。

さっきとはまた違う温度の剛直が、紫音を一気に貫(つらぬ)き通し、中を重たく往復していく。

二人の熱を体内に感じている、こんなことが現実にあるなんて。

「うっ、あ、あっ、ラーズ……っ」

狭くてきつい場所に、ラーズクロスが鈍重な摩擦を起こす。甘い疼(うず)きに紫音はすすり泣いた。

「気持ちいいんだね。ああ、本当にかわいい……」

快感に喘(あえ)ぐ紫音の顔をのぞき込み、シルヴァがその髪を撫(な)で、頬や瞼(まぶた)にくちづけ、唇を食(は)む。

ラーズクロスは何度も重たい抽送を繰り返し、紫音の最奥を突いては、中でそれをかき回した。

「ああ――っ」

否応なくほぐされ、男の熱を教えられた内側は激しく収縮して、そこに咥(くわ)え込(こ)んだものを絞り上げる。ラーズクロスは一瞬、顔を歪(ゆが)めて身体を小さく震わせた。

「もう、出そう、だ」

吐精する前に抜こうと腰を引くが、紫音のそこは男の熱を逃がそうとはせず、精を欲するようにあやしく蠢く。

彼はペースを乱し、彼女の上にうずくまった。楔が抜かれると同時に、白濁した精液が紫音の淡い繁みの上に注がれる。

ベッドの上で荒い呼吸を繰り返す紫音の扇情的な姿に、双子はそろって釘づけになった。

頬を真っ赤に染め、熱に浮かされたとろんとした目つき。半開きになった唇は誰のものかもわからない唾液で艶やかに濡れ光り、呼吸するたびに上下する胸や腹部には、彼らの放った精液が飛び散っている。

立てた膝は大きく開いたまま蜜をこぼしていて、まるで無残に犯されたあとのような有様だ。

「シオン、大丈夫!? ラーズ、やりすぎだぞ」

「シヴァこそ、キスで口をふさぎすぎたんだろう。苦しくなって当然だ」

双子はそろって、いそいそと彼女の身体の汚れを清めていく。

だが、ぐったりしていた紫音は、突然腕を振り回して彼らを遠ざけた。

「やっ、触らないで……！」

その言葉に兄弟そろって青ざめ、顔を見合わせる。

「そんなに怒った……？」

しかし、紫音は両腕を顔の前で交差させ、双子の視線から顔を隠した。

「ち、ちがうの……触られ、たら、感じすぎて……っ」

未だに胸の頂はびりびりと張りつめていて、わずかでも肌に触られようものなら、子宮の奥まで響くほどに感じやすくなっていた。

震える声からも力が抜け、しゃべることさえ億劫だ。

「……かわいいな」

顔を隠す紫音の腕にキスをし、双子はくすぐったがる紫音の身体の表面を拭うと、その両脇に全裸のままで寄り添って横になり、毛布をかぶった。

「ごめんね。たくさん歩いたあとにこんなことさせて、疲れただろう？」

「朝までゆっくり眠るといい。なんなら、足をさすってやるぞ」

左右から顔を見下ろされ、とてもゆっくり眠れるような状況ではない。

これまでどちらとも同じベッドで眠ったことなどないのに、今は左右に美形の王子がいて、どちらもすばらしい肉体美を紫音の肌に寄せてくるのだ。

二人の熱を感じ取るたびに、腰がぴくんと跳ねてしまう。

「シオン……君は本当に美しいよ。永遠に僕たちだけのものにしたい」

シルヴァの知的な深緑色の瞳が細められる。いつもの調子のよさはどこへやら、麗しい顔で生真面目に囁いた。

「美しいのはあなたのほうですから！」と、叫びたい気持ちだが、目を合わせるのが恥ずかしく、紫音は反対を向いた。だが、そちらには双子の弟が待ち受けている。

「俺の剣も命も、永遠にシオンに捧げよう」

ラーズクロスは力強い深緑色の瞳でまっすぐ紫音をとらえ、普段の無表情を翻して彼女だけにやわらかな視線を向けている。

「身に余る光栄です！」と平伏したくなるほどまぶしい。

だが、目を逸らした隙にシルヴァの手が彼女の腰のくびれを触り、身体が浮いた瞬間おしりに指先を這わされた。

「ひあっ」

思わず声を上げてラーズクロスのほうを向くと、兄王子の唇が紫音の首筋をなぞり、強制的に熱っぽい吐息をつかせる。

「ああ、また興奮してきた……」

振り向くと、シルヴァは情欲が滲んだ瞳で紫音を見つめていた。

彼の唇は背筋をつーっとなぞっていく。反射的に腰を反らしたせいで、胸がラーズクロスの厚い胸に触れてしまった。

ラーズクロスは紫音の横向きの身体を抱き寄せ、その胸を口に含んで舌で愛撫する。

「んぁっ――」

熱の冷め切らない身体は、二人の悪戯であっという間に点火した。足の間がぬめり、内腿が濡れる。

ラーズクロスに胸を愛され腰を揺らすと、おしりをシルヴァの手でとらえられた。

「ひゃっ――！　シ、シヴァっ、そこは……」

「大丈夫、無理はしないから。君を愛したいだけだよ」

耳元に小さく囁きかけ、後ろから蜜壺に手を伸ばしたシルヴァが、男を迎え入れる潤滑油をすくっては後ろの割れ目にひろげていく。そして、排泄をするための器官に指の腹を押し当て、やさしくほぐすように動かした。

それを手助けするつもりなのか、ラーズクロスの指が花唇に忍び込んできて、ぷっくりとふくらんでいる核をやわらかく揺らす。

「んぁああっ、や――そこは……」

「痛いか？」

そう問われ、紫音は涙目になって顔を横に振った。

「気持ちよすぎて、変に……なりそうなの」

ドラゴンの首を斬り落とすほどの膂力を秘めた手なのに、彼女に触れるラーズクロスの手は羽をつかむようにやさしい。

「そんなことを言われたら……」

陰核だけではなく花唇全体にも指を滑らされ、蛇口を開いたかのように紫音の身体からとめどなく愛液があふれ出す。腿やシーツ、兄弟の手もぐっしょり濡らしていった。

「あ、ああ――ッ！」

秘裂を前後から同時に弄られて、助けを求めて身悶えると、後ろからシルヴァが彼女の耳朶にキスをし、血液が集まり凝固した欲望の塊をおしりの割れ目に沿わせてきた。

「シオンの身体で自分を慰めてるみたいだ」

そう言ってくすくす笑う。

「いずれ、こっちでも感じられるように、ね？」

「ね、って……」

「三人で一緒に果てるほうがいいだろう？」

シルヴァの変態発言に、ラーズクロスまで誠実なふりをして乗っかってくる。紫音は、聞き間違いかと、思わず弟王子の顔をまじまじと見た。すると、後ろから兄王子が耳元に囁(ささや)いてくる。

「後ろの処女も僕がもらっていいかな」

「か、完全にセクハラ発言……！」

「セクハラってなんだい？」

この兄王子は、都合の悪い部分だけ言葉が通じないふりをしている——そう確信した瞬間だった。

「今すぐそんなことはしないから心配しないで。時間をかけて、ゆっくりね。でも、今はやっぱり一緒に気持ちよくなりたいから——」

シルヴァが紫音の足を後ろからひろげ、まるで挿入しているみたいな動きでおしりの割れ目に肉塊を擦(こす)りつける。

ラーズクロスも、昂(たかぶ)り張りつめた楔(くさび)を指の代わりに紫音の前側の割れ目に宛てがう。ひくひくと物欲しそうに痙攣(けいれん)している花蕾(からい)を、その熱塊で押し潰した。

たくましい双子の兄弟に前後を挟まれて、紫音は身体が弾(はじ)けそうになるのを必死にこらえる。

「あぁああんっ、ラーズ……っ」

弟王子の楔が紫音の感じやすい蕾を擦り上げる。一方、シルヴァは、後ろから彼女の両胸を弄り、ときどきおしりの穴に先端を突き立てる真似をしては、力強く上下に往復させた。

「やん……ッ、シヴァの、熱くて……」

紫音の上げる切ない悲鳴と双子の快楽に荒れた呼吸が、室温をどんどん上昇させた。身体にかけていた毛布も気づけばなくなっている。

夜半まで双子に愛されて、どちらの熱塊を何度受け入れたか、紫音にはもうわからなくなっていた。

＊

翌朝。目は覚めたが、身体はなかなか目覚めようとしない。

ずっと意識はあった。誰かが眠っている紫音の髪を梳き、頬に触れ、ときどき鼻の頭にキスをし、耳たぶを食む。いろんな触覚が紫音を包んでいた。

（なんでこんなに身体が重いんだろう……すごく窮屈だし……）

寝返りもまともに打てず、そのせいか身体がみしみしと軋む。ただ、そこはひどくあたたかくて、ずっとこのままでもいい気もする。

（今日は何か予定があったかな。そういえば、引っ越したばっかりだったっけ。仕事探さなきゃいけないけど、めんどくさいなあ……）

すごく急いでいるわけではないけれど、先延ばしにはできない問題だ。

親の遺（のこ）してくれたお金があるとはいえ、いつまでも貯金に頼れない。大学にはいけなかったし、介護中は短時間のアルバイトくらいしかしていない。まだ二十歳だけど、スタート地点で蹴躓（けつまず）いた紫音に、就職はとても難しそうだ。

「シオンは仕事を探してるの？」

（そうね。貯金はないし、働かなくちゃ食べていけないから）

「働かなくてもシオン一人を食べさせてやるくらいはわけないが、仕事をするのは好きか？　王妃になれば、けっこう仕事は多いぞ」

（仕事するのは別に嫌じゃないけど……王妃？）

その単語を聞いた瞬間、ぼんやりしていた世界が急に開けた。慌てて飛び起きて左右を見回す。

左に短い金髪の美形と、右に長髪の美形がいた。

彼らは頭を自分の腕で支えながら、真ん中で眠っていた彼女を見下ろしている。

一瞬、状況がさっぱり理解できなくて、目を丸くした。

けれど、二人の美形が裸身の上に毛布をかけただけの姿でいることと、飛び起きた自分自身も一糸まとわぬ姿でいることを知ると、昨晩の痴態の記憶が一気によみがえる。

「あ、あ、あ……」

めくるめく記憶の奔流（ほんりゅう）に、紫音は悲鳴を上げてベッドから逃げ出す。ついでに毛布を手にし、そのままベッドの隅っこでそれをかぶってうずくまった。

双子の王子と三人で、ベッドの中であれやこれや。

酔っていたわけではない、確かに正気だったはずなのに、さんざん喘（あえ）がされ、濡らされて……。

腰ががくがくして、力が入らなかった。

「シオン、どうしたの急に」

「察してやれ、シヴァ。もっとも、おまえのそのドラゴンの皮並みに厚い神経では、シオンの恥じらいなどわかるはずもないだろうが」

「あ、そうやって自分ばかりわかったふりをして点数を稼ぐ気か。ラーズがいやらしいことをしすぎたんじゃないのか？」

「数日前まで生娘（きむすめ）だったシオンに、後ろももらうとか宣言するほうが、どうかしている」

「ラーズこそ、三人で一緒に果てたいなんて、シオンは男にまだ不慣れなんだぞ」

「どちらかが果てるのを見ているのはつまらないだろう」

「それはそうだ」

珍しく言い合いに発展したと思ったら、あっという間に仲直りである。

「――もう、なんなのよこの仲良し兄弟！」

呆れて紫音が毛布から顔を出すと、彼らはにやっと笑って彼女の頬にそれぞれキスをした。

「やあ、ようやく毛布の中から出てきてくれた。おはよう、シオン。もう昼だけど」

「身体はどうだ？　昨晩はつい――俺もシヴァもうれしくて、シオンに無理をさせたのではと……」

二人の男に顔をのぞき込まれたり手を取られたり、寝起きの紫音にはなかなか刺激の強すぎる場面だ。

何しろ彼らは全裸で、昨晩、彼女をさんざん啼かせた楔は今も勢いよく天を向いたまま。

朝、男性の身体にこういった生理現象が起きることは知識としてあったが、それを見せられて平然としていられるほど、紫音は擦れていない。すでにお昼だそうだが……

「お願いだから、何か着て――！」

目を覆って叫ぶ娘に、双子はきょとんとする。

「僕たちの心も身体も全部シオンのものだから、そんなに恥ずかしがらなくていいよ」

「これは男の弱点だ。それをさらけ出しているのは、シオンを信頼しているからこそだ」

「女の子の前でひけらかすモノじゃないでしょ――ッ！」

ドラゴンの皮並みに神経が厚いのは、どうやらラーズクロスも兄と同様のようだ。

そんな朝の騒ぎのあと、双子にすすめられて紫音は宿に据えつけられている浴室を使わせてもらい、きれいに身を清める。

この世界では風呂というのは公共のものがほとんどで、宿単位で浴室を設置しているところは少ないそうだ。

今まで彼女が宿泊してきた宿では、どこも浴室があった。つまるところ、高級ホテルに泊まらせてもらっていたことになる。どうりで不自由がなかったわけだ。

さっぱりして紫音が部屋へ戻ると、室内から双子の声と知らない女性の声が聞こえてきた。

（女の子の声……）

ここは王都のラニヴァースで、双子の住まいがある場所だ。懇意にしていた女性がいるのはまったく不思議ではない。だが、ルクシア王妃から完全に姿を隠そうとしている現在、そんな簡単に他者を懐に入れるものだろうか。

そもそもルクシア王妃が双子に対して「呪われている」と宣言したせいで、国中の女性は兄弟に近づくことがないと聞いていた。だから異世界の紫音を選んだとも――

(やっぱり、私を都合よく使うための嘘だったのかな……)

ノブにかけた手から力が抜けたが、そんなはずはないと考えなおし、扉を開ける。

そして、そこに見た光景にただただ――絶句。

「シオン、戻ったね」

陽光の射し込む室内でも、シルヴァの笑顔はそれよりもまぶしい。何かの折につけ「きれいだな」と見惚れることがしばしばだ。

そのまぶしい笑顔の持ち主が、紫音に向かって破顔一笑してきたわけだが、正気とは思えないのはその服装だった。

確かにシルヴァは、弟のラーズクロスと比べれば細身かもしれないが、にしたって身長百八十センチをゆうに越す大男である。

その彼が、この国の本来の王太子であるシルヴァが、淡い黄色の……ふりふりドレス。

目をぱちくりさせる紫音に、部屋の奥にいたラーズクロスが声をかけてきた。

「さっぱりしてきたか」

そういう弟のほうは、普段は結い上げているうらやましいほどの美髪を下ろし、深い青色のシックなドレスを身にまとっていた。

「なんなの……」

かろうじて出たのは、そんなかすれ声だ。すると、双子にいそいそとドレスを着せていた女性が、ぱっと振り向く。

「シオンさまでいらっしゃいますか⁉」

茶色の巻毛の、丸い鼻眼鏡(めがね)をかけたその女性は、そばかすの散った愛嬌(あいきょう)のある顔をしている。彼女は紫音に近づいてくるなり、その手を取った。

「まあ、なんて愛くるしいお方でしょう。シヴァさま、ラーズさま、この方が未来の王妃さまになってくださるんですね！」

「まだ、僕たちの希望でしかないけど。シオン、彼女はベルナローズと言って、ラニヴァースで一番の仕立て屋だよ」

声もない紫音にシルヴァが説明してくれる。

「普段から、俺たちの服は彼女にすべて一任している」

「そ、それはわかったけど、この有様はいったい……」

困惑する紫音に、ベルナローズが眼鏡(めがね)の奥で微笑(ほほえ)んだ。

「シヴァさまとラーズさまが王宮を追われて王位継承権を剥奪(はくだつ)されたと聞き、嘆き悲しんでおりましたが、今朝になってご無事をお知らせいただきましたの。こうして元気なお姿を見られて、とっても感激しているところです！　それに未来の王妃さままでご一緒だなんて、なんてロマンチック！　シオンさまの花嫁衣装はぜひ、このベルナローズにお任せくださいませ！」

まだ王妃になると決めたわけではないのだが、事はそのように進んでいるらしい。しかし、紫音が今知りたいのはそこではなかった。

「そうじゃなくて、この人たちが、ドレスを着ている理由を……」

「あっ、そうですよね！　今夜、王宮で新王太子を立てるための夜会があるんです。あのいやらしいアレスが王太子になると聞いて、私などはとても憤慨しているのですけども！　とにかく、その夜会で新しい王太子の妃を決めるというお触れが出ているんです。ですので――」

「僕らもその夜会に紛れ込み、なんとしてでも立太子の儀をやめさせる。これはその布石だ」

シルヴァは普段の温和な瞳を細め、険(けわ)しい表情でそう宣言した。だが、リボンとフリルがふんだんに使われた黄色いドレス姿である……

「アレスは女好きだ。ふらふら言い寄ってきたところをとっ捕まえて、力づくでもやめさせる」

二人とも美形だし、化粧映(ば)えもして、決して悪くはないのだが——

「……こんな大男が女装なんかしたら、即座にバレてこっちが先に捕まるのがオチでしょーッ！」

紫音の剣幕に二人はたじたじとなり、ベルナローズはしゅんとうなだれた。

「こんなにお美しい方々なので、大丈夫だと思ったのですが……」

「いやいやいや、この短時間によくサイズを合わせたと感心しますけど、どう見てもただのマッチョな女装のお兄さんたちでしょ。私、こんな人たちの妃になんてなれない——！」

というわけで、『女装した双子と王城に乗り込んで、悪の王妃と最終対決』という悲劇は回避された。その代わりにと、ベルナローズは三人を自分の店に招待し、たっぷりと紫音の着せ替えを楽しんだ。むろん、それはそれで双子を大変喜ばせたのだった。

ベルナローズの針さばき（？）は見事なもので、既製品をたちまち誂(あつら)えたかのように仕立てなおしてしまう。その器用な手つきを見て、紫音はただ感心するばかりだ。

そして——

「そうだ、ベルナローズさん。ちょっとお願いが……」

＊

夕方になり、どこから都合してきたものか、立派な二頭立ての箱馬車と御者まで用意したシルヴァとラーズクロスは、ドレスで着飾った紫音を乗せて王宮を目指した。

紫音のツッコミにより、双子王子の女装を拝むハメにならずに済んだのは幸いだが、今はすさまじく素晴らしい紳士服に身を固めた王子たちが、我先にとエスコートをしてくれている。

「二人そろってその目立つ格好で行ったら、すぐばれちゃうんじゃ……？」

女装が妙案だったとは絶対に言わないが、素のままで出向いたら、女性陣の目は真っ先に双子に釘づけになるに違いない。

そろいの詰襟のジャケットは、シルヴァが濃紺でラーズクロスが黒。

金糸と銀糸で細かい刺繍がされた、彼らのスタイルのよさを強調する細身のスーツだ。

華やかなタイもよく似合っているし、腰に提げた宝剣がまた、双子の麗しさを引き立てる小道具としてちょうどいい。

「大丈夫だよ、目くらましの術をかけているから。僕たちの顔を知っている人たちには、カカシに見えるようになってる」

「カカシ……」

黄金色の麦畑で、美しい双子が棒に立てられ風に吹かれている様子を想像して、笑う。だが、魔術でそんなことができるのなら、なぜ女装しようなどと考えたのか、紫音は理解に苦しむ。

「そんなことよりも、シオンのドレス姿を見られるなんて、その点についてはアレスの奴に感謝することにしよう！　本当にきれいだ！」

「黒髪がこの朱色に映えて、とても美しい。王宮の並みいる姫君たちの中でもずば抜けている」

手放しに称賛されて、紫音としては頬を染めるくらいしかできない。それでも「二人も盛装がとっても似合っててかっこいいよ」と返すと、頬やうなじにキスの大雨が降った。

「ところでシオン、このペンダントは？」

シルヴァが指さすのは、彼女の首元で揺れている赤い宝石だ。

「あ、これね。先日、ドラゴンの巣で拾ったんだけど、さっきベルナローズさんがペンダントにしてくれたの。きれいでしょ？」

深紅の宝石は、紫音にかかったときに硬化したドラゴンの血だが、とくに深く考えずにそれだけ答える。

「ふうん、古代遺跡の魔法石かな。少しだけど魔力を感じるよ。しかし、あらためてシオンのかわいさは罪だな。男が群がりそうだ」

「シオンに指一本でも触れた奴は俺が容赦しない」

そんなことを言ってラーズクロスがバキボキと拳を鳴らすものだから、紫音は慌てて止めた。

「私に声をかけてくる人なんかいないから！　それより、乗り込んでいって具体的にどうするの？」

「シオンは自分の美しさをまったくわかっていない」

「確かに。それに昨晩、僕らがたくさん愛したせいか、今日はいつにも増して色っぽいよね……」

実際、何度も身体を穿たれ、前から後ろから愛撫されたせいか、全身が気だるい。ときどき熱い吐息を漏らす唇は切なげですらある。

たくさんの快感を与えられた肌はつやつやと薔薇色に潤い、男の目を惹きつけること請け合いだ。

「シオンは絶対に僕たちから離れないこと、いいね。宮廷での目的は、僕たちが健在であることを知らしめ、アレスの立太子を絶対に認めないことだ。父上にかけた魔術を解かせた上で、ルクシアの罪も告発しなければならない。母を殺害したことも。そして最終的には、ルクシア親子を永久にエルヴィアンから追放する」

「やることが多いね……」

「今夜一晩ですべてが解決しないのはわかってる。とにかく重要なのは俺たちの生存を知らせることと、アレスの立太子を絶対阻止することだ。あんな男にエルヴィアンを潰されてたまるか」

ラーズクロスは吐き捨てて、心底不快そうに唇を歪めた。

ルクシア王妃の連れ児であるアレスについては、双子の一つ年上で、女好きの口説き魔であることしか聞いていない。おかげで、紫音の中ではチャラいナンパな男と位置づけられている。

「ラーズはアレスが本当に嫌いなんだね」

あまり感情的になる人ではないと思っていたが、アレスの話をするラーズクロスは忌々しげな顔をする。よほど嫌いなのだろう。

「あのような男の風上にも置けぬ輩（やから）が、この国の王太子だと？　考えるだけでも反吐（へど）が出る」

そこには、単純に王位継承権を奪われた恨みとは、まったく別種のものがあるようだ。

「あれは母が亡くなった翌年だったかな。ルクシア親子がいつの間にか我が物顔で王宮に居座りはじめた頃だ。ある夜会でアレスが嫌がる女性に言い寄っていたのをラーズが見つけ、やめるように勧告した。だが奴ときたら――」

懐（ふところ）に隠し持っていたナイフを取り出し、ラーズクロスに斬りかかるかと思いきや、自（みずか）らの服を斬りつけ「ラーズクロス王子にやられた」と騒ぎ立てた。おかげで、ルクシアに操られている父王にラーズクロスが謹慎を言い渡されたというのだ。

この件で激怒したのは、ラーズクロス本人よりもシルヴァのほうだった。

怒りに任せ、アレスを魔術で屠（ほふ）ろうとしたそうだ。だがルクシアに阻止され、それ以降、双子にとってルクシア親子は、天敵ともいうべき相手になった。

同じ王城にいながら基本的に顔は合わせない。宮廷の人々も彼らが鉢合わせしないよう、細心の注意を払うことになったという。

「というわけで、奴のことを嫌いなのはラーズだけじゃなくて、僕も同様だ」

そう言ってシルヴァは紫音に笑ってみせるが、目がちっとも笑っていなかった。

双子と行動をともにしはじめてからシルヴァの表情はたくさん見てきたつもりだが、こんなにも冷たい目を見るのははじめてだ。いつも穏やかで、とくに紫音を見るときはやさしく愛情深いのに。

「そんなわけで、アレスを見るなりラーズが斬りかかるのではないかと、兄としてはその点がちょっと心配かな」

「シヴァもいきなり雷撃をぶっ放すんじゃないかとヒヤヒヤしている」

どうやら自分が彼らを抑える役目を担う必要がありそうだと、紫音は密かに考えた。

夜会は王城の中庭で行われていた。たくさんの明かりが、昼間みたいに会場を照らし出している。

「これ、もしかして全部魔術の明かり？」

「そうだよ。魔力を石にこめれば、こめた力の分だけ照らすことができる。初歩の魔術だ」

中庭にはいくつものテーブルが置かれ、その上においしそうな料理が並んでいる。色とりどりの花を植えた花壇に噴水、銅像なども品よく配置され、招待客たちも華やかに着飾って、大変なにぎわいだ。

「元王太子が失脚した今、ルクシアの歓心を買いたい貴族がほとんどなんだろうね。結局、ルクシアに対抗しようという気骨のある者はなしか……」

「ルクシアの魔力に対抗し得る存在は、国内にシヴァくらいのものだ。仕方がないさ。それより、父上の容体が心配だ。少し情報収集をしてくる。シオン、シヴァにくっついてろよ」

こうしてラーズクロスが人々の輪の中に入っていき、紫音はシルヴァに誘われて料理を堪能（たんのう）することにした。場合によってはこれから王妃親子と事を構えるのだから、腹を満たしておきたい。

料理を皿に取り分けていたところ、壮年の品のよさそうな男性がシルヴァに声をかけてきた。様子を見る限り、知った顔というわけではなく、ただの世間話らしい。

受け答えするシルヴァは気軽な様子で、こんなやりとりに慣れているのだろうと思わせる。

紫音は黙ってその様子を眺め料理に舌鼓（したつづみ）を打っていた。だが、男性との会話が有益なものだったのか、シルヴァは彼女の存在をちゃんと確認しながらも会話に熱中していく。ラーズクロスの姿を捜すと、彼も会場の奥のほうで人々と気軽に会話を交わしていた。

（みんな社交的だ。王妃になったら、私もこんな……？）

まだ王妃になると決めたわけではないが、そんな想像をした紫音は頭を振る。

そのときふと、助けを求める男の声が聞こえてきた。辺りを見回すものの、声の主と思しき姿は見えない。

「空耳、かな?」

会場は、楽隊が音楽を演奏し、たくさんの人々の談笑する声でとてもにぎやかだ。気のせいかと紫音は甘い酒に口をつけたが、今度ははっきりと「助けてくれ!」という声を聞いた。

シルヴァに声をかけようとしたが、彼は会話に熱中している。紫音は皿とグラスを置いて、声のしたほうにそっと近づいていった。何かあったらすぐにシルヴァに助けを求められる距離だ。

「ここだ、ここにいる!」

紫音が気づいたことで、男性はほっとしたのか、さらに声を上げた。どこだろうと彼女がきょろきょろしているうちに、目の前の石像に視線が向く。声はその台座の下辺りから聞こえてくる。

彼女は台座の周囲を確認し、会場を背にした台座の一辺にわずかな隙間を発見した。声はそこからしているようだ。

「だ、誰かいるんですか……?」

「すまないお嬢さん、私をここから出してほしい。この面が開くようになっているのだが、開けてもらえないか？」

「どうしてこんなところに……」

「私はウルク公爵ハスラードという。王妃ルクシアに地下牢に放り込まれたが、ここまで逃げ出してきたのだ」

その名を聞いて三秒、紫音は記憶の中から該当するものを引っ張り出してきた。そもそもこの世界で知っている名前は少ない。

「ウルク公って、シヴァとラーズの叔父さんですか⁉」

「君は二人を知っているのか？」

「はい、シヴァがすぐそこにいるから、連れてきます！」

紫音が踵を返そうとすると、男性が慌てて引きとめる。

「待ってくれ、追手がすぐそこまで迫っている。そんなに重い扉ではないはずだから、先にここを開けてほしい。ルクシア王妃やアレスの手の者に見つかるわけにはいかないんだ」

言われるがまま、紫音はわずかに開いている隙間に指を挿し込み、それを引いた。だが蝶番が軋んでなかなか開きそうにない。

「がんばってくれ。もう少しだ」

ぎしぎしと錆びた金属音がする。ようやく手が入るくらいの隙間ができたが、まだ壮年男性が通り抜けるほどの幅ではない。

「固くて……やっぱりシヴァを呼んできます。ほんとに、すぐそこにいるから、すぐ――」

そう言って台座の陰から飛び出したときのことだ。誰かにぶつかった紫音は、そのまま地面にしりもちをついてしまった。幸いにしてやわらかな芝生だったので怪我はない。

「おっと、お嬢さん。大丈夫ですか？」

穏やかな男性の声が頭上から降ってきて、目の前に手が差し出される。紫音はその手の主を見上げ、目を細めた。

そこにいたのは細面で色白の、たおやかな顔立ちをした、黒髪の若い男性だ。

シルヴァやラーズクロスもかなり美しい部類だが、彼らは男らしい色気をふんだんに持ち合わせている。一方、目の前の青年は、声こそ低いものの、どこか女性的な雰囲気を醸し出していた。

「あ、ありがとうございます……すみません」

男性に手を引っ張られて立ち上がると、紫音はドレスについた芝を払って頭を下げる。

「君、出身はどこ？」

「え――」

唐突に尋ねられて口ごもる。日本です、と言い出せないのはもとより、この世界の国名や地名をほとんど知らない。

「はじめて見る顔だね。地方貴族のお嬢さんかな？　君も花嫁になりに？」

そう言われて、今夜の集まりでは新しい王太子の妃選びが行われることを思い出した。

「そんな、まさか。私なんてとても……」

笑ってごまかし、とにかく急いでシルヴァを呼びに行こうとする。だが、男は紫音の手を握ったまま離そうとしなかった。

「この黒髪、とてもきれいだね。私とおそろいだ。君、名前は？」

そういえば、エルヴィアンは金髪や茶系の髪色が多いようで、黒髪をあまり見た覚えがない。どうりで彼の姿は違和感が少なく、すんなり紫音の目に馴染(なじ)んで映るわけだ。

「えっと、紫音……です」

「そう、シオン。珍しい名前だ。よしわかった、君に決めた」

そう言うなり、男は紫音の手をつかんでどこかへ連れていこうとする。彼女は泡を食って手を引こうとした。

「あの、ぶつかったことはお詫(わ)びしますが、離していただけませんか。私、行かないと」

「君は、私の顔を知らないの？　本当に田舎のお姫さまなんだね。まあいいや、王都の女たちはどれもこれも、すれっからしで腹黒いから辟易していたんだ。私はシオンのような純朴な子がいい」

「あ、あの……？」

「よく覚えておくんだよ、私の花嫁。私はアレス・ディア・エルヴィアン。明日からこのエルヴィアンの王太子だ」

迂闊だった。まさか件のアレスが供もつけずに一人でふらふらしているとは。

強引に連れ去られながらも紫音は声を上げて抵抗したし、必死に振り払おうと試みたのだ。

だが、声は喧騒にかき消されてしまい、アレスの姿を見た者たちは何も見なかったふりをして、彼に道をあける。

アレスを――というよりは、ルクシアを恐れている人々が、その一人息子に意見するはずも反対するはずもない。そんな事情を嫌というほど肌で感じる。

誰も彼もが紫音に同情的な目を向けながらも、助けようとはしてくれないのだ。

そして、見た目のたおやかさとは裏腹に、彼の力は強かった。

あっという間に建物の中に連れ込まれる。この間、せいぜい二、三分だ。

シルヴァやラーズクロスを呼ぼうにも、それをすると彼らの身に危機が降りかかる。双子は追われている立場なのだ。

（シヴァ……！）

城内に入ると、人気のない廊下が続いた。

「離してください！　私は、あなたの花嫁になるために来たわけじゃありません！」

きっぱり言って無理やりつかまれている腕を引くが、アレスの手の力は本当に強い。

「あの会場にいる女なら誰を選んでもいいと、王妃陛下から言われている。君の意思などどうでもいい。次期国王の目に適ったのだから、もっと喜ぶべきだろう」

いくら理屈を説こうと話が通じない。紫音の常識とアレスの常識は、絶対に相容れない場所に存在していた。

いくつか階段を引きずられる。しまいには必死に抵抗する紫音が面倒になったのか、アレスは彼女の身体を小脇に抱えて階段を上がりはじめた。

たどりついた部屋は、紫音がぽかんとしてしまうほど広々としたものだ。

大理石のようなつやつやのクリーム色の床、品のいいソファセットに高級そうな絨毯。

そして、天蓋つきの大きすぎるベッド。

一人で眠るにはひろすぎるが、三人なら……と昨晩の記憶がよみがえる。

（あんなことをされて気持ちよかったなんて……またしたいだなんて……思うわけないない！）

誰が聞いているわけでもないのに、紫音は一人赤面した。

「さてシオン、君の家の名と爵位は？　父親は何をしている者だ？　次代の国王が君を見初めてやったのだ、正体を明かせよ」

「きゃ……！」

ベッドの中央に紫音を押し倒し、馬乗りになったアレスが、紫音の抵抗を封じつつ命じる。居丈高な物言いに慣れた高圧的な態度だ。

「ち、父も母ももういません。私は――爵位もないただの庶民です」

「ただの平民がこの夜会に入り込めるはずがないだろう。では、誰と一緒にここへ来た？」

とっさに返答に困ったが、嘘をついてもどうせすぐにボロが出る。

ここには紫音とアレスの二人だけしかいない。双子の名前を出して何か不都合があるだろうか。むしろ、牽制になりはしないか――わずかでも時間稼ぎができればいい。

シルヴァもラーズクロスも神経を尖らせているはずだから、すぐに彼女がいなくなったことに気づいてくれる。きっと、もう捜してくれているはずだ。

「私は……本物の王太子と来ました！　シルヴァ王子とラーズクロス王子と一緒に」

「は……？」

そう言った瞬間、アレスの手がわずかに緩む。紫音は急いでその手を振り払い、彼の身体の下から這い出した。アレスはそれを追おうとはせず、驚きの顔で紫音を見るだけだ。

「シルヴァとラーズクロス……と言ったのか？」

紫音はひろいベッドの端っこでアレスと対峙しながら、注意深くうなずいた。

「そうよ。二人は死んでなんていないから」

しばらく沈黙が続いたのち、アレスは歪んだ笑みを口元に浮かべた。だが、その黒い瞳は一切笑っていない。

「なんだ、おまえもあの双子の取り巻きか」

口調も声色もガラリと変え、つまらないものを見るように紫音を睥睨する。

「双子に近づいたら呪われると聞いていないのか？　王妃の言っていることだぞ」

「シヴァもラーズも呪われた存在なんかじゃない。双子だから魂まで半分なんて、そんなことあるわけないでしょう」

「さあな、俺にはどうでもいいことだ。だが、俺は偽物の王太子じゃない。明日には正式に王太子となり、国王が死ねばこの国の王だ。もちろん、国中の公認でな。今日はめでたい前夜祭だ」

アレスは四つん這いになりながら紫音に少しずつ近づいてくる。紫音は後ずさりするものの、ベッドの奥に追い詰められ逃げ場をなくした。

「おまえは双子に肩入れしてるわけか。今や国中が呪われた存在として双子を忌避している。双子を匿う女がいると告発すれば、おまえごときすぐ処刑できる。俺はあの双子が嫌いだ。それに与するおまえも。わかるだろう？」

「……」

「シオン。おまえ、双子のどちらかと寝たのか？」

「そ、そんな質問に答える必要はないと思います」

「それとも、両方と寝た？」

きれいな顔に下品な笑みを浮かべ、アレスは言った。反射的に昨晩の淫らな三人での交わりを思い浮かべ、紫音は表情を強張らせる。

「へえ、かわいい顔をして意外だな。同じ顔なら、どちらにも足を開くってわけか」

アレスが嗜虐的に笑ったのを見て、紫音はベッドの上で立ち上がって逃げる。けれど、ひろいと言ってもしょせんはベッド。すぐにアレスに捕まり、そのまま組み敷かれた。

「おまえがあの双子のものなら、それを奪ってやるのはまたとない復讐になる」

「復讐？　シヴァとラーズがあなたに何をしたっていうのよ」

「何をしただと？　そんなの決まっているだろう、存在そのものが目障りなんだよ。王子だかなんだか知らないが、欲しいものは何でも手に入れ、他人からちやほやされて！」

紫音は双子の立場からしか事情を知らないし、アレスにはアレスの苦労があるのかもしれない。でも、双子が特権階級の恩恵に胡坐をかいて、のうのうと生活してきたとは思えなかった。

「生まれを選べないのは、シヴァとラーズだって同じことでしょ。それを言い出したらキリがないのに。この国にいるのは、国王夫妻の子供として生まれてこられなかった人たちばかり……」

「おまえ、そんな当たり前のことで偉そうに俺に説教するなよ」

「当たり前だってわかってるなら、そんな理由で二人を妬むのはやめればいいじゃない。いい年した大人が見苦しいと思わないの？」

「この……」

アレスの手が振り上げられる。彼の身体に組み敷かれている紫音の頬を平手でたたいた。

彼女はただただびっくりする。生まれてから二十年、誰かにたたかれた記憶などなかったため、自分の頬に感じる痛みをどう解釈していいのかわからなかった。

「どいつもこいつも、俺に説教、説教、説教！　おまえがどれほど偉いっていうんだ？　俺はこの国の王になる男だ！　敬えよ！」

アレスは紫音の胸倉をつかんで激情のまま手を振り上げ、もう一度彼女の頬に手のひらをたたきつけた。だが、彼が激昂すればするほど紫音は冷静になっていく。

「この国の人たちはかわいそうですね」

「何だと？」

「身近な人間にも平気で無体を働く人が、顔も知らない国民のために働けるとは思えないです。国王って、国民のために働く人ですよね？」

アレスは理解に苦しむ顔をしていたが、しばらくして微妙に表情を変える。

「国民のために働く？　おまえ、何を言ってるんだ」

「何って……じゃあ、なんで王太子になろうなんて」

「お母さまのお言いつけだからさ。それに、俺が国王になれば、女を取っ替え引っ替えしても、いくら金を使おうとも、逆らう者はいない。国王命令は誰も断れないってね。現に頭の空っぽな女たちは、『王妃にしてあげる』と言えば喜んで俺に尻尾を振ってくる。バカな連中さ」

「え、何それ。ひどくない……？」

あまりに意外な言葉を聞かされて、紫音は面食らった。彼は開きなおったのか、つかんでいたドレスの胸元に指を這わせて笑う。

「あの小生意気な双子を追い出して、あいつらの持っていた何もかもを俺のものにしてやる」

紫音のドレスの紐をつかむ。

「でも、シヴァもラーズも王子だからってただ大きな顔をしてた？　私はここでのあなたたちを知らないけど、シヴァは小さな頃から魔術の勉強をして、あなたの母親にも引けを取らない魔術師になったって聞いたよ。ラーズだって魔力はないけど、代わりに剣の腕を磨いて、今では騎士団を率いるほどになった。二人とも恵まれた境遇だったかもしれないけど、それに見合うだけの努力はしてるんじゃないかな。あなたは？」

「は？」

「あなたはどんな努力をしたの？　シヴァとラーズを見返そうと思って、何かした？　偉大なお母さんがいるんだから、しようと思えば魔術の勉強もできたよね。剣の腕を磨くことだって。他にやりたいことでも、何でもできたよね」

「うるさい！　俺は説教されるのが一番嫌いだ。勉強？　努力？　そんなことをしたって何者にもなれない奴はいるんだよ。そして、何もせずとも、何かになれる奴はいる。現に、俺は好き放題に生きてきたが、明日には王太子で、行く行くはこの国の王だ！　俺が王になったらまず手はじめに、小癪な双子を城門に吊るしてやるよ。いや、その前に、おまえを双子の前でたっぷりかわいがってやるさ。その後も、他の女どもと一緒に後宮に放り込み、飽きるまで籠の中で飼ってやるぞ。シオン、俺と双子、どちらの立場が上か、はっきりさせようじゃないか」

　アレスのきれいな顔に、残忍な笑みが浮かぶ。

　彼が紫音のドレスの紐に手をかけ解こうと引っ張った瞬間、その手を誰かがつかんだ。

「――つくづく、見下げ果てた男だな」

　アレスとそろって紫音が視線を横に向けると、無表情のラーズクロスが横目でじろりとアレスを睨んでいた。彼はつかんだアレスの手を紫音から引き離し、それを捻り上げる。

「痛い！　手を離せ、この――」

　ラーズクロスの手を振り払おうとアレスは暴れるが、弟王子はそんなささやかな抵抗などものともしない。アレスの身体を引っ張り上げて紫音から引き剥がすと、ひろいベッドに突き飛ばした。

「シオン、大丈夫か？　すまなかった、まさかはぐれるなんて」

　ラーズクロスは紫音を助け起こし、その力強い腕の中に抱きすくめる。

「大丈夫。来てくれるって思ってた」

彼女はラーズクロスの胸に頬を当てて目を閉じた。

なんだかんだ言っても、理屈の通じない男に押し倒されていたのは恐怖だったようで、今になってぞくっと悪寒が走り抜ける。

だが、アレスが起き上がった気配を感じ、ラーズクロスの背中に隠れた。

彼と対峙するのは自分の役目ではない。ラーズクロスに任せ、紫音はそそくさと安全地帯に逃れる。

「ラーズ、シヴァは？」

「外で衛兵を引きとめてる。俺たちは一応、逃亡中の身の上だ。だが、ほら――」

ラーズクロスが扉を指すと、シルヴァが音もなく中に入ってきた。紫音の姿を見つけ、一目散に駆け寄ってその身体をぎゅうと抱き潰す。

「シヴァ、苦し……」

「本当にごめん！　僕が話に夢中になっていたばかりに、シオンをこんな目に。それに、叔父を見つけてくれた。本当に君は探し物を見つける天才だね！」

「叔父さん、ちゃんと外に出られたのね」

救出の途中でアレスに連れ去られてしまったので、ウルク公爵のその後が気にかかっていたのだ。

「しかし……あの人の皮をかぶった畜生は絶対許せないな」

その声にシルヴァの顔を見上げた紫音は、思わず息を呑んだ。口調はいつも通りに軽いものの、深緑色の瞳は凍てつき、さながらブリザードのようだった。

「誰かと思えば、呪われた双子王子じゃないか。よくものうのうと戻ってこられたな。ふん、双子がそろったところで、今さら何ができる」

紫音を背中にかばうシルヴァとラーズクロスは、ベッドの上に立ち上がったアレスを見上げた。仇敵同士の義兄弟の再会。刺々しさと憎々しさが交錯する。

「きさまこそ、よくものうのうと女遊びをしてられるな。王太子になるそうだが、分不相応な器に収まろうとすると、均衡を欠いてそのうち転ぶぞ」

これまでいかに彼らが互いを嫌い合ってきたのかが、この一幕だけで紫音には充分理解できた。

はじめて彼らの対面を見た彼女でもわかるほどだ。これまで、周囲にいた人々はどれだけ肝の冷える思いをしてきたことだろう。

「今頃現れても遅いぞ。この城、この国に、おまえらを支持する者など、いやしないんだからな」

「新しい王太子を歓待する者もまたいないさ、アレス」

「いつまでそんな口をきいてられるか見ものだな。双子はこの国に滅亡をもたらす凶兆そのもの。王妃がそう予言した。王妃ルクシアの言葉を疑う者など、もはや誰一人としていないんだからな！」

アレスの捨て台詞（セリフ）は、「ママに言いつけてやるんだからな！」というアレに似ているなと思いながら、紫音はシルヴァの耳元に口を寄せてある提案をした。

「――もちろんできるよ。お安いご用だけど、どうするの？」

「いいから見てて」

紫音はドレスのスカートのレースがたっぷり重ねられている部分に手を伸ばし、そこからスマホを取り出した。

「いつの間に、そんなところ……」

「昼間、ベルナローズさんにスマホを収納できるポケットをつけてもらったの」

何かの役に立つかもしれないと、ドレスに細工をしてもらっておいたのだ。

シルヴァとひそひそ話をしている間に、アレスは窓辺に近づいて大きく窓を開け放ち、ひろいバルコニーに飛び出した。

「衛兵！　ここに呪われた双子がいるぞ、早く捕らえねば国が傾く！」

三階のバルコニーから夜の虚空に叫ぶ。夜会の開催されている中庭に、アレスの声は驚くほどよく響いた。たくさんの人々がこちらを振り返る。

アレスはねじけた笑顔でこちらを見たが、すぐにその顔色を失った。

紫音がスマホを片手に、レコーダーアプリを再生したのだ。シルヴァの魔力で音が拡大され、中庭どころか王都中に響き渡る。それは無情に事実をひろめた。

『……国民のために働く？　おまえ、何を言ってるんだ』

『何って……じゃあ、なんで王太子になろうなんて』

『お母さまのお言いつけだからさ。それに、俺が国王になれば、女を取っ替え引っ替えしても、いくら金を使おうとも、逆らう者はいない。国王命令は誰も断れないってね。現に頭の空っぽな女たちは、『王妃にしてあげる』と言えば喜んで俺に尻尾を振ってくる――』

紫音に向かって投げつけた言葉がすべて繰り返され、アレス支持を表明していた貴族たちの間にひろまっていく。

「な、何を……」

青ざめたアレスは、その声が紫音の手の中にあるものから放たれていると遅まきながら気づき、それを取り上げようと彼女に飛びかかる。

しかしラーズクロスに腕をつかまれ、バルコニーで宙づりにされる情けない姿をさらす羽目になった。

「離せ！　なんだこれは、こんなのは俺じゃない！　俺じゃない！　双子の罠だ、違う！」

レコーダーアプリが一言一句間違いなく、紛れもないアレス自身の言葉を再生する。

それを聞きながら、彼は血の気の引いた顔で否定した。

だが、あいにくとシルヴァの魔力で拡大された音のほうがアレスの肉声よりはるかに通りがよい。

「自分の言葉には最後まで責任を持つんだな。それが王者たる資格だ」

ラーズクロスは冷ややかに吐き捨てて、室内でアレスの腕を解放した。足が浮いたままだったアレスが、どさりと床の上に落ちる。

「しかし、とんだ暴言だなアレス。さて、これを聞いた貴族たちがなんというか……」

シルヴァは肩をすくめ、ほうほうの体(てい)で部屋から逃げていこうとするアレスを見送る。

だが、彼の逃亡は扉の前で終了した。

「アレスさま、先ほどのご発言がどういうことなのか、説明してくださるかしら」

扉を開けた途端、きれいな姫君が飛び込んできて、アレスに詰め寄ったのである。しかも、彼女の後ろにいるのは、二桁(ふたけた)に及ぶ姫君たちの群衆だった。

「まさか、ここにいらっしゃる皆さまに『王妃にしてやる』と……!?」

「わたくしだけだとおっしゃってくださったのは、嘘でしたのね！」

「ま、待ってくれ……！」

大勢の女性に取り囲まれ、アレスは悲鳴を上げて部屋から逃げ出した。むろん彼女たちはそれを追いかけていく。彼が吊し上げを食らうのは、時間の問題だ。

これほど見事な自滅を見たのは、はじめてだった。

「それにしても、シオンのこの装置は本当に万能だな！」

シルヴァは称賛したが、レコーダーの再生で充電がなくなり、スマートフォンは無情な黒い画面になっている。それがまるで日本との決別の証に思えて、紫音はそれをそっと胸の前に抱いた。

「あの名演説を聞いたら、アレスを王太子に推そうとしていた連中も考えをあらためるだろうな。奴は、もう城には戻ってこられまい」

ラーズクロスが呆れ声で嘆息したときだった。

「――だからと言って、あなたたちが王太子の座に返り咲けるわけじゃないのよ」

突然、空中から女の声がそう告げる。

紫音は声の主を捜してきょろきょろし、双子は彼女をかばいつつ壁際に寄る。

「ルクシア」

双子が部屋の中央に視線を固定して、異口同音につぶやいた。

それはこの旅の間に何度も聞かされてきた、彼らの仇敵の名だ。

「生きていたのね。まったくあなたたちときたら、母に向かって呼び捨てなんて相変わらず」

何もなかった空間に一人の女性が立っている。美しい黒髪を緩くまとめ、身体の線にぴたりと合う濃紺のドレスに身を包んだ、妖艶な美女だ。

彼女の姿を視界に収めた途端、紫音は自分の心臓が速度を上げたことに気づいて嘆息した。

女性のまとう空気、視線、口元から吐き出される呼気さえ、どこかねっとりとして重たい。彼女は周囲の人間の視線が自分から外れることを許さない、圧倒的な存在感を放っていた。

姿を見ただけで、蛇に睨まれた蛙同様、身動きが取れなくなる。

双子はこの重圧と長年戦ってきたのだ。そう思いを巡らせるだけで、彼らの胆力に拍手喝采を浴びせたい気持ちになった。

「まあ、私のかけた呪いが解けたのね、シヴァ、ラーズ」

「おかげさまで」

シルヴァは冷めた目で微笑み、ルクシアの前に立ちはだかった。紫音と魔力を持たない弟を守るために。

その兄王子の後ろ姿があまりにも凛々しくて、紫音は陶然とする。同時に、紫音は密かに胸を撫でおろした。

本当に、心の底から、シヴァが女装していなくてよかった——！

ＴＰＯの重要性を目の当たりにしたところで、つい現実逃避する自分の気持ちを前に向けなおす。

それどころでないのはわかっているのだが、ルクシアの存在感が強く、威圧的で、見る者に無条件の服従を強いるため、疲労を覚えるのだ。

「そちらのお嬢さんは？」

ルクシアの視線が紫音に移った途端、ラーズクロスが彼女の身体を背中に隠した。

「何か不思議な力を持っているのね、お嬢さん。今までに感じたことのない気配」

「彼女が何であろうと、おまえには関係がない。それよりも国王にかけた魔術、今日こそ解いてもらおうか」

「まあ、言いがかりだわ。私が陛下に魔術を使ったというのであれば、あなたたちが私の呪いから解放されたのと同じ方法を、陛下に試してみればいいじゃない」

言われて紫音は目を剥いた。それはつまり、国王に紫音が抱かれるという意味だ。

しかし、シルヴァが明快にそれを拒否する。

「あいにくと、僕たちにかけられた魔術が解けたのは、対象が僕とラーズだったからだ。父に同じ方法は使わないよ。それに、おまえの魅了の術にかかっている父は、他の女性に手は出せない」

「そう……そのお嬢さんの純潔を奪ってまで力を取り戻したというのね。罪深いこと。おまえたちの汚らわしい体液で、無関係なお嬢さんが呪われてしまったわね」

紫音がこの世界の人間でないことを見抜いたのか、双子にかけた呪いの解き方を知っていたのか、ルクシアは兄弟を嘲り、紫音に同情の目を向けた。

「突然やってきた得体の知れない男たちに拉致され、言葉巧みにこの世界に迎合させられ、右も左もわからないのをいいことに、騙されて身体を穢されてしまったのね。かわいそう」

「う……？」

双子を貶めるために彼女が仕組んだでっち上げ話を聞かされていた紫音は、ルクシアを詐欺師のように思っていた。だから、彼女に何か言われても反論しようと考えていたのだが、なぜかうまく言い返すことができずに口ごもる。

確かに、猫から人に変化した得体の知れない青年たちに、害虫を退治してやったのだからと拉致され、見知らぬ異世界にもなんとなく慣れさせられた。エッチしないと部屋から出られなかったり、ドラゴンに殺されそうになったりと無茶苦茶な窮状に追いやられてもいる。あげくに双子に篭絡されて、三人でなんかすごいことを……

「そ、そんなこと……ない、かと」

「シオン、なんでそんなに声が弱々しいの!?」

慌てるシルヴァを押しのけ、ラーズクロスが忌々しげな表情で継母に対峙する。

「いけしゃあしゃあと。そもそも、俺たちの力を封じたのはおまえだろうが」

「そうよ。でもこの国に私の言葉を信じない者はいない。私の言葉こそ真実だからね！国民を安心させるため、エルヴィアンを滅びに導く双子は、国王の名において封印したと公表したわ。おまえたちはエルヴィアンの未来を闇に導く存在として、今日付けで王位継承権も抹消よ」

道端で会話する奥さまが「嫌だわ」と手を振るような何げない仕草だった。途端に三人の周囲に暴風が吹き荒れ、石つぶてが降り注ぐ。

目の前に大きな岩が迫った。強風の中で紫音は反射的に目を閉じたが、いくら待っても痛みも衝撃も感じない。風が止み、石も飛んでこなくなった。

恐々目を開けると、シルヴァを中心に三人の周囲だけが静けさを保っている。ただ、その向こうでは大小さまざまな石が飛び交い、室内を荒らしていた。

「結界——？」

シルヴァの魔力による結界が彼らを護ってくれていたのだ。紫音が感激したのは言うまでもない。

「前から思ってたがシオン、魔術のことに詳しいな」

「えっ、そんなことは」

魔術などない世界から来たわりに、シルヴァの起こす奇跡を嬉々として受け入れている紫音を、ラーズクロスは頼もしそうに目を細めて見る。

「君らね、僕が必死に食い止めてるのに、そんなほのぼのと頬を染めて会話してないで！」

結界を張っているシルヴァは、ルクシアの圧力に対抗するために全精力を振り絞っている最中だ。

だが、力比べをするようにシルヴァが見えない何かを手で押し返すと、紫音は眩暈を感じて目を閉じた。ぐらりと身体が傾いたのを、双子がそれぞれ支えてくれる。

——気がつけば頬に夜風が当たっていて、紫音は辺りを見回す。

彼らは城内にあるアレスの部屋ではなく、広大な庭園に立っていた。

花壇には季節の花々が咲き乱れ、散策用の通路まで整えられている。魔法の明かりが各所に設けられ、雲一つない夜空に大きくまばゆい月がぽかんと浮かんでいる。

「これは、シヴァの魔法？」

「とっさだったから、手近でひろい場所が裏庭しか思いつかなくてね。あのまま城内にいたら、ルクシアに城を破壊されかねない」

そう言いながら、シルヴァが背中に紫音の姿を隠した。色とりどりの花が咲き誇る花壇の前に突如、黒い靄（もや）が現れて、その中にルクシアが立つ。

「ずいぶんと腕を上げたのね、シヴァ」

「馴れ馴れしく愛称で呼ばないでいただきましょうか、宮廷魔術師ルクシアどの」

「王妃ルクシア陛下か、お母さまと言いなおしなさいな、青二才」

「僕たちはあなたが王妃であることを、ましてや母などと認めたことはありません」

お互いに笑顔のまま、淡々と鋭い言葉を投げつけ合う。

紫音は思わず天を仰いだ。

アレスは、双子の兄弟が苦労もなくのうのうと生きていたようなことを言っていたが、十五歳という多感な時期に母を喪（うしな）い、その母を殺害したと噂される人物を母と仰がねばならなかった彼らの労苦は計り知れない。

「平行線ね、お互いに。ちょうどいいわ、シヴァ、ラーズ。ここで決着をつけることにしましょう。今日こそあなたたちの息の根をきっちり止めるわ」

嫣然と笑いながらルクシアは双子に死の宣告をする。

彼女がどれほどの魔術師なのか繰り返し聞かされてきた紫音にとって、ルクシアの言葉は死神の声にも等しく響いた。そして、その死神の手が振り下ろされる。

途端に紫音の髪が風に巻き上げられて乱れた。ひどく熱い風が逆巻き、たちまち周囲が炎に呑まれる。いや、炎ではなく、まるで噴火している火山の中に放り込まれたような光景がひろがった。

シルヴァの手が結界を張って護ってくれてはいるが、灼熱を防ぎきることができずに、紫音の額から汗が流れる。

いつもにこにこしているシルヴァの表情も険しい。ルクシアの放ったこの炎獄の魔術がどれほどの威力なのかを如実に物語っていた。

だが、彼は熱風に巻かれながらも早口で何かの呪文を形成していく。

その姿のなんと頼もしいことか。この人に任せておけば、この世に心配なことなど何もない――そう思わせるだけの説得力を有している。

「散れ」

彼が短く命じると、三人を包んでいた炎が切れて、何事もなかったかのような元通りの夜の庭園になる。月光がやさしく風景を照らし出していた。

だが息つく間もなく、解き放たれた弓矢のようにラーズクロスが走り出し、ドラゴンの巣で手に入れた魔法の大剣をルクシアの頭上に振り下ろす。

彼の結い上げた長い髪が、重力に逆らって舞い上がった。

その姿があまりにも美しく、紫音は場所柄もわきまえず、剣を振るう彼に見惚れた。

ラーズクロスの猛攻に不意を突かれたのか、ルクシアは驚いた顔で魔力の防壁を築き上げたものの、完全には間に合わない。緩く結っていた黒髪が弟王子の豪剣にかすり、幾筋かの髪がはらりと宙に散る。

「小癪な小僧――！」

報復とばかりにルクシアが手を翳すと、ラーズクロスの身体が後方に吹き飛ばされた。しかし、その反撃は織り込み済みだったのか、彼は空中でくるりと身を翻し軽やかに地面に降り立つ。

「ラーズ！」

無事に着地したとはいえ、ルクシアの魔力をその身に直接受けたのだ。紫音の目には身を砕くような衝撃に映っていた。

「シオン、大丈夫だよ。ラーズには魔力で目に見えない鎧を着せてるから」

不安顔の彼女にウインクしながら兄王子が笑うのとルクシアが悲鳴を上げたのは、同時だ。

黒髪の魔女は網のような鎖に巻かれ、身の自由を奪われている。シルヴァによる拘束の魔術だ。

すかさず、ラーズクロスの全体重がこめられた剣がふたたびルクシアに襲いかかる。彼の剣は、魔女の心臓に向けて、まっすぐ伸びた。

さすがは双子と称賛したくなるほど、息の合った連携だ。

だが、これは殺し合い。

双子に誰かを殺してほしくなんてないけれど、こちらからいかなければ、殺されるのを待つだけだ。紫音の感傷だけで「やめて」とは口が裂けても言えなかった。

それでも、容赦のないラーズクロスの剣の軌跡を見ていられず、紫音は目を伏せる。ラーズクロスの剣がルクシアの頭をたたき割って終わり――そう思えた。

「なにっ!?」

ところが、驚きの声を上げたのは攻撃を仕掛けた本人だった。

ルクシアの前に、石壁が立ちふさがっている。ラーズクロスの剣はその石壁に当たり、刀身が半ばまで突き刺さっている状態だ。

いや、それは石壁ではなかった。石でできた、翼のある魔物。

けれどラーズクロスの驚きは、ごく一瞬だった。彼は突き刺さった剣を支えに魔物の体に足をかけ、両足を踏ん張って剣を引き抜く。そのままの勢いでくるくると後方に宙返りをして着地した。

「ガーゴイルとは恐れ入ったね、希代の魔女の名は飾りじゃない」

口元は笑っていたが、シルヴァの深緑色の瞳は真剣に細められる。

そして、ガーゴイル――魔力で仮初の命を与えられた石像に護られたルクシアは、シルヴァの作った鎖を難なく解いてしまった。

「腕を上げたわね、双子ちゃん。でも、その程度の実力で私を殺そうなんて、片腹痛いわ。二人そろってやっと互角手前というところかしら」

口角を上げて笑う美女は、翼を持つ魔法生物の体をそっと撫でた。

「でも遊んでばかりもいられないし、そろそろ本気で始末させてもらうわね。陛下のお傍についていて差しあげたいし」

彼女の瞳がスゥッと獲物を狙う猛獣の目に変わる。

「エウレーゼの息子たちにこの国は渡さない」

その物言いは、ルクシアがエウレーゼを毒殺したという噂を肯定しているように聞こえる。紫音は注意深く深呼吸した。

「二人のお母さんを、本当にあなたが……？」

「お嬢さんこそ、こんな場所まで双子に誘拐されてきたのなら、私が元の世界に返してあげるわ。ええと、どちらに送り届ければいいのかしら？　あの世？」

シルヴァが結界を張り、ラーズクロスもすぐに対応できるように身構える。だが、シルヴァの結界は跡形もなく取り払われ、何かの術のせいで兄王子が吹っ飛ばされた。

「シヴァ！」

紫音とラーズクロスの視線がシルヴァに向いた一瞬、信じられない速度で、ガーゴイルがこちらに向かってきた。

ラーズクロスが俊敏な動きで剣を向けるが、その剣はたちまち石化して、地面に落ちる。紫音は迫ってきたガーゴイルを見上げた。

生物の生々しさを備える（そな）その魔物は嫌悪感を掻き立てる。不快な叫び声で彼女を怯え（おび）させると、禍々（まがまが）しい鉤爪（かぎづめ）を振り下ろす。

紫音は無我夢中で頭をかばい、目を閉じた。ラーズクロスが彼女の肩を引いたが、鉤（かぎ）

爪(づめ)の標的から完全に外れることはない。

後方に飛ばされたシルヴァがガーゴイルに向けて破壊の魔力を投げる。それでも、秒以下の差で間に合わない。

「シオン――ッ!!」

双子の絶叫と、紫音の悲鳴が重なって夜の空に吸い込まれていく。

そのとき、彼女に触れた部分から赤い光の波が放たれ、ガーゴイルはそれに呑まれていった。輝きの中心は、紫音の首に下げられた赤い石。ドラゴンの血が固まってできた結晶石だ。

石の光を浴びた鉤爪(かぎづめ)の先端から亀裂が入り、ガーゴイルが粉々になって砕け散る。まるで光の粒子のようにきらめきながら紫音の周囲に舞った。

そのまばゆさに目がくらみ、彼女は顔の前で手を翳(かざ)す。

ようやく得た視界の中、光の向こうに見える風景に我が目を疑い、目を細めた。

驚いたことにそこは、夜の庭園ではなく真夏の陽射しが降り注ぐ明るい日中の庭園だったのだ。

＊

「え——なに、ここ……」

見回してみても、双子の姿はない。ルクシアの姿もない。

視線の先にあるのは、青い空に映(は)えた緑の木々、木漏(こも)れ日の中にひろげられた白いテーブルセットに大きなパラソル、数人のドレス姿の貴婦人たちの姿だ。野外ののどかなお茶会だろうか。

『ああ……』

そのとき、真横から突然吐息が聞こえ、紫音は飛び上がった。

いつの間にか、肩が触れ合うほどの距離に、地味な学生風のローブをまとった、黒髪の若い娘がいる。彼女は、パラソルの下でお茶を楽しむドレス姿の人々を険(けわ)しい表情で見ていた。

まだ十代くらいに見えるその横顔に、見覚えがある気がする。

だが、この黒髪の娘は、紫音の存在に気づいたふうでもなく、茂みに身を潜(ひそ)めて貴婦人たちをのぞき見ていた。

「私のこと、見えてない？」

黒髪の娘の目の前に、そっと手を差し出して振ってみるが、まったく反応は返ってこない。どうやら紫音の姿が見えていないみたいだ。

「まさか私、死んじゃったの……？」

慌てて自分の手に触れたりつねったりして、その存在を確認してみる。もちろん指先には自分の皮膚の感触があるが、もし自分が幽体か何かだとしたら、果たして自分の身体に触れることは可能なのだろうか。

だが、黒髪の娘の横顔にふと目をやった瞬間、紫音は焦って立ち上がった。

どことなく見覚えのある顔だと思ったが、彼女はルクシアだ。まだ十代の若さに見えるが、強い意志をうかがわせる瞳はまっすぐで、際立って美しい。

（え、ここって、過去？）

魔術の存在する世界だから、こんなことがあっても不思議ではないのだろうか。信じられない現象が起きたときに頼れそうなシルヴァがいないので、推測でしかないが……

ふと、ルクシアの黒い瞳が瞠（みは）られた。つられて紫音も彼女の視線の先を見る。四人の女性と一人の男性がやってきた。男性は短い金髪の、背の高い若者だ。

（シヴァに似てる――）

遠目で顔がはっきり見えたわけではないけれど、シルエットがシルヴァと重なって見えた。

彼が会釈をすると、向かいの席に座っていた小柄な娘が弾かれたように立ち上がり、急いで深々と頭を下げる。

その娘は透き通る絹のような黄金の髪をしていて、肌は陶磁器のように白い。ちらっと見えた横顔からは愛らしい印象を受けた。華奢で、少しでも乱暴に扱えばたちまち壊れてしまう、まるで薄い硝子の置物のようだ。

二人のぎこちないやりとりを見るに、どうやらはじめて引き合わされた者同士らしい。互いにとても緊張した様子で、でも、好感を抱いた、そんなふうに見える。

『ジュードさま――親の命令で仕方なく妻にしなければならないとおっしゃっていたのに……』

少女時代のルクシアのつぶやきに、紫音は視線を戻す。食い入るようにその様子を見つめ、軽く下唇を噛む姿からは、嫉妬という感情があふれ出していた。

ルクシアが想いを寄せる男性が、婚約者に一目惚れしたのだ。それは遠くから見ている紫音にもわかった。

彼はルクシアの恋人だったのだろうか。あることに思い当たり、紫音は茂みをあとにして歩き出す。ルクシアがまったく反応しないのだ、きっと彼らの前に出ても訝しがられることはないはずだ。

紫音は彼らがお茶会をしているパラソルの近くまで寄って、その顔をこっそり確認した。

近くで見れば見るほど、青年はシルヴァにそっくりだ。いや、髪が短いのでシルヴァの姿と重なったが、きりっとした顔立ちはラーズクロスに近い。

そして、金髪の少女の顔ものぞき見た。彼女にも、双子と面影が重なる部分がある。

『とても似合いの一対ではありませんこと？　エウレーゼさまのお美しさに言葉もございませんのね、イルジュラード殿下。いずれお二人がエルヴィアンの国王夫妻としてこの国を導いてくださるのだなんて、夢のようではありませんか』

傍でお膳立てしている夫人がそう言って笑うと、エウレーゼは恥じらい頬を染めてうつむく。その顔はとてもうれしそうだ。

「双子のご両親……」

現在のエルヴィアン国王と、双子の母であるエウレーゼ。

二人とも抜けるような金髪で、青年は双子と同じ深緑色の瞳。エウレーゼはそれよりも少し淡い、まるで硝子のような美しい瞳だ。彼女は、容姿も雰囲気も何もかもひっくるめ、存在そのものがとても愛らしい。彼が一目惚れするのは無理もないと紫音でさえ思った。

そして振り返った先で、ルクシアが立ち去ろうとしていることに気づく。一瞬視界が歪み、紫音は別の場所に立っていた。

今度は、古めかしい大聖堂のような部屋だ。聖堂と違うのは、天井が低く、たくさんの机と椅子が並べられている、いわゆる教室のような場所だということ。

そこには、ルクシアが着ていたローブを羽織った若者たちが大勢いる。

そして、その中にはエウレーゼが華やかなドレスの代わりに地味なローブを身にまとい、よりによってルクシアの隣に座って熱心に勉学に励んでいた。

確か、双子の両親とルクシアは、同じ時期に学問所に通っていたと聞いている。

ルクシアは終始表情を変えることなく、黙々と板書していた。だが、隣のエウレーゼは疑問をルクシアに問いかけ、彼女から納得のいく回答を得ると尊敬の思いに顔を輝かせる。

ルクシアにとって、エウレーゼは恋敵に他ならないだろう。でも、当のエウレーゼはそんなことを知る由もないようだ。

次に見た光景は、廊下に貼り出された試験結果の前に群がる学生たち。

紫音が目を凝(こ)らして読んでみると、ルクシアが主席だった。次席はエウレーゼで、その点数はごく僅差。学友たち、とくに男子学生はエウレーゼを手放しで称賛している。首席のルクシアには見向きもしないのに。

『ありがとうございます。でも、ルクシアさまはほぼ満点ですのよ、皆さま』

エウレーゼが心から言うと、学生たちは苦笑いを浮かべてなんとなく話を逸(そ)らす。あまり話題にしたくないのか、すぐに散り散りになった。どうして誰もルクシアを褒めないのだろうと、エウレーゼは本気で悩んでいるようだ。

彼女はきっと、他人の悪口を言ったり足を引っ張ったりするタイプではないに違いない。いつもにこにこしていて、裏も表もなく穏やかで、そこにいるだけでほんわかする。

(深窓の令嬢っていう言葉がぴったりだな……)

対してルクシアは、貧しい出自で、頭のよさが認められて特別に入学が許可されたものの、学問所に通うのは貴族の子弟がほとんどだ。平民の彼女がどんな扱いを受けているのか、紫音は察した。

『エウレーゼ！　試験の結果はどうだった？』

誰もいなくなった廊下にぽつんと立っていたエウレーゼに、若々しい声がかけられる。

『イルジュラードさま。必死に勉強したつもりでしたが、やはりルクシアさまには敵(かな)いません。どんな深い解釈であの答えを導き出したのか、一晩中講義していただきたいくらい！』

　そう言ってはにかむエウレーゼに、イルジュラードもやさしい笑みを返した。

『彼女は本当に努力家だし、とんでもない秀才だからね。将来、私がエルヴィアンの国王として即位した暁には、宮廷魔術師として辣腕を振るってもらおうと思ってるよ』

『それはすてきです。きっと、ルクシアさまはすばらしい魔術師になられます。エルヴィアンにとって、あの方はとても心強い存在におなりですよ』

『エウレーゼに保証してもらえるのなら間違いないな』

　イルジュラードがエウレーゼの手を取り、廊下の向こうへ立ち去ると、のそりと黒い染みのようにルクシアが教室から出てくる。張り紙を一瞥し、うれしくもなさそうにそこから立ち去った。

　――そして、また場面が変わる。

『汝ルクシア・エル・サレス、国王イルジュラード陛下の勅命により、国境グランディス城塞の城塞魔術師団に赴任せよ』

　重々しい口調で辞令を読み上げるのは、いかにも魔術師という風貌の白髭をたくわえた老人だ。それを受けるルクシアの表情が強張り、次第に落胆へ変わる。

酒場での噂話では、ルクシアとイルジュラードの仲が疑われ、それを否定するために辺境へ流されたとのことだった。

だが、若い日のイルジュラードの姿を見た紫音には、彼がルクシアと恋仲だとは思えない。誰がどう見てもイルジュラードとエウレーゼは仲睦(なかむつ)まじいカップルだった。

きっと、はじめからルクシアの片思いだったのだろう。

次々と場面が切り替わる。なぜかはわからないが、紫音は今、ルクシアの過去の世界を旅しているらしい。ルクシアの作り出したガーゴイルの砕け散った石粉を浴びたせいだろうか。

『この葉を粉末にして飲み物に入れるんでさ。苦いんで、ごく少量。ちょっとでも気づかれぬよう、ごく微量をね、何度にも分けて。数ヶ月かけて体内に蓄積されたら最初は軽い風邪に似た症状が出るんでさ。そしたら儲けものだ。それきり薬を与えるのをやめるとあら不思議、ありきたりの風邪薬がたちまち猛毒となる。医者の出す正規の薬が毒になるなんて、洒落(しゃれ)が効いてるでしょう?』

あやしげな男が、乾燥した枝葉をルクシアの目の前に差し出す。今度の彼女は、十代の学生ではない、すっかり大人になって美しく花開いた——毒花のように艶(あで)やかな美女だった。紫音に見覚えがあるのは、こちらのルクシアだ。

男の言う通りに、ルクシアはサロンでエウレーゼのお茶の中に薬を混ぜる。毎回ではなく、自然に薬を入れられるタイミングを完璧に見計らっていた。

それから数ヶ月、やがてエウレーゼは病を得る。ルクシアは毒薬を彼女に与えるのをやめた。

医師の与える薬はエウレーゼの体内で猛毒に変わる。やがて病気になってから一年、エウレーゼは還らぬ人となった。

彼女の葬儀に参列する双子の姿も見る。紫音には、目の前を流れていく光景を眺めていることしかできない。十五歳の双子が涙を流さぬまま泣いているのを見ると、何もしてあげられなかったことが悔しくて、紫音のほうが泣き出してしまいそうだ。

憔悴した双子とは裏腹に、ルクシアは口元に笑みを浮かべる。そこから漏れる嗚咽は、こらえきれない含み笑い。

それから、ルクシアは気落ちした国王の部屋に詰め、ただじっと傍にいて、彼の身の回りの世話をする。彼は気力を振り絞って国王としての務めを果たしていたが、仲睦まじかった妻を亡くして明らかに意気消沈し、痩せていった。

そんな生活がしばらく続き、なにくれと世話をしてくれるルクシアに、国王はひたすら感謝する。『陛下には学生時代からよくしていただいております。ほんの恩返しですわ』

と彼女がはにかむと、彼は泣き笑いのような目でうなずいた。

双子の父、エルヴィアン国王は、質の悪い噂とはまるで違い、本当にエウレーゼを愛していたのだ。それなのに、エウレーゼ妃の死はルクシアとの共謀といわれている。本人がその噂を知っているかどうかはわからないが、シルヴァとラーズクロスはどれだけの無念を抱えていることだろう。

そして――

すっかり国王が心を許してくれたと見たのか、ある日、ルクシアは薄物だけを羽織って国王のベッドに上がった。

『ジュード陛下、わたくしは陛下をお慰めしとうございます』

だが国王は、ベッドに上がってきた彼女の肩を突き飛ばし、汚らわしいものでも見るように、侮蔑の浮かんだ瞳でルクシアを見下ろした。

『何を勘違いしているのかは知らぬが、二度とそのような真似をするな。そして、今後、決してこの部屋に入るな。そなたの献身には感謝するが、不埒な振る舞いは許すことができぬ』

そうきっぱりとはねつける。

その瞬間のルクシアの凄惨な顔が、紫音の瞼に焼きついた。引き結んだ唇は震え、彼を見る目が険しくなっていく。

ルクシアは国王の額に魔力を当てた。たちまち、彼女を厭わしい目で見ていた国王の表情は和らぎ、ルクシアを見てやさしく微笑む。

そんな彼の頬に、ルクシアは手を伸ばしてそっと触れた。

『ジュードさま、はじめて出会ったときから、ルクシアはずっとジュードさまをお慕いしておりました……陛下、私の愛しいひと』

＊

「シオン！」

——目を開けたとき、紫音の身体はラーズクロスの腕の中に収まっていた。

彼の深緑色の瞳は大きく見開かれ、彼女のどこにも怪我がないか、無事かを探っている。

「怪我は……シオン、大丈夫か……？」

シルヴァも駆け寄ってくるなりひどく真剣な目を向けてくる。紫音はキツネにつままれた気分で、双子の顔を見た。

「あ、れ……私？」

「ガーゴイルが突然砕け散って、気を失ってたんだよ。どこも痛くはないかい？」

紫音がこくこくとうなずくと、シルヴァはどっと脱力したように彼女の頬に両手を当て、大きなため息をついた。

「よかった……！」

「気を失ってたって、どのくらい？」

「一分も経っていない。だが、ガーゴイルにやられたのではないかと……」

紫音に触れるラーズクロスの手はかすかに震え、力が入っている。

一方、ルクシアの手も同様に震え、握りしめられていたが、ラーズクロスとは真逆の理由だ。

「どうして――いったい何をしたの。私の作ったガーゴイルを、粉砕した……？」

魔女の目が、紫音の首から下がる赤いペンダントに釘づけになる。さっきまでは変哲もない石だったはずだが、中に光源でも入っていたのか、今はあざやかな赤色に輝いていた。

紫音は震えが残る身体を二人に支えられながら立ち上がる。まだ心臓がドキドキ跳ねていて、手には嫌な汗を握っている。それでも、空気のように風景を眺めるばかりの存在ではないことにほっとため息をついた。同時に、ルクシアに対し言いようもない怒りに駆られる。

だが、紫音が口を開くよりも先に、ルクシアの悲鳴が上がった。

「おまえも——あの女と同じように、私の力が通用しないというの！」

ガーゴイルがダメならこの手とばかりに、新たな魔力を発動させた。しかし、憎々しげな光を湛えた黒い瞳は紫音たちの背後に釘づけになり、魔力が急激に萎んでいく。

彼女の視線の先には、壮年の男性——ウルク公爵とフードを目深にかぶった人物が、車椅子を押してこちらへ近づいてくる姿があった。車椅子には、白髪交じりの初老の男性が座っている。エルヴィアン国王だ。

「叔父上、それにオババ……どうして」

隠棲を決め込んでいたはずのオババの登場に双子も驚いていたが、さらに驚いた声が上がった。

「陛下！　なぜ陛下をこんなところにお連れしたのです！　お加減が……」

叫ぶなり、ルクシアは双子も紫音も放り出して、国王のもとへ走っていく。

国王は長い白髪に立派な髭をたくわえ、双子と面差しがよく似ていた。だが、深緑色の瞳には何の感情も浮かんでいない。顔色も悪かった。

「父上、老けたし痩せたな。見る影もない——」

双子は正体を失った弱々しい父親の姿を、痛ましげに見つめる。本当なら、彼らこそ父親の傍に駆け寄りたいはずだ。

「父上はもう、長くないんだろうな。だけど、あの術を解くには、まだ僕には力が足りない……」

シルヴァのつぶやきはごく短かったが、その内心ではどれほどの悔しい思いが渦巻いているだろう。そんな兄の肩を、ラーズクロスが「仕方ない」と言うようにつかんだ。

ルクシアは車椅子を公爵の手から奪い返すと、王の前に膝をつくなり皺の寄った顔に手を伸ばす。

「ウルク公、誰なのこの魔術師は。なぜ陛下をこんなところに！　陛下、すぐにお部屋に戻りましょう。こんな寒いところにいては、お身体に障ります」

その姿を、シルヴァとラーズクロスは苦々しい目で見る。

「俺たちの前で、心配するふりを装ったって意味ないだろう」

「違うんだよ、ラーズ。あの人は――」

紫音が答えるよりも先に、ルクシアが車椅子を押してここから立ち去ろうとする。ウルク公はそれを制止した。

「そろそろ陛下にかけた魔術を解いてはくれぬか、ルクシア。正体を失い、このようなお姿になり果てた陛下の嘆きが、おぬしにはわからぬか？」

「無礼な！　そもそもあなたはヴィスパの護りを放棄した罪で捕らえられていたはず！　どうしてここに。罪人の分際で王妃に意見するというの⁉」

さっきまでは自信に満ちていたルクシアが、髪を振り乱してウルク公爵に詰め寄る。

「陛下のこのような姿を誰にも見せたくなかったのだろうが、そろそろ双子に父親を返してやってくれまいか。父親までをもあの子たちから奪う理由は、あなたにないはずだ」

「言いがかりはやめなさい！　陛下は……ジュードさまは、自らの意思で私を王妃にと迎えてくださったのです！」

ルクシアの手がウルク公爵に向けられる。だが、その手を止めたのは紫音だった。

「前の王妃さまを殺してまでも、王さまの心を手に入れたかったんだ、王さまが好きだから。でも、手に入らなかったんでしょう？　だから王さまの心が自分に向くように魔術で……」

「おまえ……！」

紫音の手を振り払い、その顔の前でルクシアが魔術を作り上げる。けれど、その力は紫音に触れる前に雲散霧消した。紫音の胸で光る、赤い石がすべての力を吸い込んでしまうのだ。

「どうして!?　なんなの、その石は！」

半狂乱になって紫音からペンダントを奪おうとルクシアが腕を振り上げるが、ラーズクロスがその手をつかみ、シルヴァが紫音の身体を魔女から遠ざける。

「おまえみたいな小娘に何がわかると言うの！　おまえも双子も、あの女も！　何もかも持って満たされている人間に、何がわかると言うの！　私より劣るくせに高級貴族に生まれてちやほやされて、ジュードさまという夫がいて！　私から全部奪おうというのよ、あの女！　ただ貴族に生まれてきただけだというのに！」

紫音を睨みつけるルクシアの目には、紫音ではなくエウレーゼの姿が映っている。

「貧民として生まれてきた私が、どんな思いでここまで這い上がってきたか、知りもしないくせに大きな口をたたくんじゃないよ。どんなに努力して這い上がって這い上がって、てっぺんまで上り詰めても！　女だから、女のくせに、そう言って蹴落とされてきたわ。それなのに、エウレーゼは私より劣っているくせに、私の頭上を軽々と飛び越えていく。さすがエウレーゼさま、さすがは公爵家のお嬢さまと！　ふざけるんじゃないわよ！」

激高したルクシアはふたたび紫音に手を上げようとするが、それをつかんだままのラーズクロスの手はびくとも動かない。

「そう、何かあればこうして誰かがかばってくれる。私は誰にもかばってもらえなかったわ。努力で得た成果は女だからと奪われて、同情してくれた人は私を裏切り子供だけを押しつけて手柄を横取りした。どうして？　八つ裂きにしてやっても気が収まらなかったわ！　私とエウレーゼは何が違うの？　学問所でも首席は私！　ジュードさまと知り合ったのも私が先だった！　それでも、いつも私より後ろにいるエウレーゼが、ジュードさまのお心まで奪い去って……！」

　はじめて国王となる人に出会ったときのことを思い返しているのか、ルクシアはラーズクロスの手を振り払うと、国王の前に跪きその膝に顔を埋めて、老いて痩せた両手を握った。

「学問所で、ジュードさまだけはおやさしかった。私が優秀だから入学を許された、それを誇っていいんだよと……生まれを嘆くことはない、生き方が重要なのだと、そうおっしゃってくださった。陛下、ジュードさま、あのときのように私の頭を撫でてください。ルクシアは、ジュードさまのお役に立ちたくて、どんなにつらい目にあってもがんばってきました。いつか陛下のお傍に仕えようと……それなのにあの女が、エウレーゼが私の唯一の希望までをも奪っていったのよ！」

　ルクシアがエウレーゼの名を叫んだ瞬間、紫音には国王の物を映さない瞳が揺れたように見えた。

「家同士の定めた結婚だとこぼしていらしたのに、ジュードさまは一目でエウレーゼに恋をした。私の希望があの女に奪われる瞬間を、私は目(ま)の当(あ)たりにしたのよ。ただ一人かばってくださった方も、私よりエウレーゼを選んだ……」

それは、さっき紫音が見た、あの陽射しのまぶしい庭園での出来事。まるであのときの情景をなぞるように、ルクシアは国王の皺(しわ)だらけの頬に手を当てる。

それが哀れな姿に思えて、紫音は仮初(かりそめ)の国王夫妻を直視できなかった。

それでも、紫音はそっと双子を押しのけて失意の魔女の傍(そば)に立つ。すぐにルクシアの瞳が不快そうに細められた。

「おまえのような小娘に同情されるのは不愉快だわ。何もかもを持って満たされた若いお嬢さん、私を見下していい気にならないことね」

ルクシアの手が稲妻を呼び寄せる。だがその光は紫音に触れるとすぅっと消えてしまった。

魔女はやけになってさまざまな魔力を投げるが、どれも紫音を傷つける役には立たない。

「……見下してなんていない。ただ、ウザいから」

自然と口をついて出た言葉は、紫音が自分で思っていたよりも冷たい声だった。シルヴァとラーズクロスも、びっくりしたように紫音を二度見する。

他人の僻(ひが)みばかりを聞かされた彼女の忍耐は、そろそろ限界に近かった。延々と繰り言を聞かされるのは、たまったものではない。ここまで自分本位な悲劇のヒロイン体質と、紫音はこれまでの世界で縁がなかった。

「そもそも、エウレーゼは一度でもあなたを裏切ったり拒絶したことがあったの？　めちゃくちゃいい人にしか思えないんだけど⁉　そりゃ、あなたの主観では、突然好きな人との間に割って入った邪魔者だったかもしれないけど、二人は最初から決められていた婚約者同士で、彼女はあなたの存在なんて知らなかったんでしょう？　成績トップのあなたを素直に尊敬してくれてたでしょう？　出自なんて関係なく、あなたの実力を認めていろんな相談をしてくれてたんでしょう？　ちょっと僻(ひが)み根性ひどすぎ。人をうらやんでばかりじゃ、がんばってる自分がかわいそう。もうちょっと前向きに物事をとらえてたら、そこまで暗い人生じゃなかったんじゃない？」

「なっ……何を……」

畳みかけるような紫音の物言いに遅れを取り、ルクシアがうろたえた。

「何もかも、自分の受け止め方次第じゃないかな⁉　そりゃたまには弱気になるけど、一度しかない人生は自分で楽しくするものだと思う！　それこそ、出自をバカにされたり、女だからと軽く見られるのは腹立つし、気持ちわかる。すっごくわかる。でも、あなたは無力な一庶民じゃない。大躍進して上り詰めたんでしょう？　それこそ、あなたに一目置いてた王妃さまでも王さまでも使って、偏見とかをなくす世の中を作っていける立場じゃない？　恨みを恨みのままで終わらせたら永遠に変われない。不幸をバネに世を覆すことだってできたんじゃないの？」

母親ほどの年齢の女性に自分は何を言っているのだろうとは思うが、ルクシアに向けた言葉は、自分へ向けた言葉でもある。紫音はルクシアに手を差し出した。

「私じゃ何の役にも立たないかもしれないけど、私との出会いが、人生を変えるきっかけになるかもしれない。シヴァやラーズとの出会いが私を変えたみたいに、あなたにとっても……」

「よしてよ、あんたみたいな小娘の同情なんて願い下げだわ」

ルクシアはじっと紫音の手を見つめていたが、そっけなくそれを振り払った。しかし、別の手が伸びてくるなり、ルクシアの冷たい手を握る。

「それならば、この手は私が取るわ」

それまで黙っていたオババが、ルクシアのそれを固く握りしめる。魔女は驚いてその手を払おうとしたが、オババは決して離そうとはしなかった。

手を握られたルクシアは黒い瞳をあらん限りに見開き、フードの下に隠れた顔を凝視する。

「――どうして、生きているの……エウレーゼ」

ルクシアの声に一同は目を丸くし、ローブ姿の老婆に視線を注ぐ。

「死にたくなかったから」

オババはフードごとローブを外した。するとそこには、美しい金髪の巻毛をした、たおやかな女性が立っている。老人の皺だらけの手は、張りのある女性のそれへと変わっていた。

「母上!?」

双子の王子と紫音も目を丸くし、ただただ驚きの顔で彼女の姿を見つめた。

七年前に亡くなったはずのエウレーゼは、彼らの記憶とほとんど変わらないままの美貌でそこに立っていたのだ。

「ご無事で……いらしたのですか」

「シヴァ、ラーズ、それにシオンも。黙っていてごめんなさいね。あのまま病床にいては、いくら毒薬を避けたとしても、彼女の手から逃れられそうになかったから、死んだことにして城から逃げたのよ。ルクシアよりも強い魔力を得て、戻る日まで」

今度こそルクシアはエウレーゼの手を振り払い、爛々と輝く黒い瞳でかつての恋敵を睨み据えた。

「それで、私を死に追いやって望みのものは手に入った？　イルジュラードさまのお心はあなたに向いて、心の底から幸せな生活を送っているの？　ルクシア」

「――知っているくせに、本当に嫌な女！」

離れたルクシアの手を見つめ、エウレーゼは小さく嘆息する。

「でも、まだ間に合うわ。お願い、陛下にかけた魔法を解いて。こんな姿になったイルジュラードさまを見ていられないのは、何よりあなた自身でしょう？」

彼女の透き通った緑色の瞳にじっと見つめられ、ルクシアは後ずさった。

「じ、自分で解けばいいでしょう？　あの頃よりずっと強い魔力を持ってるわ。今のあんたは、私なんかよりもはるかに実力のある魔術師になったんでしょう⁉　いつも軽々と私を越えていくんだものね！　ならば、自分で解けばいい」

「ダメよ。これはあなた自身がすべきこと。自らの行いは、自ら決着をつけて」

エウレーゼは穏やかな声で諭したが、彼女が平静であればあるほどルクシアは逆上していく。

「陛下はもう長くないわ。術を解いたら陛下に嘲られ、罵られるに決まっている！　陛下が私に最期に遺していくものが侮蔑だなんて、絶対に嫌！」

ルクシアは子供のように叫び、激しく頭を振った。

「私には、陛下しかいないのよ！　陛下がお隠れになったら、私もお供をするわ……今さら現れて、よけいな真似をしないで。私は昔からあんたが大っ嫌いなのよ！」

エウレーゼは唇を結ぶと一歩足を踏み出し、強引にルクシアの手を取った。

「あなたが私を嫌いでも、私はあなたに憧れて、いつも頼りにしていたわ！　どんなにがんばってもあなたの知識には追いつけなかった。一心不乱に書物に没頭するあなたに羨望を覚えた。あなたに聞けば何でもわかる、あなたは何でも答えてくれる。まだ経験も知識も浅い私たち国王夫婦にとって、あなたの思慮深さや知識のひろさは本当にかけがえのないものだったわ。イルジュラードさまも、学生時代からいつもあなたのことを褒めていらした。貪欲なまでに知識を身につけようとする姿を尊敬していらした。お願いよルクシア、これ以上、陛下のお気持ちを踏みにじるのはやめて。もう充分に陛下を独占したでしょう？　私にイルジュラードさまを返して……」

エウレーゼに握られたままの手を困惑の表情で見つめ、ルクシアは車椅子の国王を振り返った。

そこにいる国王に表情は一切浮かんでいない。心を縛られ、身体を病に冒されている。ただ生きているだけの器だ。

まだ健康だった頃はルクシアを見る目だけが呪縛されていて、他の人々には普通に接していたし、執務を淡々とこなしていた。けれど、身体が動かなくなった途端にすべてが閉ざされてしまったのだ。一気に老け込み、四十代の若々しさなど欠片も残されていない。

躊躇いがちに、紫音はルクシアに問いかける。

「永遠に心も身体も縛られたままの王さまを、このまま旅立たせるの？　こんな正体のない王さまを、あなたは愛していたの？」

「ジュードさま……」

ルクシアはふたたび国王の膝に額を預けた。すると、力のない国王の手がそろそろと動き、彼女の黒髪をそっと撫でる。

「ルクシアは、ジュードさまをお慕いしておりました。ずっと、はじめて出会った瞬間から」

「……わかっている」

それまで周囲の状況などまるでわかっていなかったはずの国王が、しわがれ声で言った。

「だが、予には、その想いに応えてやることだけは、できなかった。申し訳ないと、思っている」

国王の瞳には弱々しいながらも、己の意思が宿っていることをうかがわせる光がある。

紫音が双子を振り返ると、シルヴァはうなずき、ラーズクロスは父に視線を向けたままで彼女の頭に手を置いた。

「術が解けた。ルクシアが……」

ルクシアは顔を上げ、漆黒の瞳に国王の姿を映す。かつての面影のない老いた彼を見て、はじめてその瞳に涙を浮かべた。

「陛下は何も悪くありません。思わせぶりな言動など一度もしたことはありません。陛下はエウレーゼとはじめて出会った瞬間から彼女のものでした。私が、欲しがってはいけないものを欲したのです……」

ルクシアは頭を下げ、左手の薬指に嵌めていた指輪に触れる。宝石部分が蓋になっていたのだ。

それを見て取ったシルヴァとラーズクロスが同時に動き、その手をつかんでルクシアの口元から遠ざける。すると、さらさらと指輪からこぼれた粉が風に撒かれて消えた。

「毒を仕込んでいたのか。国王が亡くなったらあとを追うために？」

地面に倒れ込むように座ったルクシアに、もはや偉大な魔術師の片鱗もない。最後の望みの綱を絶ち切られた、無力な女の姿だ。

エウレーゼはその横で国王の前に跪き、力をなくしかけた夫の手を取った。

「陛下、イルジュラード陛下――お待たせして、申し訳ありませんでした……」

「エウレーゼ、よかった。そなたが生きていてくれたことが、何よりもうれしい。もっと傍に寄って、顔をよく見せてくれ」

エウレーゼの頬に触れようとした国王の手は、だが途中でだらりと膝の上に落ちた。見れば、意識を保っていることさえ苦痛なのか、項垂れ、薄くなった胸が浅く短い呼吸を繰り返している。

「陛下、医師を……」

「もう、無駄だ。医者の出る幕では……ない」

国王の声はかすれ、意識の回復とともに病状が一気に進んだように見えた。

「予はもう、助からぬ。シルヴァ、ラーズクロス」

弱々しい声に呼ばれた双子は、その足元に跪く。

「不甲斐ない父を許してくれとは、言わぬ。そなたらに不要な苦労をさせたこと、本当にすまないと、思っている」

「いえ、父上。我々こそ、父上や母上を窮状からお救いすることができず、申し訳、ございませんでした……」

「第一の臣下として、息子として、お役に立てなかったことが無念でなりません」

「いや、そなたらはよくがんばった。立派な王子に成長したことを頼もしく思う……ハスラード」

「はっ、陛下」

ウルク公爵が跪き、国王に首を垂れる。

「此度の……騒乱で、息子たちが、窮地に陥っている。どうかエウレーゼとともに、護ってやってはくれまいか」

「ハスラード・ディア・ウルクの名を賭して、殿下方を必ずお護りするとお約束します」

シルヴァとラーズクロスは国王の前から立ち上がり、それぞれ紫音の手を握った。彼女は双子の顔を見ていられずに、黙って手を握り返すことしかできない。

ようやく父を取り戻したと思った途端に、永遠の別れが待ち受けていたのだ。

「ああ……陛下！」

夫の手を握ったままのエウレーゼが絶望の吐息をつき、ウルク公爵も頭を振った。

「万病に効くという伝説の薬が実在していれば……。ヴィスパには、ドラゴンの血液を呑めば、すべての病(やまい)に打ち勝てるという伝説が遺(のこ)されて……」

「ドラゴンの、血液？」

紫音はラーズクロスと目を見合わせる。

「ドラゴンなら、ラビニュの外れの森に……!?」

「ラーズ、ま、待って、待って……落ち着いて！」

紫音は心臓が早鐘のように脈打ちはじめるのを感じながら、震える手で胸に下げていた赤い石のペンダントを外した。さっきから、ルクシアの魔力を無効化して紫音を守ってくれていた石だ。

「これ、ドラゴンの血――！」

それはラーズクロスがドラゴンを屠(ほふ)ったとき、飛び散った血が固まったものだ。きれいで宝石みたいだったので、そのまま持ってきただけなのだが……


慌ただしい一夜だった。

死んだはずの元王妃が現れて王宮中がひっくり返っただけでなく、瀕死の国王が寝室に運び込まれるや否や、大勢の医師や薬師たちが大わらわで駆けまわったのだ。

紫音のペンダントは薬師たちの手でたちまち粉末に砕かれ、煎じ薬へ生まれ変わった。双子も紫音も、ただ見守るだけで手伝えることはなかったが、なんとなく落ち着かないまま国王の寝室の前で待機する。

ルクシアはエウレーゼによって魔力封じの縄がかけられ、自死ができないよう、やはり魔力で行動が制限された。今は高貴な囚人が収監される独房に監禁されている。

また、宮廷魔術師団長により、オババが紛れもなく王妃エウレーゼであることが確認された。彼女が健在だったことが知れ渡ったため、王妃を名乗っていたルクシアが監視される身となったのだ。

そして三人は、双子が廊下に持ち込んだソファに座り、そのままうたた寝をしていた。朝になって扉が開くと、エウレーゼが飛び出してきて紫音に抱きつく。

「シオン！　ありがとう、あなたのおかげ！」

寝ぼけ眼の紫音は慌てて飛び起き、ぎゅっと抱きしめてくるエウレーゼを見て、目を見開く。

「王さまが……？」

彼女に手を引かれ、医師たちが見守る国王のベッドに近づいた。

昨晩、車椅子に座っていた国王は顔色も悪く、栄養状態の悪い老人のようにやせ細って、今にも召されてしまいそうなほどだった。だが、ベッドで眠る彼の顔はやつれてはいても、昨晩とは比べ物にならないほど血色がよく、今は安らかな寝息を立てて眠っている。

「あなたが陛下を救ってくれたの。もう、命の心配はないそうよ」

「そう、よかった……でも、ドラゴンを倒したのはラーズですから。私は何もしてません」

「あなたが息子たちの封印を解いてくれたからよ。そして、ドラゴンの血の結晶を持ち帰ってくれたおかげ。私からもあらためてお礼を言うわ、シオン」

「でも、今はエウレーゼさんのほうがルクシアよりも魔力が上なんですよね？　でしたら、二人にかけられた呪いもエウレーゼさんが解――」

にこやかに笑いながらエウレーゼは紫音の口を手でふさぎ、後ろに控えていた双子に顔を向けた。それまでとは一変した、厳しい王妃の顔だ。

「シヴァ、次期国王として、ルクシアをどのように処断するつもり？」

「未遂に終わったとはいえ、王妃殺害を目論み、国王を意のままに操ったのです。これは王家に対する反逆罪。とうてい、生かしてはおけません」

「ラーズの意見は？」

「同じです。彼女の行為により王家に不信感が募り、国が乱れました。現に街では王太子派とルクシア派に分かれ、紛争の火種が撒かれています。今後、ルクシアの所業を知らしめて元の通り統治することになっても、一度ひろまった不信感を完全に払拭するのは難しい」

　エウレーゼはうなずき、なぜか紫音を見た。

「シオン、あなたならどうする？」

「え？　わ、私ですか？　私は部外者だから……」

「部外者ではないでしょう。彼女がこんなことをしでかさなければ、あなたは元の世界で今も平和に暮らしていた。こんなわけのわからない世界に連れ去られることもなく――」

　直接巻き込んだのはルクシアではなくエウレーゼのはずなのだが……

　紫音は双子を振り返った。

「でも、私はシヴァとラーズに出会えて、よかったと思っています。二人とも自分に課せられた責任を果たすために、逃げ出さず命がけで事態に立ち向かっていました。二人の背中はとってもすてきだった……がんばっている二人を見ていたら、私もがんばらなくちゃって思えたし」

「何を言うんだ、シオン。君の笑っている顔に勇気づけられたのは僕たちのほうだ。どんな逆境にあっても決して絶望せず、前に進むための道を見つけてくる。心強かったよ」

「そうだ。前向きでひたむきで、何より明るい。もし俺たち二人だけだったら、父上を救えはしなかった」

シルヴァが紫音の髪を乱すように撫でまわし、ラーズクロスもその背中をやさしくたたく。

「それに君は、探し物の天才だったね、シオン。探していなかった物まで、必要と見越して探しておいてくれるんだから」

「え、ええ……偶然だよ、そんなの。でも、本当に役に立ててよかった」

双子に笑いかける紫音を、エウレーゼは目を細めて見つめ、厳かな王妃の声で言った。

「陛下がお目覚めになったら国民に向け、王妃エウレーゼは健在で、これまで王妃を僭称していたルクシアは、反逆者として処断した——そう公表します。すべてを包み隠さず、詳らかに」

「かしこまりました、王妃陛下」

双子の王子は異口同音に言い、首を垂れた。

「ルクシアのことはあなたたち三人に一任するわ。いいように、お願いね——」

＊

エウレーゼの魔術の鎖で縛られたルクシアは、独房の簡素なベッドの上でぼうっと座ったままでいた。シルヴァとラーズクロス、紫音の三人が入ってくると、ようやく身じろぎする。

独房といっても、紫音の自宅の総面積よりもひろく、質素というのは国王の寝室と比べてであって、紫音の自宅などよりもはるかに高級感あふれる部屋だ。

紫音は落ち着かずに室内をきょろきょろ見回したが、王子たちは躊躇（ためら）いもなくルクシアの傍（そば）まで大股に歩み寄った。

「国王陛下の病（やまい）は持ちなおした」

シルヴァが短く言うとルクシアは一瞬だけ大きく目を開いたが、すぐに表情を消してしまう。だが、その黒い瞳に安堵（あんど）がひろがるのを紫音は見た気がした。

「あなたが我々を呪われた存在だと国内外に吹聴（ふいちょう）してくれたおかげで、信頼回復にはとてつもない時間がかかりそうですよ、ルクシア」

「ふん、私にしてみれば、おまえたちなど呪わしい存在そのものだわ。どうしてきちんと息の根を止められなかったんだろう！　ああ、本当に口惜しいったら」

己の所業を悔いた様子もなく、ルクシアは忌々しげに吐き捨てる。

「よくこんな危険分子を、母上は放置しておいたものだな。お人好しにもほどがあるぞ……」

彼女の吐く毒を受けて嫌そうにラーズクロスが眉根を寄せ、唇を歪める。シルヴァはため息とともに肩をすくめた。

「母上なりのお考えがあってのことだろう。むしろこんな危険人物を遠くで野放しにしておいたら何をしでかすかわからないから、手元に置いて監視していたんじゃないか？」

「だが、思った以上の毒で、足元を掬われたのか。母上らしくない失態だ」

双子の遠慮のない物言いに、紫音は苦笑するしかない。言いたい放題である。

「むろん、あなたのしたことは、エルヴィアン王国に対するかつてない反逆だ。ルクシア、わかっているだろう？」

「処刑なんて手間をかけなくても、放っておけば勝手に死ぬわ」

「あいにく、反逆者に自死を選択させてやるほどエルヴィアンは温情に厚くない」

シルヴァは羽織っていたマントを払い、姿勢を正すと、懐から取り出した書状をひろげた。

「エルヴィアンの王太子として、あなたに対する処罰を申しわたす。ルクシア・エル・サレス、この者はエルヴィアン国王を傀儡とし、王子に対し虚偽の噂をひろめ、息子アレスを使って王位簒奪を目論んだ。また、王妃エウレーゼに毒薬を用い、弑しようとした。この事実には相違ないな？」

「……弑したつもりだったのに」

あくまでも初志貫徹というわけだ。だが、シルヴァは構わず続ける。

「よって処刑——と言いたいところだが、この期に及んで王妃陛下はあなたに対し温情をかけろと言う。曰く、あなたのこれまでの労苦がエルヴィアンにはびこる悪しき慣習によるもので、本来、正道をいくはずであった優秀な魔術師を一人失わしめたことが、まことに残念でならない、と」

黒い瞳を見開くルクシアに、ラーズクロスが続ける。

「だが、王家転覆を企てた大反逆者に温情を与えたと知られれば、エルヴィアン王家の信用は完全に失墜する。そこで、あなたを永久追放とする」

「永久追放？　まあ、ずいぶんと生ぬるい処罰ですのね、王子殿下。わたくしは魔術師ですのよ。どのように報復するか、おわかりになりませんの？」

「誰がエルヴィアンからの追放と言った？　あなたにはこの世界から永久に消えても

らう」

怪訝(けげん)な顔をするルクシアは、一歩踏み出して前に立った紫音を見て、唇を結んだ。

「魔女ルクシア、あなたは私が元いた世界に永久追放よ。あなたをあちら側に送り込んだあと、今後、二度と両世界の行き来ができないよう、旧アルネス城塞の魔力の吹き溜まりは封印します。すなわち、あちらへ行けばあなたは二度と魔術を使えなくなるし、そこで生きていこうと思うなら、自力で成(な)し遂(と)げなければならないのよ。無理だと思うならば、望み通りの自死を選べばいいわ。こちらとは文明も文化もまるで違う、生活の習慣もまるで違う。手引きもなく生き抜くのは容易ではないわ。これは死罪を申しわたすよりも重い罰よ」

紫音の言葉にルクシアは目を瞠(みは)っていたが、その唇に薄い笑みを浮かべた。

「形はどうあれ、私を生かしておくというのね？　いずれ、後悔する日がこなければいいけれど！」

「もしそのような事態に陥(おちい)っても対処できるよう、こちらも今以上の力をつけておくまでだ」

シルヴァとルクシアの睨(にら)み合いに、辺りの空気が冷え込む。

だが、冷え冷えとした視線をかいくぐり、紫音は電池の切れたスマホをルクシアに差し出した。

「これ、私からの餞別。アダプタはあっちにあるから充電して使って。これがないとけっこう不便だよ。それから、私の部屋を使っていいよ。いろいろ手続きとか面倒があるかもしれないけど、当面は何もしなくても大丈夫になってる。わずかだけど貯金も残したままだから」

「……あなたは元の世界に戻らないつもり？」

ルクシアにじろりと見上げられ、紫音は笑った。

「私が一緒にあっちに戻ったら、おせっかいしちゃいそうだし。それじゃ追放にならないでしょ？　二人の王子は、あなたに死よりもつらい罰を望んでるんだから。それに――」

そこでシルヴァとラーズクロスの手をぎゅっと握る。

「私は、二人の傍にいたい……」

「帰りたくなっても、もう帰れないのよ。後悔することになるんじゃないかしら？」

冷たく言い放つルクシアに、双子は不敵な笑みを返した。

「帰りたくなどさせないよ、シオン」

「シオンが後悔などするはずがない。俺たちが全力で愛するんだからな」

最終話　異世界で「王妃」に就職しました

エルヴィアン王国でも、さすがに国王と王弟が一人の妻をめとったという前例はないそうだ。

だが、王国にそういった定めがあるわけではないとして、シルヴァとラーズクロスは平然とそれを実行してしまった。

現国王夫妻は紫音に対して多大な恩義があるため、諸手を挙げて賛成してくれたし、彼女がもたらした薬により国王の病が全快したと知り、人々はそれこそ彼女を救世主のように崇めたものだ。

紫音自身が何かしたわけではないので、尊敬されるたびに消え入りそうになるが、そんな彼女の献身があったからこその結果だから卑下することはないと、双子が保証した。

だが、ルクシアの魔力とその予言を未だに信じる者は存外多い。彼女の遺した双子の王子に関する風評を完全に払拭するには、まだまだ時間がかかりそうだ。

何よりの問題として、双子は双子ゆえに魂を分かった存在で、国王としての能力に欠けているのではないか——そんな疑惑が、王都から離れれば離れるほど大きくなっていく。

だが、それを逆手に取り、互いの短所を補い合うという名目で、双子はそろって王位継承権一位となり、現国王が退いた際には、二人で国王として即位することを人々に了承させた。

何しろ魔術や剣術に関して、個々の能力の高さはひろく知られている。結果として知・力ともにすぐれた双子王となるのだ。

そして、もう一つの不安要素は、双子ゆえに魂の力が半分で、世継ぎをもうけることができないのではないかという、ルクシアの流した根も葉もない噂。

これはもう実際に世継ぎをもうけて、国中にお披露目するしかないわけで……

＊

エルヴィアン王国の結婚式は荘厳かつ厳粛で、物音一つ立てることが憚られるものだ。

今、紫音はそんな式が行われる美しく細やかで煌びやかな神殿に、花嫁として立っていた。

参列した人々はすべてがエルヴィアンに忠誠を誓う貴族たち。その絢爛豪華な様は、映画でも観ているようだ。

紫音に用意された花嫁衣装は、ベルナローズが半年かけて作り上げた、ため息の出るような絹のドレスだった。長袖のそれには金色の細かくも豪奢な刺繍が施されている。すべてがベルナローズ一人の手作業というから、このドレスを見せられた紫音は、思わず涙を流して仕立て屋の手を取ったものだ。

そして今、夫となる男性に左右から挟まれて、さすがに赤面を禁じ得ない紫音である。まさか自分が、二人の男性と結婚することになるなんて、妄想すらしたことがない。

それにしても、夫たちの婚礼衣装姿があまりにもかっこよすぎて、鼻血が出そうだ。

シルヴァは魔術師ということで、白地に金糸の魔術師のローブ姿。穏やかに微笑むやさしい顔立ちには知性があふれている。彼はいずれ、優美な魔術王、賢王としてエルヴィアンに君臨することになるだろう。

そして、ラーズクロスは騎士団を率いる将軍という立場から、洗練された騎士の服だ。むろん、白地にこちらも金の飾り紐がふんだんにあしらわれた豪勢なものである。双子の兄とまるで同じ作りのはずだが、彼のきりりと引きしまった精悍な顔立ちには力強さがある。彼が国の護りを固める大将軍であることに、人々は絶対的な信頼を寄せるだろう。

紫音の結婚指輪は、シルヴァとラーズクロスからそれぞれ贈られた。左手の薬指に、ふたつを重ねて。

それから気の遠くなるような長い時間、儀式に挨拶にと追われ、三人が夫婦の部屋に引き取ったのは深夜をとうに過ぎた頃だ。

美しかった花嫁の衣装が解かれ、普段着で寝室に戻ってきた紫音を待ち受けていたのは、部屋着に着替えて寛いだ、双子の夫の笑顔だった。

「花嫁衣装もたまらなくすばらしかったけど、部屋着姿もかわいい。疲れただろう？」

シルヴァが真っ先に駆け寄り、彼女の身体を抱きしめて頬にキスをする。

「大丈夫だよ。シヴァも魔術師のローブ、とってもすてきだった！　着るのが一度だけなんてもったいないないな」

紫音が兄王子の頬に手を当てて撫でると、彼はうれしそうに彼女の手のひらにもキスをする。

「花嫁の冠やベールが重かったんじゃないか？　シオンの首は細いから、心配になった」

そう言いながらラーズクロスが背中から紫音を抱きすくめ、うなじをなぞりながら、シルヴァと反対の頬にキスを落とした。

「やだ、そんなにか弱くないよ。ラーズの衣装もとってもかっこよかった！　写真に撮っておけないのがもったいないくらい……！　けど、重たそうだったね。疲れてない？」

「そんなに柔弱じゃないさ、これからシオンを愛する体力はたっぷり残ってる」

「そうそう、体力の配分はちゃんと考えてあるから。シオンは疲れてるかもしれないから、何もしなくていいよ」

紫音が頬を染めた瞬間、ラーズクロスの腕が膝裏に回される。ひょいっと軽々と身体を抱き上げられ、ベッドに運ばれていった。

王太子夫妻のひろすぎる寝室には、これまたひろすぎるベッドが整えられていて、夜ごとに二人の王子が妻を溺愛（できあい）するために使用されている。

シルヴァとラーズクロスの部屋は隣り合ってはいたものの、それぞれ独立していたのだが、その壁をとっぱらってひろすぎる寝室に改装されていた。

部屋の中央は、キングサイズのベッドを二つくっつけたくらい巨大ベッドに占拠されている。

「シオン、本当にありがとう。君がいなければ、今頃僕たちはどこかで野垂（のた）れ死んでいたかもしれない。君が僕たちの封印を、身をもって解いてくれたおかげだ」

「あるいは、そうなっていたとしても、母上が国を護（まも）ったかもしれないが、不甲斐（ふがい）なしと、俺たちは王太子の座から追放されていただろうな……シオンがいなかったら」

ラーズクロスが紫音を横たえると、二人は彼女の手を左右から取り、それぞれその指や手のひらにキスをする。

シルヴァの手が彼女の首筋や肩をなぞりながらその肌を嗅ぐと、ラーズクロスの手が彼女の部屋着の裾を捲(まく)り上げ、太腿(ふともも)を愛撫した。

「もう、今日からは避妊はいらないよね。シオン、僕たちの子供を産んでくれるかい？」

「俺たちが王として存在するために、愛するシオンに子を産んでもらいたい」

これまでも夜ごとに三人で愛し合っていたが、やはり結婚前に子供ができるというのは外聞がよくないということで、避妊具使用を徹底してきた。だが、今日、晴れて彼らは夫婦になったのだ。

そもそもこの結婚の根幹は「双子に世継ぎをもうける能力がない」という悪評を覆(くつがえ)すためのもの。双子は「二人の精を同時に与えれば子が為(な)せる」と、相変わらずわけのわからない持論を振りかざし、紫音に迫ってくるのである。

ルクシアの流した噂は全部嘘だと息巻いているわりに、世継ぎの件についてはやたらと彼女の説を気にしているのがおかしい。そんなバカげたことがあるはずないのに。

でも最近、紫音は思うのだ。ルクシアの説を信じるふりをして、双子そろって自分を掌中に収めようとしているのではないか、と。

最初こそ、三人での閨事に衝撃しかなかった彼女だが、王宮に住まわせてもらってから、常に三人で同衾するようになったので、もうこれが当たり前になっていた。

うまく飼い慣らされているなと、そんなふうにも思うが、はじめて出会ったときから双子は一緒だったし、大変なときも彼らと一緒にいた。今さらどちらかを選べと言われたら、それこそ悩み抜いたあげくに日本に帰りたくなってしまうだろう。

「……私は子供を産むためだけに必要な存在じゃないよね？」

一応、そんなふうに水を向けてみる。いざ子づくりしようと言われてさすがに緊張したのだ。

最初から納得していたつもりだが、紫音はまだ二十歳で、日本にいたら子供どころか結婚していなくても普通の年齢だ。まだ早いんじゃないかと思わなくもなく……。

だが、紫音の言葉を受けた双子は目を丸くし、驚いた顔で彼女を見つめた。

「何を言ってるんだ！　僕たちがどれほどシオンのことを愛しているか、わからない？」

「シオンだからこそ子を産んでほしいと思ってるんだ。俺たちは、シオンにそんな不安を与えるようなことをした覚えはない」

真剣な目に、かえってたじろいでしまう紫音だ。

「そういうことじゃないけど……私、シヴァとラーズに見向きもされなくなったら、本当に行くところがないから、ときどき不安で……」

「そんなことがあるはずないよ」

シルヴァが紫音の頬にくちづけしながら断定し、ぎゅっとその頭を抱きしめた。

「生まれた国から僕たちが強引に引き離したんだ。それがどれほどシオンを不安にさせているか、わかっているつもりだよ。でも、絶対にそんなことはない。僕たちを信じて」

「こんなに惹かれなければ、最初からシオンに呪いを解いてもらうことはなかった。誓ってシオンを独りにしない。信じてほしい。俺たちはシオンの夫だ。常に誠実でいる」

二人の深緑色の瞳があまりにも真剣だったので、軽い気持ちで尋ねたことを紫音は後悔した。

「ご、ごめんなさい。べつに疑ってるわけじゃないの」

「わかっている。シオンが自分の故郷はエルヴィアンだと、不安なく言えるように俺たちが努力する。だから、そんなに心配するな」

「私、二人に会えなかったら、今でもあの部屋で泣いてたかもしれない。こんなに、人から必要とされて、愛される日がくるなんて、思ってなかった……」

うるっと涙の滲んだ目元に、シルヴァの指が触れる。

「淋しい思いは絶対にさせない。長い人生だ、ときには喧嘩することもあるかもしれないけど、僕たちは三人だ。きっと二人きりで解決するよりもたくさん話ができると思うし、聞き分けのない相手にはガツンと言ってやれる」

そう言った兄は、弟を見てにやっと笑う。

「聞き分けがないのはどちらかといえばシヴァのほうだろう。シオン、この男は何かに没頭すると周囲がまるで見えなくなる。声をかけたら、うるさいと怒鳴られたこともあるぞ。気をつけたほうがいい」

「何に夢中になっていようと、シオンを邪険になどするものか。そういう自分はどうなんだ。シオン、こいつは三度の食事よりも剣を振り回すことが好きな乱暴者だ。君をほったらかしにするかもしれないよ。そうしたら遠慮なく僕のところへ来るんだよ」

険悪な夫たちに紫音ははらはらするが、これは兄弟が猫みたいにじゃれ合っているだけだということは、もう知っている。

「まあ、シヴァのことだ。シオン以上に没頭するものなどないだろうが」

「ラーズも妻より剣が好きとは言わないだろうね」

収束したかと思った途端、異口同音に告げる。

「何よりもシオンが大事だから」

「出たわね、仲良し兄弟……！」

紫音の右手をシルヴァが、左手をラーズクロスが取り、示し合わせたように同時に紫音に笑いかけた。その甲にくちづけ、唇で食み、求愛の仕草をしながら、少しずつ彼女の身体に触れる。

「ふ……」

くすぐったさに紫音が身をよじると、二人の手で前開きの部屋着が寛げられる。下着もないままのやわらかな胸が双子の前にさらされた。

「本当にきれいだね……」

「女神そのものだな」

双子は紫音を真ん中にして左右に身体を横にすると、やわやわと肌の表面を撫でながら言う。

「シオン、きれいだよ。もっとよく見せて」

「は、恥ずかしいよ……」

「恥ずかしがる顔もかわいい、心配するな」

そんなふうに評価されると、うれしいよりひたすら恥じ入るばかりだ。彼女の羞恥を隠そうというのか、二人はその乳房に手で触れ、唇を寄せた。

「あ……っ」

ぱくりとラーズクロスが右胸の頂を咥え、舌でねっとりと舐る。左の乳房は大きく武骨な手がやさしくつかみ、早くも興奮で硬くなった粒を転がして遊んだ。

紫音が息をついて目を閉じると、今度はシルヴァの手が腿をさすり、そっと内側に移動する。彼は閉じた足の間に手を挿し込み、下着の上から大事な場所を撫ではじめた。

「シオン、足を開いて、君の夫に大事な場所を触らせて？」

甘えるような低い声に、紫音は反射的にきゅんとしてしまう。意図して足をひろげたつもりはないのに、抵抗を解いた途端に兄王子の手が布の上から割れ目を擦りだした。ラーズクロスに胸を甘噛みされ、シルヴァに割れ目をさすられる。どちらも遠慮がちなやさしい刺激だったにもかかわらず、紫音の腹部はひくんと反応した。

「ああ……」

ため息をつくと、割れ目をなぞり続けるシルヴァが唇をふさぎにきた。舐めるように食み、深く重ねると舌を絡めてくる。

唾液が交わる淫らな音が室内に響く。ラーズクロスが舌で胸を弄る音をそれに重ね、たちまち新婚夫婦の部屋は淫靡な空気に支配された。

「ん、ふ……」

胸をくすぐられてうずうずする。割れ目をなぞられてひくひくする。

さらに双子は、大きく絶対の安心感を持つ手で妻の肌をすみずみまで味わうように愛撫した。

シルヴァは唇を離すと、上から紫音の顔をのぞき込んで笑う。甘くて淫らなくちづけと執拗な愛撫で、紫音の身体がひどく敏感になりつつあるのを知っているようだ。

未だにラーズクロスの口で胸を愛されたままで、どうしようもなく切ない吐息が独りでに漏れてしまう。身体の内側に熱いものがこもり、吐き出せずにいるようなもどかしさがある。

紫音はやりきれない声を上げながら、ラーズクロスの背中に左手を這わせた。彼のたくましく男らしい背中の感触が、疼きに拍車をかける。

とろりと下腹部にあふれ出る感覚があり、紫音はもじもじと膝を合わせた。

下着の上から撫でさするだけだったシルヴァの手が、下着の中に入り込んで繁みの上から恥丘をそっと撫で、少しずつ割れ目の中に入ろうとしてくる。そして、とうとう中に指を挿し込んできた。

「シオンの敏感な場所、しっとり濡れてるよ」

声に出して言うのは、もちろん紫音をますます感じさせるためだろうけど、そこに一切触れていないラーズクロスにまで丸聞こえだ。

「胸も、たくさん感じて硬くなってるな……」

「ヤダ……そんなこと、言わないで」

すーっとシルヴァの指が、紫音の秘裂に沿って這(は)った。ぬるっとしたそこは、抵抗なく彼の指を受け入れる。

「あぁっ」

やるせない声を上げると、往復するだけだった指が、中に埋もれる蕾(つぼみ)や芯(しん)をかき回しはじめた。ぬち、ぬちと、粘つく水音がさらに彼女の羞恥(しゅうち)を煽(あお)る。

「あっという間にぐっしょりだ」

「んぁああ……っ！　シヴァっ、そこ……」

シルヴァの指は巧(たく)みに紫音の感じる場所をくすぐり、ぐちゅぐちゅと激しい音を立てる。

強烈な快感に身体を貫(つらぬ)かれた彼女が腰を反(そ)らすと、今度は違う温度の指が、蜜口の周囲を愛撫しはじめた。ラーズクロスの指が、あふれた滴(しずく)をすくってそこに塗りひろげているのだ。

双子の夫の手が彼女の性器を同時に弄(いじ)り、疼(うず)きのこもる身体を解放へ導く。

「や、ぁあ、ああ――」

乱れた声を上げ、紫音は身体をくねらせた。

じれったく、やさしすぎる愛撫が一変する。決して荒くはないけれど、二人の手ではっきりとした快感を紫音に流し込むのだ。

「シオンの感じる顔、本当に愛しいな……」

深緑色の瞳を細め、ラーズクロスがキスで甘い悲鳴ごと紫音の唇を覆った。兄同様に唾液を絡めた深いくちづけで、彼女から理性を剥ぎとっていく。

紫音は自然とラーズクロスに抱きつきながら、舌を絡め、こくんと彼の唾液を呑み込んだ。

「う、ん……っ」

唇が離れると、あふれた唾液がつーと糸になって唇を濡らす。

「ああ、シオン――愛しすぎて、どうすればいいのかわからない……」

「わ、私も……同じ……っ」

秘所を二人にバラバラの動きで刺激され続け、声にならない悲鳴が止まらない。気持ちよすぎて、目に涙が溜まっていく。

「かわいいよ――」

双子は声もよく似ていて、ため息交じりに囁かれると紫音にも区別がつかなかった。何度も何度もかわいいと褒められ、愛おしい勢いのままに名前を呼ばれて、それだけで紫音は感じ入ってしまう。

「どっちの指が気持ちいい？」

「わ、わからない、よ……」

ときどきそんな意地悪な質問をされる。

だが、同時にまさぐられる秘所は絶え間なく感じているし、どこが気持ちいいかと問われても、二人の与える快感が混ざって身体中が快感を訴えるので、わからないとしか答えられなかった。

やがて、シルヴァの両手が濡れた下着を外して紫音の足を開き、弟の手に蹂躙される秘所を見つめて、深いため息をついた。

ぐっしょり濡れたそこは、ラーズクロスが指を動かすたびににちゃにちゃと音を立て、とろとろと蜜をこぼしている。

「とても、いやらしくて……きれいだ」

シルヴァの顔が近づくと、心得たようにラーズクロスは紫音の蜜口をまさぐる手を離した。

無防備に開かれた女性の大事な場所にシルヴァがくちづけ、蜜があふれる割れ目の中を、舌を使って淫らに愛撫しはじめる。

「ひぁああっ、だめ、シヴァ……」

「どうして？」

「だって、それ……気持ちよすぎるの」

涙交じりで訴える紫音の頬を、シルヴァはそっと撫でた。

「大丈夫だよ、シオン。たくさん気持ちよくなって。君の乱れる姿は本当にきれいだから」

生あたたかくぬるっとしたものが、秘裂の中で疼く粒をやさしく潰し、ちろちろとくすぐる。それを感じた途端、紫音は悲鳴を上げ、自ら足を開いて腰を揺さぶった。

「シヴァに舐められるのは気持ちいいか？」

「う、ん……っ、あぁっ、ああ――っ！　ラーズ、そこは――」

彼女の蜜に濡れた指でラーズクロスは揺れる胸の頂をつまみ、指先でくりくりと転がす。硬く尖った先端は、男を誘うようにほのかに色づいていた。

その愛らしいふくらみに、ラーズクロスは目を細めてふたたび吸いつく。少し強く、かすかに痛みを感じる程度に。

でも、その痛みすら紫音の身体の熱を上げるばかりだ。

「んぁああ、ぁあっ、や、あ……っ」

二つの口で敏感な部分を同時に攻められ、紫音は喉が焼けつく快感に身悶えた。

その間も、もちろん二人の自由な手は、とうに知り尽くしている彼女の感じやすい部分を撫で愛し、高いところへと追い詰めていく。

「シオンはどっちの愛撫で感じてるの？」

「そんなの……んあ、あぁっ、もう――もうっ」

紫音の甘い悲鳴がすすり泣きに変わった瞬間、二人は示し合わせたように動いた。

ラーズクロスは乳首に軽く歯を立てて甘噛みし、シルヴァは秘裂の奥まった場所に埋められている花蕾を強く吸う。

反射的に紫音はつま先まで強張らせ、身体を突き抜ける甘い痺れに声を上げる。

「二人とも、気持ち、いいの……っ」

身体がふわふわと浮いている。自分がどっちを向いているのかもわからなくなった。

甘く疼いて痺れるような快感が、子宮から全身に響いていく。

「あ、ふ、ぁあぁぁ……っ！」

やがて、脱力してため息をついた紫音に、シルヴァが手を伸ばした。

「シオン、ここ」

シルヴァの手が紫音の右手をつかむと、そっとどこかへ導く。握らされたのは、彼の下衣の中でそそり立つ熱塊だ。

「シオンが欲しくて、もうこんなにいきり立ってる」

ラーズクロスの手で上体を抱き起こされると、シルヴァの硬く天を向く楔が目に飛び込んできた。ぎちぎちに張りつめた男の根はすでに先端を濡らして、彼女が欲しいと訴えている。

「シオン、舐めて？」

そうお願いされると、ぼうっとした紫音は言われるままに両手にそれを握りなおし、立ち膝になったシルヴァの熱に、荒い息をつく唇を寄せた。

紫音に欲望の塊を任せつつ、シルヴァは上衣を脱ぎ捨てる。愛妻の髪を撫で、ペロペロと先端を舐めるだけだった彼女の小さな口深くに、自身を突き入れた。

「シオンの口の中、熱いよ……」

「あ、ふ……」

「シオン、俺も気持ちよくしてくれ」

ラーズクロスは兄の正面にうずくまる妻の、前をはだけただけのネグリジェを捲り上げた。

白いおしりが照明を落とした室内で淫(みだ)らな丸みを見せ、ラーズクロスはたまらずに紫音を四つん這(ば)いにすると、愛液をこぼす場所に舌を伸ばした。

「ん、んん――っ」

秘裂や後ろの割れ目にも舌を這(は)わされ、指で花芯をこね回される。

紫音は喘(あえ)ぎ、腰を無意識に揺らしながらシルヴァの男性器を口の中で吸い、舐(な)めた。

「今日は、俺が先に挿(い)れる……シオン、いいだろう?」

ラーズクロスがそう言った瞬間、紫音の膣(ちつ)の中に太くて硬いものが突き入れられる。

思わずシルヴァを握ったままの手に力が入り、彼に甘い吐息をつかせたほど、それは紫音に衝撃をもたらした。

双子の兄の肉茎を口で愛しながら、弟の熱塊で愛される。

この倒錯的な状況にも慣れてきたのに、ふと素に返り、自分がとてつもなく破廉恥(はれんち)な行為をしていると感じた。

だが、それに悦(よろこ)びを覚える自分がいることも知っている。

身も心も愛されて、満たされる。一人きりでいる不安や胸にぽっかりと開いた穴が完全にふさがるのだ。

「ん、ん――」

ラーズクロスの欲望で内壁を擦られるたびに、紫音は全身で悲鳴を上げ、シルヴァのものを強く吸い、喘ぐ代わりに舌でそれを包む。

「ああ……」

前と後ろで、同時にため息がこぼれた。

シルヴァの手は、彼に奉仕する妻の胸を握り、そのやわらかさを堪能している。ラーズクロスは愛しい妻を後ろから執拗に攻め立てて、自らの快感を高めていた。

「もう……出そうだ……」

「少し、辛抱が足りないんじゃ、ないか？　ラーズ」

「バカ言え。こんなにとろとろになってる妻の中で果てない男がいたら、顔を拝んでみたい……シヴァは我慢できるのか？」

「いや、無理。シオンのかわいい口だけで、イける」

膣を往復していくラーズクロスのたくましいものが、紫音の敏感な部分をやさしく力強く摩擦し、的確に彼女を高みに追いやる。

「シオン、いいか？」

頭上から降ってくるシルヴァの声に、紫音は反応できなかった。ラーズクロスの抜き挿しによって感覚が痺れてきて、今にも果てそうだからだ。

その代わりのように、シルヴァの熱塊を握る手に力をこめ、口の中のものに舌を絡めた。

「シオン――！」

「んん……ッ」

二人が同時に名を呼んだ。目の前がチカチカするのを感じ、腹部にじんわりとひろがる快楽と熱に紫音は身を震わせた。ラーズクロスの放った精が、子宮を満たしていく。紫音の口の中ではシルヴァの楔がびくんびくんと震え、白濁を吐き出した。紫音は口中に放たれたそれを、反射的に呑み下す。

「んっ、う……！」

四つん這いになったまま、後ろからラーズクロスに深い場所までつながれて、紫音はシルヴァの熱塊から精を吸い取るように奥まで呑み込んだ。

前も後ろも攻め立てられ、頭の芯まで震えるほどの快感に、紫音の身体が震える。

じんわりと体内に快感が駆け巡り、手足ががくがく震えて、そのままベッドに倒れ込む。

「シオンの中は天国だな……」

肩を震わせたラーズクロスがゆっくり楔を抜くと、背中側から紫音の身体を抱き起こした。

彼はいつの間にか衣服を脱いでいて、まだ絶頂の余韻が強く残る紫音の身体を、自分

の腕の中に閉じ込める。

「あぁ……ラーズ」

たくましい胸や腹部を背中に感じ、紫音は新しい蜜をこぼした。彼の放った精の残滓と一緒に腿を伝う。

いつの間にかシルヴァの腕に身が移されていた。紫音はぐったりしながら彼に背中からしなだれかかる。

「美しいよ、僕たちの花嫁」

そのまま、クッションに寄りかかったシルヴァの上に、紫音は座らされる。

もちろん彼もすでに全裸だ。紫音の身体をぎゅっと腕に閉じ込め、そのやわらかな胸を手で弄ぶ。興奮で尖った先端を指で挟み、くりくりと動かして刺激を与えてきた。

「ひ――ぁあぁ」

紫音の頬が桜色に染まる。たちまち硬さを取り戻した楔が腰に押し当てられた。紫音の肌に擦られるたびに欲望をふくらませていく。

「あぁん……まだだめ、イったばかり――っ」

シルヴァは大きく足を開き、その上に乗る紫音の足も無理やり開かせた。彼らに愛されることに慣れてきた秘裂は、ひくひくと痙攣して、とめどない蜜を滴らせている。

その甘い滴はラーズクロスが丹念に舐め取った。ついで蜜の泉に沈んでいる蕾を舌で転がし、硬くなったそれを吸い上げ、指で弄る。

「ん、あぁッ」

喘いで背中を反らせば、シルヴァの手がやわらかな乳房をきゅっと握り、肩越しに紫音の首筋に舌を這わせ、耳たぶに歯を立ててくる。

たちまちそこから鋭い疼きが身体を駆け抜け、彼女は小さく達してしまった。

乱れた呼吸を整える暇さえ与えられない。

「シオン、またあふれてきた……」

蜜は舐め取られたはずなのに、さっきよりもたくさん染み出している。紫音は涙目になって喘いだ。

「だって、こんなの……っ、感じないわけ、ない——し……」

「ラーズ聞いたか？　こんなに感じてくれるなんて、愛し甲斐があるね」

「俺たちの花嫁は最高だ」

二人が指を動かすたびに、ぐちゅ、ぐちゅ、と卑猥な音が耳につく。その水音が止むことはなく、紫音は真っ赤になった。

ラーズクロスの舌が膣の中に挿し込まれ、シルヴァの指がツンと立った粒をやさしく押し潰しながらくるくると転がす。

二人そろって紫音の敏感すぎる秘所を攻めてくるのだ。シルヴァの身体の上に重なった紫音は、自ら足を開いたまま腰を弓なりに反らし、胸を突き出して身悶えた。

「あっ、あっ——だめ、もう……っ」

「シオンの胸が揺れて、そそられる。君の中に入りたくてしょうがないよ……まだ早い？」

耳元でシルヴァが囁く。

立て続けに絶頂まで連れていかれて身体はぐったりしていたけれど、それでもなお身体の奥が熱くて、紫音は腰に当たるシルヴァの楔が自分を貫く様子を妄想する。

「……て」

「うん？」

楽しげに聞き返す彼に、紫音は恨みがましい目を向けた。

「今度はシヴァの……挿れて……」

絞り出すようにかろうじてつぶやくと、シルヴァの目がうれしそうに笑う。

「もちろん、妻の求めとあれば——かわいいシオン」

シルヴァは彼女の脇に手を入れて抱き上げると、自分に向きなおらせた。

そうしている間に、今度はラーズクロスがクッションにもたれかかる。同じように紫音をそこに座らせ、たくましく勃(た)ち上がった楔(くさび)を彼女のおしりの溝にぴたりと埋(うず)めた。

「あっ」

さっき、中で果てたばかりなのに、彼ははじめのときと変わらぬ熱を滾(たぎ)らせている。

ラーズクロスの身体の上に仰向けになった紫音に、兄王子が跨(またが)った。シルヴァは彼女のぐっしょり濡れた蜜口を探(さぐ)ると、凶暴なまでに硬くそそり立つものを一気に突き入れる。

「ふ――」

その衝撃を受け止めた紫音がシルヴァの背中に腕を回すと、ゆっくりと動きはじめた。

重なり合う繁みの下で、異性を求める蜜がぐちゅっ、ぐちゅっと音を立てる。

うっすらと目を開けると、シルヴァの優美な容姿に似つかわしくない赤黒い肉が、紫音の中を出入りしていた。それは彼女の蜜をまとってぬらぬらと光る。

ひっそりと恥じらって目を伏せると、目端に映ったのは彼女の胸をやわらかく握るラーズクロスの手だ。下から紫音の両胸をつかみ、彼女を何度も絶頂まで誘った手で揉(も)みしだいている。

シルヴァに身体を揺さぶられるたび、おしりにラーズクロスの熱い塊(かたまり)を感じてしまい、紫音はますます頬を染めた。

どこに意識を向ければいいのか迷うその唇に、シルヴァが吸いつく。ちゅっと音を立ててそれを食み、くちゅりと唾液を絡めながら舌を重ね、紫音の吐息を呑み込んだ。

「んんっ、ふぅっ……」

膣の中をゆっくり重たく行き来するシルヴァの楔が、隅々まで感じる場所を知っているラーズクロスの手が、紫音に嬌声を上げさせる。

中を圧倒的な質量で突き上げられていくうちに、ゆったりとした快感に襲われた。それはじわじわと紫音を包み込み、疲労を感じさせない甘い絶頂に導く。

彼女は自分を穿つ熱をきゅうと締め上げた。ふいにシルヴァが息をつく。

「ああ……気持ちいいよ、シオン……」

「シヴァの、熱くて……奥、痺れるの……」

長い時間そうしてつながり合っているうちに、ラーズクロスが腰を動かした。おしりに先端が押し当てられる。「挿れるぞ」と小さく宣言された瞬間、得も言われぬ圧迫感が後背を襲った。

紫音は悲鳴を上げて、膣に咥え込んでいたシルヴァの楔を締めつける。

「う――」

突然の締めつけに耐え切れず、シルヴァは紫音の最奥まで腰を押し当て、そこに精を放った。

「奥まで、全部呑み込んでくれ……シオン」

前と後ろを同時に双子に貫かれ、紫音の腰がびくびく震える。

一滴残らずシルヴァの精を受け入れたあと、朦朧とする紫音は、気づけば仰向けにベッドに押し倒されていた。

「さっきのはずいぶん流れ出たから……俺のものも全部呑んでくれ」

いつの間にか双子が入れ替わっていて、ラーズクロスが紫音の腰を浮かせている。快感を得すぎて震える割れ目の中に怒張を押し込んだ。

「あああ、ああ——！」

シルヴァとは、また異なる熱。やさしくもあり、猛りくるうように激しくもある。

紫音の快楽の証である愛液をたっぷりまとった弟王子のそれは、子宮に届くほど深くまで突き上げられた。

「はぁっ、ああん、や、壊れ、ちゃう——っ」

「大丈夫だよ、シオン。ラーズが君を壊すわけがない」

「やぁっ……シヴァ、見ないで……」

弟王子に貫かれて乱れる姿を兄王子に真顔で見つめられ、頭の中がパンクしそうだ。

ときどき、こんなふうに片方が紫音と睦み合っているところをもう片方が見入るという、視姦を交えてくる。冷静な人に見られながらの行為は、何度されても慣れなかった。言葉にならない羞恥と、背徳感に苛まれ、あっという間に達してしまう。

「こんなにかわいい姿を見ないでいるなんて、もったいないことできないよ」

そう笑って言われ、紫音は涙目になってラーズクロスに抱きついた。そうやって紫音に縋られたほうも役得なので、彼らに互いの視姦プレイを止めようという気はさらさらないようだ。

「あっ、あっ、あっ……」

ラーズクロスの小刻みな動きに翻弄され、紫音は喉の奥に焼けつくような熱を感じた。決して速度を上げることのない一定の律動は、ぐんぐん彼女の中の快感をふくらませる。

「ああ、きちゃ、う――！」

もう、何度果てたことだろう。数えきれない絶頂にのぼせているのに、それでも彼女の膣は夫の子種を受け入れたがって、ぎゅうっとラーズクロスを締めつける。

「く……っ、シオン――」

「ラーズ……ひぅっ、あ、ああ……！」

たくましい身体を震わせ、弟王子も妻の胎内に吐精した。彼女の膣が蠢き、それをすべて呑み込み終わるまで、貫いたものは抜かない。

「シオン、きれいだ」

彼女の頬は上気し、唇は紅をさしてもいないのに色づいて、夫たちの愛の証で濡れている。

肩で息をしながら恍惚と視線をさまよわせる紫音の唇に、ラーズクロスはキスをして、その髪を労わるように撫でた。

彼の身体の下で頬を朱色に染めた彼女は、その大きな手に気持ちを委ねるように目を閉じる。

ところが——

「ねえ、シオン。もう一度、僕も挿れていい?」

弟と一緒になって紫音の頭を撫でるシルヴァが、欲望に煙る深緑色の瞳を向けてきた。

「え?」

「ラーズは二度もシオンの中で果ててるのに、僕は一度だけだし。シオンが感じてる顔を見てたら、またしたくなっちゃった」

「シヴァは口でしてもらっただろ」

「そうだけど、やっぱり膣内がいい。そうだ、今度はラーズが口でしてもらえばいいだろ」

「あー……」

「ちょ、ちょっと待って」

どちらかに不公平感が残らないよう、基本的に回数は同じ、と彼らの中で決まり事があるらしい。

ときには双子がそろっていない夜もあり、そんな中でもしどちらかが紫音と一対一で
愛し合ったら、後日もう一方も必ず一対一を求めてくる。

報連相を欠かさないのが双子の長年の決まりのようだ。男女の三人の関係を平和に保つには、それなりのルールが必要だとは紫音も思うが、それにしても……

ラーズクロスが真剣に検討しだしたのを見て、彼女は慌てて身体を起こす。でも、まだ彼に貫(つらぬ)かれたままだったので、小さく悲鳴を上げた。

全身が敏感になっていて、少しの刺激でも身体中に甘い痺(しび)れがひろがってしまうのだ。

ほうほうの体(てい)でそこから這(は)い出して弟王子の軛(くびき)から逃れると、紫音は頭から毛布をかぶった。

「ねえ、ダメかな?」

「もうムリ!」

「シオン、俺もシオンの口で愛してもらいたい」

「後日で！　明日起きられない……っ」

「大丈夫だよシオン。結婚式の翌日は何もせず花嫁と一日愛し合うのがエルヴィアンの慣習だ」

「それに、俺たちはシオンを一人きりで淋しくはさせないと誓ったからな」

確かにそう言われたのはうれしかったが、ちょっと解釈の仕方が違うのではないだろうか……

「一日中とか死んじゃう！　それに夜は一人で大丈夫だから、お願い、もう休ませて……」

彼らの愛撫は時間をかけてたっぷり施されるので、ここにくるまでに相当な時間が経過しているはずだ。双子は顔を見合わせ「仕方ない」と諦めたように見えたが、すぐに毛布が撥ね退けられた。

「シオン、寝る前に身体を清めようか。べとべとにしちゃったし、入浴している間にシーツを取り換えてもらうから」

「え、ちょっと……!?」

自分たちだけいつの間にかガウンを羽織っている。

全裸の紫音をラーズクロスがひょいっと抱き上げて、寝室から直通の浴室に連れ込んだ。シルヴァは外で待機していた侍女たちにベッドを整えるよう指示すると、すぐに浴室にやってくる。

浴室といっても、日本のように蛇口を捻ればお湯が出るというわけではない。それでも城には水道が完備されており、水を汲み上げることはそれほどの難題ではないようだ。下働きの人々の労働の成果である風呂は、階上にある王太子夫妻の部屋に簡易的に設えたものなので、それほどひろいというわけではなかったが、紫音のマンションのものとは雲泥の差だ。

双子は脱衣室の椅子にガウンをかけ、ラーズクロスが紫音を抱いたまま、もわっと湯気で煙る浴室に入った。

何度見ても、ため息しか出ない。浴室の中央に円形の浴槽があり、奥には彫刻、周囲には立派な柱が立てられている。相変らずのスーパー銭湯だ。柱と柱の間には優雅なデザインのベンチが据えつけられていて、ラーズクロスはそこへ紫音を座らせた。彼女にお湯をかけて、唾液やそれ以外の粘液でべとついた身体を洗うように、大きな手を滑らせる。

「ん……」

まだベッドの上での余韻がたっぷり残っていて、触れられるだけで肌が粟立つ。

湯をかけつつ、ラーズクロスは紫音の胸をやんわりと手の中に収め、シルヴァは腰やおしりの辺りをつーっとなぞった。

「や、手つき、やらしいから……！」

「シオンの肌がきれいだから、触れたくなるんだよ」

「もう、しないって、言ったのに……っ」

四つの手で身体をまさぐられ、流した矢先から愛液がとろとろと滲み出す。紫音が身体をよじると、背後からシルヴァが唇を求め、舌を絡め合う淫らなキスを仕掛けてきた。

「挿れたりしない。洗うだけだ」

ラーズクロスは石鹸を泡立て、彼女の肩から胸、背中と、手で泡を塗りつける。腹部から繁みにまでそっと手を滑らせた。

「シヴァ、シオンの身体を抱き上げてくれ」

「了解」

シルヴァが後ろから紫音の膝裏に腕を回し、軽々と持ち上げた。なんとなく普段から「力仕事はラーズクロスの仕事」という空気だったが、シルヴァも細腕というには充分たくましい。紫音を抱き上げるくらいわけないようだ。

彼女の両足は大きく開かれ、立ち膝になったラーズクロスの目の前に秘部をさらす格好になる。

「ちょっと、こんなのヤダ……」

身体の隅々まで知られた間柄とはいえ、煌々と明かりの灯る場所で直視されているのだ。

流れたお湯と、彼女自身の身体からあふれた水が混じり合って伝い落ちる。

ラーズクロスは割れ目を指で押しひろげ、ずきずきと疼く硬い芽をぺろりと舐めた。

やさしい手つきで秘裂をなぞり、手のひら全体で愛撫する。

「んぁああ――っ、も、もたないよぉ……！」

「洗ってるだけだ」

ラーズクロスはそう言い放つが、誰にでもわかる大嘘である。

彼の手は、洗うと称して紫音の秘所を丹念に撫で擦る。泡と蜜が混じり合って、粘ついた泡が糸を引きながら床に落ちた。

「ゃあああ、ああ、もぅ無理ぃ……っ」

シルヴァの胸に背中を預けたまま紫音が身悶えると、二人に夜ごとに愛されて美しく成長した胸がふるりと揺れた。

それを見たシルヴァがため息をつき彼女のうなじや耳たぶをむしゃぶりつくように食む。

「シオン、かわいすぎる……」

二人の夫に与えられる快感に、紫音はなまめかしい吐息をついた。

腰に兄王子の熱塊が泡とともに擦りつけられ、弟王子の手に敏感な場所を愛撫される。身体の芯が燃え盛るように熱くなっていく。

さんざんベッドの上でも愛撫された秘裂は、気持ちよさを通り越して痺れを感じていた。

それでも、ラーズクロスが興奮気味にじゅぶじゅぶと泡を掻き出し蜜口の中に指を二本突き入れると、甘い疼痛が身体中を巡る。紫音は切ない喘ぎ声を上げた。

「ああ、あぁ……」

甘ったるい悲鳴が浴室に響く。紫音当人のみならず、双子も興奮を助長され、三人の荒い呼吸が高まっていった。

ベンチに下ろされた紫音の唇に、立ち上がったラーズクロスが獰猛なキスを重ねつつ、快感に震える彼女の身体を抱きしめる。細い腰をシルヴァがつかみ、隆々と勃ち上がった熱塊を後ろから蜜壺の中に嵌め込んだ。

「んんぅっ！」

ラーズクロスのたくましい身体に抱きつくと舌を吸われ、くちづけという表現では生易しすぎるキスに意識を持っていかれる。

背中に覆いかぶさるシルヴァが熱いもので突き上げると、すぐに子宮が疼いて、紫音は痙攣するように何度も小さく達した。

そのたびに彼女の熱くぬらぬらと蕩けるような膣はシルヴァを締めつけ、彼の表情にもまったく余裕はない。眉間に皺を寄せ、歯を食いしばりながら、奥を穿ち続けた。

「ふう、んんッ！」

唇がふさがれている紫音は喉の奥で喘ぐ。ラーズクロスの淫らなくちづけの音と、シルヴァが後ろから抜き挿しを繰り返す卑猥な音、そして二人の夫の乱れた吐息が反響し、浴室の中はとてつもなく淫靡な場と化していた。

キスが離れると、ぎゅっと目の前の夫にしがみつき、彼女は後背から攻め立ててくるもう一人の夫の与える快感を必死に受け止める。

「あぁんっ、ラーズ、どうしよう……」

「存分に感じればいい。俺が支えていてやるから、達する顔を見せてくれ」

がくがく震える妻の手を握りしめ、ラーズクロスは赤らんで今にも達しそうな彼女の頬にやさしいキスをする。

「ああ、シヴァっ、気持ちいいよぉ……！」

「僕も——シオンの中、気持ちよすぎて……も、出そう……っ」

擦りつけるように最奥を抉られ一気に中が収縮し、熱塊を熱い襞が呑み込む。それ以上、吐精をこらえることができなかったシルヴァが、快感に導かれるまま妻の中に子種を解き放つ。

「ん——」

激しい絶頂に丸呑みされて甘い悲鳴を上げかけた紫音だが、うまく音にならず声もなく震えた。

双子の夫に前後から挟まれて抱きしめられると、ふわふわとした浮遊感に包まれ、そのまま二人に身を預けてしまう。

シルヴァが食い込んだままの楔を抜くと、紫音の腿を淫らな蜜が伝って流れた。その感覚にとてつもない恥ずかしさを覚えて半泣きだが、もはや身じろぎする気力も残っていない。

二人に愛された部分が、じんわりと終わらない快感の余韻を流し続けるのだ。

「ほんとに、もう……無理だから——おねがい」

夫たちは交代交代で休憩を挟みながらだが、二人の全力を一人で受け止める彼女の消耗は洒落にならない。気持ちよすぎてつらくて、思わず涙をこぼす。

「っ――!」

妻の涙にうろたえた双子は、ようやく猥りがわしい交わりから彼女を解放した。ぐったりした身体を甲斐甲斐しく清め、ネグリジェのボタンを胸元までぴたりとかけてからベッドに横たえる。

紫音は夫たちの過剰な溺愛から放免されて、ほっと息をついた。しかし、どちらもぴたりと彼女に密着してきて、広大なベッドの上なのに、寝返りする隙間すら与えられない。

「狭くない?」

「新妻に甘えたい年頃だよ、シオン。もっとくっついて、重なり合いたいくらいだ」

「だがシヴァ、シオンに乗っかるなよ。おまえは寝相が悪いからな。これまでにも何度シオンを押し潰したか」

「他人事みたいに言うなよラーズ。寝てる間にシオンに淫らな真似を何度した?」

「仕方ないだろう、いつもシオンはシヴァのほうを向いて寝てる。後ろから抱きつくと、必然的に胸に手が当たる」

なんとなく左向きに眠るのが紫音の癖だが、なぜか双子も左右で位置が決まっているらしく、左側はシルヴァなのだ。

頭上を行き交う言い争いがいたたまれず、紫音は毛布を頭からかぶりなおす。すると双子もそれを追いかけてきて、二人で新妻の身体を奪い合うように抱きしめた。

「愛してるよ、シオン」

「愛してる、シオン」

二人の夫に挟まれて、その狭苦しさに紫音は笑う。

身体はとっても疲れていたが、絶え間なく頬や瞼にくちづけてくる夫たちの重たい愛が、今はとても心地よかった。


——その翌年、双子王子の努力が実を結び、王太子妃シオンは赤ん坊を産んだ。

緑がかった不思議な色合いの瞳を持ち、王太子たちのまばゆい金よりも濃い黄金色の髪をした、双子の男女。性別が異なるということは、ほぼ二卵性双生児に間違いない。

この世界で調べる術などないけれど、長男ファリスはきりっとした眉と鋭い目がラーズクロスによく似ていた。長女ライカはシルヴァの面影を持つ、悪戯好きそうな瞳とやわらかな表情をしている。確実にそれぞれの子種が実った結果だと、シオンは確信していた。

「魂の力が半分だから、二人で子供をつくってようやく一人分じゃなかったの？」

もちろん、彼女は「二人で一人前」説を端から信じていなかったが、夫たちそれぞれに似た双子が生まれた不思議を問うと、彼らは涼しい顔で答える。

「僕たちがシオンを愛している証拠だよ」

「何事もやってみなければわからないということだろう」

そう言って笑うから。

食えない双子の夫に呆れつつも、腕に抱いた子供たちごと抱きしめられたシオンの顔からは、笑みが絶えることがなかった。

「みんな大好き！　私、とっても幸せだよ」


二王として王座に就いたシルヴァ王とラーズクロス王は、王妃となったシオンの助言に従い、貧しい人々に手を差し伸べ、男女関係なく等しく学ぶ場所をひろげていった。

ルクシアのように「女だから」と不当に嫌がらせを受けたり、能力がありながら表へ出られない人が出たりしないよう、女性の登用に力を注ぐ。

これにより、エルヴィアンの王宮には自然と人が集まるようになった。

魔女により、「呪われた双子」を輩出したという汚名を着せられたエルヴィアン王家だったが、双子王が統治したことでそれは晴らされる。さらに双子の子供たちも、協力し合って王座を継承した。

こうしてエルヴィアン王国では、双子は神聖なものとして人々にひろく尊ばれることになったという——

書き下ろし番外編

異界の魔女はパトロンが欲しい！

——ルクシア・エル・サレス。

かつて、希代の魔女として、いや、全世界をも震撼させるほどに強大な力を持った大魔術師として、長年、エルヴィアン王国に君臨してきた。

だが今は、生意気な王子たちのおかげで異界ニホンへ飛ばされ、小娘の家と思われる場所で、人目を憚りこそこそと暮らさなくてはならない。なんという屈辱だろう。

だが、あの甘っちょろい双子王子の兄のほう、私をニホンへと追放しておきながら、どうやら言語適応の魔術を施していたらしい。おかげで言葉に困ることがなく、私の順応力と学習能力の高さ、頭の回転のよさで、この世界の法則はほぼつかむことができた。

情報を得るのに役に立ったのが『テレビ』と『スマホ』。動力さえ入れておけば、ニュースとやらで、勝手に地域のことから世界情勢についてまで情報を垂れ流してくる。そして、ドラマとやらを見ていれば、この国の住人がいかにして生活をしているか、だいたい理解することができた。何とも便利な装置だこと。

それにしても、辟易したのはこの国の息苦しさ！

まず、家が驚くほど狭かった。エルヴィアンでは、この面積は家とは呼ばない。せいぜい家畜小屋だ。浴室も、こんなのは浴室とは言わない。懺悔室にちょうどいい。

天井は低いし、壁は迫ってくるし、何もかもが狭くて小さくて息が詰まる。

でも、この『冷蔵庫』という代物はとてもいい。何でも冷やすことができるうえ、氷結魔法自動発生装置までついている。魔力の消耗なくして物を凍らせる技術は称賛もの。

そして、魔力を使ったり薪を割って火を点けなくてもお湯が出る。暗くなってもボタン一つで照明魔法以下略。

むろん、その動力源が『電力』であることはもうわかっているわ。「おまえ、順応力高いんじゃなかったのかよ草」というツッコミをした者はそこで土下座なさい。

こうなると、懺悔室のようだと嘲っていた浴室もひどく快適で、一週間も経つ頃にはすっかりこの部屋での暮らしに慣れてしまった。我ながら感心するわ。

ただ、困ったのが食料調達だ。一応、金銭は財布と呼ばれる金入れに入っていたものの、調べてみると大した額ではなく、一万円札が一枚きり。あとは銀貨と銅貨がいくばくか。『キャッシュカード』で金の出し入れはできるようだが、合言葉ならぬ暗証番号がわからないことには、使えないらしい。

そこで学んだのが、『ネットショップ』だ。あの小娘に渡された小さな板を充電してみたら（充電すれば使えるとは聞いていたものの、具体的に何をどうするのか丸一日悩んだ）これで買い物ができることが判明した。『クレジットカード』や『住所』は登録済みだった。褒めてやるわ、小娘のくせに。

この部屋に転移させられた当日は、情報解析に夢中になるあまり空腹は微塵も感じなかったけれど、さすがに翌日はお腹が空いた。ネットショップでいろいろ買ってはみたものの、ここまで運ばれてくるのに数日を要するらしい。

そこで、部屋に積まれている箱の中から、この世界に迎合した服に着替え、ドラマで見た『コンビニ』へ出向いた。周辺地図はすべて把握済み。命令するだけでスマホがたいていの要求を満たしてくれるのだから、有能な参謀を手に入れたも同然ね。

「……胸がきつい。丈が短い。おまけに、みすぼらしいわ！」

小娘の持ち物は私の趣味に合わないものばかりだったから、鏡に映った自分の姿にため息が出たが、この世界にもっと適応して、生活の基盤を立てなおすのが先決だと考えをあらためる。

こうして異界での生活をスタートさせたが、何はともあれこの国で必要なのは、魔力でも地位でも愛でもなく『知識』と『金』のようだ。

エルヴィアンと違うのは、男も女も関係ない。持てる者が持ち、持たざる者は一切持たないという非情な世界。エルヴィアンと比較しても、桁違いに重い税が課せられた国だから、意外と乗っ取るのは簡単じゃないかしら……

とかくこの国は戸籍と身分証明が重要で、これがないと銀行口座一つ作ることができず、先に踏み出すことができない。

小娘の身分証はあったものの、顔写真は当然、私とは似ても似つかぬ凡庸な顔だし、生年月日から割り出す年齢も、親子ほどの年齢差が。そもそも私は日本人顔ではない。テレビで見たエイジングケアの広告を見る限り、見た目年齢はだいぶ詐称できると確信したが、さすがに二十歳と言い張るのは無理がある。

それにこの先の人生、ずっと椙沢紫音と名乗り続けて生きるのは御免だわ。

手っ取り早く、機転の利く味方を一人手に入れたい。慣れ合う人間は不要だけど、ウィンウィンの関係を築ける相方を。

私に提供できるものは——この美貌しかないわね。美醜の概念が、エルヴィアンも日本もそう変わらないだろうことは、テレビを見ていればわかることだ。

野垂れ死にには絶対にしない。まずはこの低い目標を達成するために、最大限の努力をすることにしようじゃないの。

＊

こうして、己の美貌一つを武器に、金持ちが集うといわれる六本木や銀座へと足を向けるようになった。

一人バーで飲んでいると、小奇麗な身なりをした男はたくさん言い寄ってくる。だが、誰も彼も成金臭を漂わせるばかりで、本物はなかなかいそうになかった。

金を持っているだけではない、もっと裏の世界にも精通しているような人間――そうそうお目にかかれるはずがないのは、重々承知している。ただ、小娘の残高が底をつくまでに、それなりの確かなパトロンを見つけたい。

支払いをどうしているかって？　あの小娘、生意気にもスマホ決済ができるように設定していたのだ。トロそうな娘だったけど、意外だったわ。

「最近、よくいらっしゃいますね。カクテル、お好きなんですか？」

そう声をかけてきたのは、六本木のバーでバーテンダーをしている若者だ。この店は品がよく、居心地も客層もいいので、なんとなく足が向くようになってしまった。

「カクテルというより、この店が気に入ったわ」

そう言って嫣然と、だが毒のない笑みを向ける。私に興味を持つ男にはアンテナを張っているが、このバーテンダーはまだ若いし、他人に雇用されている人間は対象外だ。

「それはうれしいですね、ありがとうございます。何をお作りしましょうか？」

「あなたのおすすめで」

「かしこまりました」

カシスソーダという、きわめて一般的なカクテルを彼は私の前に差し出した。

「どうしてこのカクテルを？」

「僕のイメージです。カシスの上品な色があなたにぴったり」

「あら、ありがとう」

炭酸はエルヴィアンにないものだったので、はじめて口にしたときは驚いたが、この爽快感は慣れるとクセになった。

「僕、七咲といいます。今後もごひいきに」

そう言って栗毛の若者が名刺を差し出してきた。何軒かバーを渡り歩いているうちに、バーテンダーが名刺をくれることも知ったので、社交辞令とわきまえてこちらは名乗る。

「ルクシアよ。名刺は持っていないから、悪いわね」

お酒を飲むのに身分証はいらないので、梠沢紫音などという野暮ったい名前ではなく、本名を伝えている。どう見ても私は、紫音という顔ではない。

もらった名刺には「七咲陣」と書かれていた。三十歳に届くかどうかの、やわらかな栗毛に、きれいな顔立ちをしたお坊ちゃんだ。

人当たりのいい善良な笑顔は、私のこれまでの人生であまり見たことがないタイプね。

「いえ、ルクシアさん。日本語がとてもお上手なんですね。こちらにはどのくらいいらっしゃるんですか？」

「来日したのは三ヶ月前よ。日本語が好きだったから、国許で独学で」

「それはすごい！　どちらのご出身なのか、おうかがいしても？」

「……エルヴィアンという、地図にもないような小さな国よ」

本当のことは言えないが、嘘の中に真実をわずかでもこめるようにしている。すべてを嘘で塗り固めると、かえってこじれる。

以前の人生では、嘘と虚飾で大変な目にあったので、話せないこと以外は素直に、最短の道を行くことにしているのだ。

多少のちぐはぐした言動は、外国人ということで大目に見てもらえる。

以降もたびたびこのバーを訪れたが、そのたびに陣がカクテルを作ってくれた。バラライカとかベルベットハンマーとか、呪文のようにいろいろ出してくれる。当然だが知らないものばかりなので、今日は何が出てくるのかと楽しみにするようになっていた。

バーテンダーとは親しくなったものの、パトロンを見つけることはできていない。

そんなある日、カウンターで飲んでいた私に近づいてきたスーツの男がいた。

常々思うが、この国のスーツという服装は、相手のレベルを推し量るのにとても役立つ。生地の質やセンスだけではなく、着こなし一つで普段の生活が垣間見えるのだ。

その男、年の頃は三十の半ばくらいだろうか。仕立てのいい高級ブランドのスーツに、見た目の知的さを底上げする眼鏡。

こなれ感があって、ひとまずハリボテではなさそうだ。

楠見と名乗ったその男は、カウンターの隣の席に座った。はじめはわずかに言葉を交わすだけだったが、もらった名刺は立派そうな会社と肩書で、興味を抱く。

でも、会話を重ねていくうちに、今回も表面だけの残念さんだと気づいた。

まだこの世界に来て日の浅い私の、世界情勢や経済に関する話題についてこられないのだ。私の知識など、ニュースやネットで調べた程度の付け焼き刃にすぎないのに。

「さ、私はそろそろ帰るわね」

急に時間が無駄に感じられたので、切り上げて帰ることにしたのだが、楠見が「では最後に一杯だけおごらせて」と、引きとめてきたので、応じることにした。

「バーテンダーさん、彼女に楊貴妃を。僕にはレッドアイ」

陣はその注文を受け、「かしこまりました」とカクテルを作りはじめた。

楊貴妃といえば、傾国の美女として知られていると何かで読んだ記憶がある。残念ながら私は、楊貴妃にはなれなかったわね……

ふと以前いた国のことに思いを馳せていたら、白っぽいお酒の入ったカクテルグラスがカウンターテーブルに置かれた。

「バーテンダーさん、これ楊貴妃じゃないでしょ」

楠見がすかさず文句をつけると、陣はきれいな顔に鋭い笑みを浮かべた。穏やかなお坊ちゃんとしか思っていなかったので、その表情の変容に目が釘づけになってしまう。

「申し訳ございません、お客さま。信頼関係の築けていない女性客に、ブルーのカクテルをすすめる男性は疑うことにしておりますので、ブルーキュラソーの代わりにコアントローを使わせていただきました」

陣の笑顔は氷結魔法よりも冷たく見える。口元は笑っているのに、目がちっとも笑っていないのだ。意外な迫力にこちらまで唖然としたわ。

楠見は反撃しようとしたが、陣の迫力に圧倒されたのか、一万円札をカウンターに置いて足早に立ち去ってしまった。

「陣、今のはどういうことなの？」

「何でもご存じのルクシアさんでも、知らないことがあるんですね。女性の酒に睡眠導入剤を混入させて眠らせ、そのままホテルへお持ち帰りしようとする輩が一定数いるんですよ。その犯罪を防止するために、眠剤は液体に溶かすと青く変色するようになっています。よからぬ下心を持つ者は、相手にブルーのカクテルをすすめ、薬を混ぜ込むのが常套手段なんです。しかし、バーテンダーの前でそれをやるとは、だいぶお粗末な方でしたね。どうせその名刺も偽物ですよ。振って正解だと思います」

ぽかんとした。まだ私にも理解の及ばない世界があったということね。

すると、彼は別のカクテルグラスを私の前に置いた。濃い琥珀色のカクテルだ。

「少し強めのカクテルで、キャロルといいます。僕からのおごりです。これ飲んで、切り替えていきましょう」

口にすると、強いブランデーとかすかな甘みが喉を通った。

「陣、あなたいい子ね」

「いい子はやめてくださいよ、これでも来週三十二歳です」

あら、二十代の若造かと思っていたのに、意外といっていたのね。どちらにしろ私から見れば、ヒヨッコにすぎないけれど。でも、この一件でちょっと見る目をあらためた。

「来週のいつ？」

「木曜日です。ちょうど一週間後ですね」

「来週も店にいるなら、今日のお礼も兼ねてプレゼントを持ってくるわ。何が欲しい？」

「ルクシアさんが僕の誕生日を祝ってくださるんですか？　あいにくその日はオフなのですが……」

「恋人と過ごす予定でもあったかしら」

「とんでもない！　僕に恋人なんていませんよ。一人淋しく過ごす予定です。もしご迷惑でなければ、一緒に食事でも」

「いいわよ」

陣とウィンウィンの関係は築けそうにないけれど、面倒事から助けてくれたし、なんだかんだいって陣はこの世界で私にとって一番親しい人物だ。味方は一人でも多く作っておかなくてはね。

こうして陣と約束をし、一週間後に待ち合わせ場所である銀座へやってきた。

時間より多少早く着いたが、待ち合わせ場所にはすでに陣がいた。ふだんはバーテンダーの服装しか知らないが、きれいめなパンツにラフなジャケットを着こなす彼は、なかなか好感度が高い。

彼がこちらに手を振ってきたので、足を速めたのだが……

「すみません、少しお話いいですか？」

声をかけてきたのは、制服を着た警官二人だった。

「これからどちらに行かれます？　お住まいはどこですか？　在留カードありますか？」

しまった、すっかり油断していた。こうなる可能性があったから、警察官と出会わないよう気をつけていたつもりだったのに。

ああ、不法滞在者として退去強制……？　エルヴィアンに送還してもらえるならありがたいけど、異世界からの不法滞在はどういう扱いになるのかしらね？

動揺したそのとき、陣が早足でこちらにやってきて、警官の前に立ちはだかった。

「あの、彼女がなにか？」

「いえ、在留カードをお持ちか確認をしています」

「彼女は生まれながらの日本人で、国籍も日本なので、在留カードは持っていませんよ。見た目だけで判断されるのはどうでしょう。日本人に身分証の携行義務はないですよね」

陣はきっぱりと警官に言い放った。どういうつもりか知らないけど、そんな言い逃れができるとはとても……

「あなたは、こちらの方のお知り合いですか？」

「彼女は僕の妻ですけど」

さすがに開いた口がふさがらずにいたら、陣は一度、私のほうを振り返り、自分の懐(ふところ)を探(さぐ)ってからふたたび警官に向きなおった。

「はい、これが彼女のマイナカード」

すると、「失礼しました」と警官は引き下がり、立ち去っていった。

「じ、陣！　どういうこと？　今、何を見せたの……!?」

「どうせ在留カードなんて持ってないでしょ。これ、どう？」

そう言って私に見せたのは、言わずと知れたマイナンバーカード。顔写真は私のもので、住所は紫音のマンション。氏名欄には『七咲ルクシア』と……

名前はともかく、私が今、喉から手が出るほど欲しいものだった。これさえあれば、銀行口座が開ける。投資もできる。お金を動かすことができるのだ。

「本物として使えるの……？」

「もちろん。俺ね、バーテンダーともう一つ裏の仕事を持ってるんだけど——続き、聞きたい？」

「何が目的なの」

「恥ずかしくて言葉にできないからカクテルを贈ったんだ。覚えてたらあとで調べてみて。ねえルクシア、俺と危ない世界に行ってみない？　危険な匂いのする者同士で」

彼がくれたカクテルは、すべて熱烈な愛の告白。甘いカクテル言葉ばかりだった。偶然かと思っていたけど、思い過ごしではなかったのね。

そして、私が重大な秘密を抱えていることに気づいていたのだ。

でも、警戒感が高まる一方で、同時にどきどきしていた。こんな嘘みたいに理想的な男、他にいる？

裏世界に通じる男。

ウィンウィンの関係が手に入るのなら、その手を取ってみるのもいいかもしれない。

スッと差し出した手を、陣が取る。男にしては繊細な、でも大きな手。

この世界に来て、はじめて胸が高鳴るのを感じながら……

to be continued...?

本書は、2019年6月当社より単行本として刊行されたものに書き下ろしを加えて文庫化したものです。


この作品に対する皆様のご意見・ご感想をお待ちしております。

おハガキ・お手紙は以下の宛先にお送りください。

【宛先】

〒150-6008 東京都渋谷区恵比寿4-20-3 恵比寿ｶﾞｰﾃﾞﾝﾌﾟﾚｲｽﾀﾜｰ 8F
（株）アルファポリス　書籍感想係

メールフォームでのご意見・ご感想は右のＱＲコードから、
あるいは以下のワードで検索をかけてください。

ご感想はこちらから

アルファポリス　書籍の感想

ノーチェ文庫

双子の王子と異世界求婚譚

悠月彩香

2022年8月31日初版発行

文庫編集－斧木悠子・森順子
編集長－倉持真理
発行者－梶本雄介
発行所－株式会社アルファポリス
〒150-6008 東京都渋谷区恵比寿4-20-3 恵比寿ｶﾞｰﾃﾞﾝﾌﾟﾚｲｽﾀﾜｰ8F
TEL 03-6277-1601（営業）　03-6277-1602（編集）
URL https://www.alphapolis.co.jp/
発売元－株式会社星雲社（共同出版社・流通責任出版社）
〒112-0005 東京都文京区水道1-3-30
TEL 03-3868-3275
装丁・本文イラスト－黒田うらら
装丁デザイン－AFTERGLOW
（レーベルフォーマットデザイン－ansyyqdesign）
印刷－中央精版印刷株式会社

価格はカバーに表示されてあります。

落丁乱丁の場合はアルファポリスまでご連絡ください。

送料は小社負担でお取り替えします。


ISBN978-4-434-30772-0 C0193